Andreas Oberholz

Hinter dem Schatten – Seelenmord

Eine junge Rechtsanwältin ist tot und ihr Psychoanalytiker steht unter Mordverdacht! Eine Kommissarin mit britisch-indischem Hintergrund leitet die Ermittlungen in Berlin.

Geht es hier um emotionale Hörigkeit und sexuellen Missbrauch? Wo hören die Phantasien auf, wo beginnt die Gewalt?

Wie gehen Frauen und Männer mit Verlusten und Traumatisierungen um? Fest steht, sie machen es auf unterschiedliche Weise. Auch versuchen sie auf unterschiedliche Weise Anerkennung zu erlangen, noch dazu wenn es um existentielle Kränkungen geht, die tief in das Unbewusste eingeschrieben sind und von dort ihre zersetzende Wirkung entfalten. Sind das die Erfahrungen, die zu Mord führen, Menschen zu Mördern werden lassen?

Die Kriminalkommissarin Amina Reshad wird mit ihren Vorurteilen konfrontiert und erkennt dahinter das existentielle Drama in seiner vollen Wucht…

Andreas Oberholz, geboren 1961. Studium in Tübingen, Berlin und London. Schreibt und arbeitet als Arzt und Psychotherapeut in Süddeutschland.

Andreas Oberholz

Hinter dem Schatten – Seelenmord

Amina & Adrian ermitteln

Kriminalroman

Brandes & Apsel

Auf Wunsch informieren wir regelmäßig über unser Programm:
Brandes & Apsel Verlag, Scheidswaldstr. 22,
60385 Frankfurt am Main, Germany
Internet: www.brandes-apsel-verlag.de
E-Mail: info@brandes-apsel.de

1. Auflage 2015

DTP und Umschlag: Felicitas Müller, Brandes & Apsel Verlag, Frankfurt a. M.
Druck: STEGA TISAK d.o.o., Printed in Croatia
Gedruckt auf einem nach den Richtlinien des Forest Stewardship Council (FSC) zertifizierten, säurefreien, alterungsbeständigen und chlorfrei gebleichten Papier.

Bibliografische Information der Deutschen Nationalbibliothek:
Die Deutsche Nationalbibliothek verzeichnet diese Publikation in der Deutschen Nationalbibliografie; detaillierte bibliografische Daten sind im Internet über www.ddb.de abrufbar.

ISBN 978-3-95558-146-6

Für M., S., T.

Prolog

Im Schatten. Sam. In friedvollem Schlaf. Sein Atem tief und entspannt. Unversehens regt sich ein Ohr, richtet sich aus, dann das andere. Wie Radarschirme. Sam hebt den Kopf. Eben noch gelöste Ruhe, jetzt angespannte Regungslosigkeit.

Goldgrüne Augen fixieren das Rotkehlchen, einige Meter entfernt im Gras. Blitzartig schnellt der graue Kater hoch, jagt über den Rasen und springt. Für einen Augenblick liegt sein gestreckter Körper waagerecht in der Luft, bevor die Vorderpfoten den Vogel im Moment des Auffliegens erfassen.

Das schreiende Rotkehlchen fest in seinen Krallen, beißt er mit messerscharfen Zähnen zu, schleudert es hoch. Der Vogel erhebt sich in die Luft, schlägt wild, dann immer kraftloser mit gebrochenen Flügeln, stürzt. Sein Jäger fängt ihn auf und beißt erneut zu. Wieder und wieder. Endlich legt sich der Kater mit schlagendem Schwanz vor sein Opfer und tippt es mit den Tatzen an, als wolle er es necken. Der sterbende Singvogel öffnet und schließt den Schnabel. Stumm.

Hinlaufen, eingreifen, das grausame Spiel beenden? Doch mit welchem Recht? Es liegt in seiner Natur.

1

Hätte er gewusst, in welchen Aufruhr sein Leben an diesem Tag geraten sollte, in welche Abgründe er blicken würde, er wäre davongelaufen. Wäre er das? Vielleicht nicht.

Vielleicht hatte er sein ganzes Leben darauf gewartet. Wenigstens seit er zwölf war.

Wie jeden Morgen betrat Adrian Sur mit einer Tasse Milchkaffee sein Arbeitszimmer und schaute auf den Anrufbeantworter. Vier Anrufe. Er drückte die Taste und öffnete das Fenster. Die Zweige der Kastanien, die der Straße ihren Namen gaben, zeigten bereits Knospen, und ein Geruch von Frühling lag in der kühlen Märzluft. Adrian Sur ließ seinen Blick aus dem Hochparterre, in dem sich seine Praxis befand, über den Garten schweifen. Krokusse hatten über Nacht erstes Blau und Gelb auf das erdige Grün des Rasens getupft. Dieses Jahr überwog das Blau. Auf dem bemoosten Kiesweg lag noch das Herbstlaub, blattlose Sträucher wucherten kreuz und quer, und der Efeu hatte die alte Linde im Würgegriff.

»Guten Tag«, sagte die Frauenstimme nach dem Piep. »Mein Name ist Kallenberg. Ich wollte fragen, ob Sie noch einen freien Therapieplatz haben. Ähm, ich werde es zu Ihren Telefonzeiten noch einmal versuchen. Auf Wiederhören.«

Der Ton einer Anfrage bot ihm bereits einen ersten Eindruck der Person, die sich an ihn wandte. Manchen war anzumerken, wie viel Überwindung es sie gekostet hatte anzurufen. Doch die Not war größer als die Angst oder das demütigende Gefühl erneuter Zurückweisung, wenn auch der zehnte Therapeut keinen freien Platz anbieten konnte. Einige klangen ängstlich, unsicher, entschuldigten sich fast dafür zu stören. Bei ihnen tat es Adrian besonders leid, wenn auch sein Terminplan hoffnungslos überfüllt war. Andere, oft Männer um die vierzig, klangen selbstbewusst. Im Ton eines Vorgesetzten oder eines potenziellen – und potenten – Geschäftspartners, der einen Auftrag zu vergeben hatte, erbaten sie Rückruf. Die Tonart der Ouvertüre zog sich oft wie ein roter Faden durch weite Teile der Symphonie einer Behandlung. Falls eine Behandlung zustande kam.

Im Garten strich Sam umher, auf der Suche nach Beute.

Da seine Warteliste ohnehin zu lang war, um neue Patienten aufnehmen zu können, ging Adrian in Gedanken den Verlauf der letzten Sitzung mit dem ersten Patienten des Tages durch.

Die dritte Nachricht auf dem Anrufbeantworter ließ ihn jedoch aufhorchen.

»Hallo, Sibylle Moor am Apparat. Ich kann morgen nicht zur Stunde kommen. Ich melde mich.«

Besorgt stoppte er den Anrufbeantworter und hörte die Nachricht noch einmal ab. Und noch einmal. Konnte er etwas aus Sibylle Moors Tonfall heraushören? Ihre Stimme klang – distanziert, zögerlich.

Absagen waren nicht ungewöhnlich. Es gab Patienten, die regelmäßig nicht zu den vereinbarten Gesprächsterminen erschienen, immer mit neuen Begründungen. Selten lagen wirklich dringende äußere Gründe vor. Manche Patienten waren so instabil, dass sie ihren Alltag nicht organisieren konnten. Meistens jedoch mussten sie sich gegen etwas schützen, das in den Behandlungsstunden davor aufgekommen war. Bedrohliche Phantasien aus der Tiefe ihres Unbewussten oder Gefühle gegenüber dem Therapeuten, meist Enttäuschung, Wut, Angst, wachgerufen durch einen scheinbar strengen Blick, eine einfache Nachfrage, eine Urlaubsankündigung.

Doch Sibylle Moor gehörte nicht zu diesen Patientinnen. Sie war immer pünktlich erschienen, weder zu früh noch zu spät. Wie mit dem Glockenschlag klingelte sie an der Tür. Nur einmal hatte sie eine Stunde abgesagt, weil ein Gerichtstermin vertagt worden war. Selbst in ihren schlimmsten Phasen war sie erschienen.

Adrian schloss das Fenster. Ein Kälteschauer durchzog ihn.

In den letzten beiden Therapiesitzungen hatte Sibylle bedrückt gewirkt. Aber – anders als in ihren depressiven Phasen – nicht verzweifelt, sondern ängstlich. Hatte sie sich in den vergangenen Monaten zunehmend öffnen können und ihm auch Scham besetzte Gedanken offenbaren können, so hatte er sie jetzt als verschlossen erlebt. Adrian sah nach, was er nach der letzten Sitzung mit ihr notiert hatte.

»Was ist es, das sie mir nicht mitteilen kann?«, hatte er geschrieben.

Plötzlich, wie Blitze durchzuckten ihn Bilder, Traumszenen aus der letzten Nacht. Schatten huschten durch weiß-rotes Stroboskoplicht. Schreie erstickten. Ein Lachen verhallte. Stahl traf auf Stahl. So sehr er sich auch bemühte, er konnte die Bilder nicht festhalten. Doch er ahnte: Sie bedeuten Gefahr.

Adrian griff zum Telefon und wählte Sibylle Moors Nummer, als es an der Tür klingelte. Er zögerte, legte auf und ließ den ersten Patienten des Tages herein.

Nur mit Mühe konnte Adrian sich auf die Therapiestunde konzentrieren. Einer seiner Grundsätze im Umgang mit Patienten war: »Behandle jeden so als wäre er in diesem Moment der wichtigste Mensch in deinem Leben.« An diesem Morgen gelang es ihm jedoch nicht, sich ganz und gar auf den Mittfünfziger im grauen Anzug einzustellen, der seit Monaten über seinen zehn Jahre jüngeren Vorgesetzten klagte, den sie ihm vor die Nase gesetzt hatten. Wie Wasser drangen düstere Ahnungen durch kleinste Aufmerksamkeitsritzen in Adrians Bewusstsein und schwemmten das Lamento des Patienten in weite Ferne.

Nachdem er gegangen war, machte Adrian sich einige eilige Notizen und wollte gerade zum Telefon greifen, als es erneut klingelte. Zu früh für die nächste Patientin. Er öffnete die Tür.

»Doktor Adrian Sur?«, fragte eine Frau, die er noch nie zuvor gesehen hatte. Sie mochte Mitte dreißig sein. Hinter ihr stand ein etwa gleichaltriger Mann. Die Beiden sahen nicht aus wie ein Paar, das eine Eheberatung wünschte, und bevor Adrian etwas sagen konnte, hielten sie ihm Ausweise entgegen. Samariter, Ordnungsamt oder Zeugen Jehovas. Es hätte alles sein können. Er war viel zu verdutzt, um zu lesen, was darauf stand.

»Mein Name ist Amina Reshad«, fuhr die Frau fort. »Mein Kollege Schrader und ich sind von der Kriminalpolizei. Wir würden gerne mit Ihnen sprechen.«

»Darf ich fragen, worum es geht?«, fragte Adrian.

»Können wir eintreten?«

Adrian spürte seinen Herzschlag und ein flaues Gefühl im Magen. Er wusste, dass der Besuch der Polizei mit Sibylle Moor zu tun hatte. Es musste etwas passiert sein. Er trat zur Seite und deutete auf die Tür zum Arbeitszimmer. »Bitte gehen Sie durch.«

In diesem Moment erschien seine nächste Patientin. Die Frau mit Lippenpiercing und Irokesenfrisur blieb in der geöffneten Tür stehen und schaute ihn fragend an.

Er gab ihr die Hand. »Hallo Frau Gündel. Bitte nehmen Sie noch kurz im Wartezimmer Platz. Der Beginn der Stunde wird sich um einige Minuten verzögern.«

Aus dem Augenwinkel sah er, wie seine Besucher sich anschauten, als die junge Frau sichtlich unzufrieden im Wartezimmer verschwand. Er schloss die Tür des Behandlungsraumes und bat die Beiden, Platz zu nehmen. Während Amina Reshad sich Adrian gegenüber auf die Couch setzte, blieb ihr Kollege stehen und schaute im Zimmer umher. Er war durchtrainiert und trug sandfarbene Chinohosen, Lederchucks und eine Jeansjacke über dem grün-weiß gestreiften Rugbyshirt.

»Doktor Sur«, begann die Polizistin, »kennen Sie eine Frau«, sie zog ein Notizbuch aus der Innentasche ihrer Lederjacke, schlug es auf und las, »Moor, Sibylle?«

Adrians Puls beschleunigte sich. »Können sie mir jetzt bitte sagen, worum es geht?«

»Beantworten Sie bitte unsere Frage!«, fiel ihm Schrader ins Wort.

»Es tut mir leid, aber ich stehe unter Schweigepflicht und darf keine Auskünfte über Patienten geben«, antwortete Adrian.

»Damit haben Sie meine Frage, ob Sie Frau Moor kennen, beantwortet«, sagte Amina Reshad. In ihrem Blick lag nichts Triumphierendes, vielmehr eine Ernsthaftigkeit, die sie jung und zugleich weise wirken ließ. »Sie war eine Patientin von Ihnen?«

»War?« Seine Besorgnis wuchs.

»Heute Morgen wurde sie tot aufgefunden.«

Adrians Herzschlag schien sekundenlang auszusetzen. Aus seiner Ahnung, dass ihr etwas zugestoßen sein musste, war schockierende Gewissheit geworden.

»In ihrem Adressbuch haben wir Ihre Visitenkarte gefunden«, fuhr Amina Reshad fort, während sie ihn mit durchdringendem Blick beobachtete. »Wie lange kennen Sie Frau Moor?«, fragte sie.

Etwas an ihrem Akzent konnte er nicht genau einordnen. Er konnte keine Dialektfärbung ausmachen. Gleichzeitig hörten sich manche Wortendungen ungewöhnlich an. Und doch irgendwie vertraut. Ihre schwarzen Haare, der Teint, der an blassen Milchkaffee erinnerte, und die Form ihrer Augen ließen darauf schließen, dass sie asiatische Wurzeln hatte. Nur die Augenfarbe – ein tiefes Meeresblau – passte nicht ins Bild.

»Sie ist seit etwa einem Jahr bei mir in Behandlung. Aber bitte verstehen Sie, dass ich Ihnen keine Details aus der Therapie mitteilen kann.«

»Hören Sie, es geht hier um Mord.« Schrader baute sich vor ihm auf.

Dieser Kerl erinnerte ihn an jemanden. An wen bloß? Adrian verspürte den Impuls, aufzustehen und sich ihm auf gleicher Augenhöhe entgegenzustellen. Er blieb jedoch sitzen, lehnte sich noch weiter zurück, schlug das linke Bein über das rechte und schaute an ihm vorbei zu Amina Reshad. »Mord? Ist das sicher?«

»Nach dem derzeitigen Ermittlungsstand müssen wir davon ausgehen«, antwortete sie.

»Wer kann das getan haben?«, sagte er mehr zu sich selbst. Ihm ging noch einmal die letzte Therapiestunde mit Sibylle Moor durch den Sinn. Und die Unsicherheit in ihrer Stimme auf dem Anrufbeantworter.

»Das wollen wir von Ihnen wissen«, schaltete sich Schrader wieder ein. »Wann haben Sie sie zum letzten Mal gesehen?«

Er musste nicht lange überlegen. Sie hatte feste Termine. Zweimal in der Woche, montags und donnerstags, siebzehn Uhr. Also hatte sie ihre letzte Sitzung am vergangenen Donnerstag.

»Und danach haben Sie sie weder gesehen noch von ihr gehört?« In Schraders Stimme klang Misstrauen.

»Heute Morgen hatte ich eine Nachricht auf meinem Anrufbeantworter. Sie hat die heutige Sitzung abgesagt. Warten Sie.« Er stand auf, ging zum Telefon und drückte die Taste bis ihre Nachricht erschien. »Die Nachricht ist von gestern, achtzehn Uhr dreiundvierzig.«

Amina und Schrader schauten sich an.

»Wissen Sie denn schon, wann sie ermordet wurde – und wie?«, fragte Adrian mit Blick auf Amina Reshad. Von Schrader erwartete er keine Antwort.

»Wir dürfen Ihnen keine Details zu den Ermittlungen mitteilen«, antwortete sie. »Aber wir haben noch einige Fragen zu Frau Moors Lebenssituation. Vielleicht können Sie uns trotz Ihrer Schweigepflicht weiterhelfen.«

»Glauben Sie mir«, entgegnete Adrian, »das möchte ich wirklich, soweit es mir möglich ist. Jetzt muss ich mich aber um meine Patientin im Wartezimmer kümmern. Können Sie heute Nachmittag noch einmal kommen? Ich werde versuchen, meine Abendtermine abzusagen. Dann stehe ich Ihnen zur Verfügung.«

Amina Reshad stand auf und reichte ihm die Hand. Die Berührung verwirrte ihn. Auf der einen Seite wollte er die Beiden so schnell wie möglich loswerden. Als könnte er dadurch aus diesem Alptraum erwachen und die furchtbare Geschichte ungeschehen machen. Auf der anderen Seite fühlte sich diese Hand in seiner seltsam vertraut an.

»Der hat was damit zu tun.«

Amina kannte Tom Schrader mittlerweile gut. Er war schnell dabei, sich ein Urteil zu bilden und konnte sehr impulsiv sein. Aber sie mochte ihn. Und immer wieder trafen seine Schnellschüsse mitten ins Schwarze. Manchmal lag er aber auch weit daneben. Über die Gründe konnte sie nur spekulieren. Sie arbeiteten mittlerweile seit vier Jahren zusammen. Er war bereits im Team, als Amina die Leitung übernahm. Und anders als andere Kollegen akzeptierte er sie von Anfang an. Auch als Vorgesetzte. Keine Kommentare über ihre Herkunft oder dass sie eine Frau war. Da musste sie sich über lange Zeit manches gefallen lassen. Sogar von Turner, obwohl der ihr den Job gegeben hatte.

»Langsam, langsam. Wir haben nichts Konkretes«, sagte Amina. »Alles, was wir wissen, ist, dass sie seine Patientin war.«

Schrader bog in die Reichsstraße Richtung Theodor-Heuss-Platz ein. »Trotzdem. Ich traue dem Typen nicht. Zuerst reagiert er schockiert. Dann bittet er die nächste Patientin herein, als ob nichts gewesen wäre.«

»Er ist dir unsympathisch.«

»Ich kann diese Typen nicht leiden. Hast du dir sein Haus angesehen? Der hat doch Geld wie Dreck. Und dann läuft er rum wie ein Student, in abgetragenen Jeans und einem Second-Hand-Sakko.«

»Understatement«, sagte Amina. »Das würdest du anders machen, wenn du Geld hättest.«

»Darauf kannst du Gift nehmen«, erwiderte Tom. »Wenn ich nicht mit diesem mageren Polizistengehalt auskommen müsste. Ich wüsste schon, wo ich shoppen gehe.«

Sie ließ die Begegnung noch einmal an ihrem inneren Auge vorbeiziehen. Sur war freundlich gewesen, aber distanziert, professionell. Seine Erscheinung – schlank, etwa einsachtzig groß, halblanges Haar, Dreitagebart – hatte etwas Jugendliches und entsprach vielleicht nicht ihrer Vorstellung eines gediegenen Psychoanalytikers. Aber das machte ihn noch nicht verdächtig. Und dennoch, etwas an Sur irritierte sie.

»Und hast du gesehen, wie er dich angeschaut hat?«

»Tom, du bist voreingenommen. Lass uns abwarten, was die Ermittlungen ergeben, bevor du dich auf ihn einschießt. Noch ist er einfach nur ein Zeuge.«

Amina schaute aus dem Fenster. War es der intensive, etwas zu lange Blick seiner graublauen Augen?

Adrian atmete auf, als er die letzte Patientin entlassen hatte. Den meisten hatte er für den Nachmittag absagen können. Zwei waren dennoch erschienen. In seiner aufgewühlten Verfassung war er ihnen sicher nicht gerecht geworden. Mit einer Tasse Kaffee und einer Zigarette setzte er sich auf die Veranda und blickte auf den Pavillon hinter dem Haus. In den Fenstern, die die Vorderfront des Gebäudes bildeten, spiegelte sich die Abendsonne. Den Teich, dessen trübes Wasser einen gewaltigen Findling umspülte, musste er diesen Frühling unbedingt reinigen. Im vergangenen Jahr hatte er die Gartenarbeit sträflich vernachlässigt. Vielleicht sollte er sich eingestehen, dass er einfach keinen grünen Daumen hatte, und einen Gärtner beauftragen. Dabei liebte er den Blick auf den Teich. Oft genügte eine Zigarettenlänge, um den Geist zwischen zwei Therapiesitzungen auszulüften. Und nach anstrengenden Arbeitstagen genoss er den kurzen Weg durch den Garten zu seinem Dojo. Aber Gartenliebhaber und Gärtner waren nicht ein und dasselbe.

Adrian dachte an Sibylle Moor. In den letzten zwei oder drei Behandlungsstunden hatte sie verändert gewirkt, so als verheimliche sie ihm etwas. Das hatte ihn irritiert, vor allem nachdem sie vor wenigen Wochen eine schwierige Phase überstanden hatten.

Motorengeräusch und Türenschlagen unterbrachen sein Grübeln. Kurz darauf klingelte es. Adrian stellte die Tasse ab und öffnete die Tür. Es waren wieder Amina Reshad und Schrader, dieses Mal jedoch in Begleitung einer halben Fußballmannschaft. Uniformierte Polizisten und Leute in weißen Overalls standen hinter ihnen.

»Doktor Sur«, begann Amina. »Wir müssen Ihre Wohnung durchsuchen und Sie bitten, zur Vernehmung mit uns zu kommen.«

»Durchsuchen? Vernehmung?«, fragte Adrian schockiert. »Was werfen Sie mir vor?«

»Ich kann Ihnen keine Einzelheiten nennen. Nur so viel: Wir haben Anhaltspunkte, die darauf hinweisen, dass Sie in Frau Moors Tod verwickelt sein könnten.«

Adrian überkam eine Übelkeit. Der Boden unter ihm begann zu schwanken, und er musste sich am Türrahmen festhalten.

Was darauf folgte, nahm er wie durch dichten Nebel wahr, unfähig einzugreifen. Das amtliche Schreiben, das ihm Amina vor die Nase hielt, das Gewimmel in seinen Räumen. Schränke wurden geöffnet, Schubladen herausgezogen, Bücher aus den Regalen genommen. Wie aus großer Ferne hörte er sich reden. »Das dürfen Sie nicht – Privatsphäre – Patientendaten.«

Und von ebenso weit weg drang Aminas Stimme an sein Ohr. »Durchsuchungsanordnung – Tatverdacht – Verdunklungsgefahr.«

Wie gelähmt ließ er alles über sich ergehen. Kurz und mutlos war sein Aufbegehren gewesen. Und als das Schauspiel vorüber war – es hätten Minuten sein können oder Stunden –, stieg er wie ferngesteuert in Schraders Begleitung in den Polizeiwagen.

Der Nebel lichtete sich erst, als Adrian in dem fensterlosen Raum im Gebäude des Landeskriminalamtes 1, Abteilung für Delikte am Menschen saß, in den sie ihn nach kurzer Fahrt gebracht hatten. Er versuchte, seine Gedanken zu ordnen. Was war vorgefallen? Von welchen Anhaltspunkten hatte die Polizistin gesprochen? Wie in einer Endlosschleife kreisten die Fragen in seinem Kopf, als sich die Tür öffnete und Amina Reshad eintrat. Schrader folgte ihr, und die Beiden setzten sich ihm gegenüber. Schrader schaltete das Mikrofon auf dem Tisch zwischen ihnen ein.

Amina belehrte Adrian über seine Rechte als Tatverdächtiger und fuhr fort: »Wenn Sie doch noch einen Anwalt hinzuziehen wollen, haben Sie jederzeit das Recht dazu.«

Bereits auf der Fahrt in das Kommissariat hatte sie ihn darauf hingewiesen. Aber Adrian hatte abgelehnt. Bisher hatte er noch nie einen Anwalt benötigt, trotz der Tendenz zu »amerikanischen Verhältnissen« und zunehmenden Schadensersatzklagen gegen Ärzte.

»Vielleicht sagen Sie mir endlich, was Sie mir zur Last legen«, sagte er. Wie konnte er sich – mit oder ohne Anwalt – verteidigen, wenn er nicht einmal wusste wogegen?

»Wir haben in Frau Moors Wohnung ein Tagebuch gefunden«, antwortete Amina. »Und die Aufzeichnungen darin weisen darauf hin, dass Sie ein Motiv gehabt haben könnten, sie zu töten.«

»Welches Motiv sollte ich denn gehabt haben?«, fragte Adrian bestürzt.

»Spielen Sie nicht den Naiven!«, herrschte ihn Schrader an. »Sie haben doch eine Menge zu verlieren. Wenn die Frau Ihre Schweinereien an die Öffentlichkeit gebracht hätte, wären Sie Ihren Job los und könnten Ihre Karriere als der große Herr Freud vergessen.«

»Von welchen Schweinereien reden Sie?«, fragte Adrian.

»Dass Ihre Patientin Sie als Schw ...«

»Tom!«, fuhr ihm Amina in die Parade. »Genug!«

Schrader hob beschwichtigend die Hände.

An Adrian gerichtet fuhr Amina fort: »In ihrem Tagebuch hat sie unter anderem über sexuelle Handlungen mit Ihnen geschrieben.«

Adrian zuckte zusammen, als hätte ihn ein Fausthieb in den Magen getroffen. Er spürte, wie sich Schweißperlen auf seiner Stirn und im Nacken bildeten. Er rang nach Worten, doch keines wollte sich bilden.

»Das wäre sexueller Missbrauch von Patientinnen«, sagte Schrader. »Und das ist ein Straftatbestand. Vielleicht wollte die Frau sie anzeigen. Wenn das kein Mordmotiv ist.«

Adrian ließ sich in die Stuhllehne zurückfallen. Er musste den Aufruhr in seinem Kopf zur Ruhe bringen. Nicht nur konnte er sich überhaupt keinen Reim darauf machen, was er gerade gehört hatte. Er fühlte sich auch völlig hilflos, wusste nicht, was er sagen durfte, um sich zu verteidigen, und was ihm die Schweigepflicht verbat. Er brauchte nun doch einen Anwalt. Dringend!

Angestrengt dachte er darüber nach, wie er jetzt auf dem schnellsten Wege einen guten Rechtsbeistand finden konnte, als es klopfte und ein Mann Mitte fünfzig eintrat.

»Was ist, Kurt?«, fragte Amina.

»Ähm, kannst du mal eben mitkommen?«, antwortete der verhalten. »Ich glaube, wir haben da was gefunden.«

Die Polizistin richtete sich an Adrian: »Entschuldigen Sie mich für einen Moment.«

Dann blickte sie Schrader scharf an, stand auf und verließ den Raum.

Unmittelbar nachdem die Tür ins Schloss gefallen war und er mit Schrader allein war, entstand eine bleischwere Stille in dem fensterlosen Zimmer, die Adrian fast den Atem raubte.

Er spürte, dass sein Gegenüber ihn verabscheute. Fragend schaute er Schrader in die Augen. In jahrelanger Erfahrung mit Patienten hatte er ein feines Gespür dafür entwickelt, welche Gefühle ihm entgegengebracht wurden.

»Ihre Intuition ist fein wie die Nase eines Spürhundes«, hatte ihm Gossler immer wieder attestiert.

Schrader richtete sich leicht auf, hob fast unmerklich den Kopf, sodass sich sein Kinn etwas nach vorne bewegte, und fixierte Adrian mit überlegenem Blick. Starr. Adrian hielt Stand. Nach einigen Minuten ließ Schraders Körperspannung nach, und sein Blick verlor an Entschiedenheit. Nervös bewegte er sich auf seinem Stuhl hin und her, linste auf seine Uhr, um Adrian von neuem feindselig zu fixieren. »Was glotzen Sie so?«, fuhr er Adrian an. »Will der Herr Freud mich hypnotisieren? Das können Sie mit jemand anderem versuchen.«

Adrian schaute ihn weiter an und sagte mit ruhiger Stimme: »Ich weiß nicht, was es ist. Aber ich habe den Eindruck, dass Sie ein Problem mit mir haben, das mit dem Tod meiner Patientin nichts zu tun hat.«

Schrader fiel ihm ins Wort: »Wenn ich eine Therapiestunde brauche, dann suche ich mir schon jemanden. Mit Sicherheit aber nicht Sie. Ich kann Leute wie Sie nicht ausstehen. Ihr arroganten Besserwisser! Glaubt, ihr habt die Weisheit mit Löffeln gefressen.«

Waren es Minderwertigkeitsgefühle, Neid?

In diesem Moment öffnete sich die Tür und Amina betrat den Raum.

Schrader verstummte.

Mit bedeutungsschwerem Blick setzte sie sich an den Tisch.

»Bei der Durchsuchung Ihres Hauses und des Nebengebäudes haben wir Material gefunden, das Sie weiter belastet.«

Adrian vermochte nicht zu erkennen, was es war, das in ihrer Stimme schwang. Wut, Enttäuschung, Ablehnung? Aufgewühlt wie er war, konnte er gar nichts mehr beurteilen. Eins war jedoch sicher. Hatte er bisher so etwas wie Wohlwollen bei ihr gespürt. Jetzt war sie meterweit von ihm abgerückt. Und er war völlig im Stich gelassen.

»Ich empfehle Ihnen dringend, nun doch einen Anwalt hinzuzuziehen«, sagte sie in geschäftsmäßigem Ton. Dann stand sie auf und verließ den Raum.

Amina kochte vor Wut.

»Bist du noch zu retten?«, zischte sie, als Schrader nach ihr den Vernehmungsraum verlassen hatte. »Du kannst ihm ja gleich alle Ermittlungsergebnisse unter die Nase reiben.«

Sie sah, wie Schrader schuldbewusst den Kopf wiegte.

»Das war *bloody* unprofessionell. Das mit dem Schwein könnte Täterwissen sein.«

»Ja, ja, ich weiß«, sagte Schrader kleinlaut.

»Dann halte dich an die Regeln!«

Auch wenn etwas in ihr – was es war, wusste sie nicht – Sur lieber nicht als Täter gesehen hätte, war es ihr Anspruch, korrekte Arbeit zu leisten.

Adrian saß auf der Pritsche. Die Arme umfassten seine Knie. Den Kopf an die Wand gelehnt, schaute er auf das Gitter vor dem Fenster. Noch nie hatte er in einer Gefängniszelle gesessen. Er kam sich vor wie in einem der Kriminalfilme, die er hin und wieder im Fernsehen sah. Auch die Fotos, die von ihm gemacht wurden – richtige Verbrecherfotos –, die Fingerabdrücke, der DNA-Test, den er mehr oder weniger freiwillig über sich ergehen ließ. Das konnte doch nicht wahr sein! Es kam ihm so unwirklich vor. Der Tod seiner Patientin, die Vorwürfe, die gegen ihn erhoben wurden. Sexueller Missbrauch! Was war nur passiert? Ja, sie hatten eine schwierige Phase gemeinsam durchlebt. In den vergangenen drei Monaten hatte der Fortgang der Therapie sogar auf dem Spiel gestanden.

Seit etwa einem Jahr war sie bei ihm in Behandlung. Aufgesucht hatte sie ihn wegen häufig wiederkehrender depressiver Verstimmungen, während derer sie nur mit allergrößter Mühe ihrer Tätigkeit als Anwältin nachzugehen vermochte. Mit immenser Kraftanstrengung musste sie morgens ihre »professionelle Rüstung« – so nannte sie es – anlegen, um den Tag zu bewältigen. Wer sie näher kannte und von ihrer inneren Not wusste, konnte ihr ansehen, wenn sie wieder »im Loch« saß. An den grellroten Farbtupfern in Form von Blusen und Schals, die die formelle Geradlinigkeit ihrer anthrazitfarbenen Hosenanzüge, kontrastierten, dem zu dick aufgetragenen Make-up und dem Knoten, mit dem sie ihre schulterlangen blonden Locken streng nach hinten band. Vor allem aber sah man es ihrem Blick an. Innerhalb weniger Minuten konnte der sich von tieftrauriger Schwere zu fahriger Rastlosigkeit wandeln.

Bürotage waren dann gerade noch erträglich. An denen konnte sie hinter geschlossener Tür ihren Gefühlsschwankungen nachgeben. In einem gewissen Maß jedenfalls. Hätte sie sich ganz fallen lassen, wäre sie – wie abends und nachts in diesen Phasen – zwischen apathischer Starre und ängstlicher Getriebenheit hin und her katapultiert worden, zwischen Gefühllosigkeit und Verzweiflung. Im Büro konnte sie sich das nicht leisten, da musste die Rüstung halten. Aber immerhin konnte sie ihre Arbeit immer wieder unterbrechen, wenn sie die Schwere nicht mehr aushalten konnte oder von bedrohlichen Phantasien aufgewühlt wurde.

Schwierig waren Beratungstermine mit Mandanten. Besonders quälend waren jedoch Sitzungen bei Gericht, in denen sie ihre Rolle als kompetente Anwältin bis zum bitteren Ende spielen musste.

»Ein Ultramarathon ist ein Spaziergang dagegen«, hatte sie in einer Therapiestunde fatalistisch gesagt.

In den depressiven Phasen schleppte sie sich zu Adrians Praxis, legte sich auf die Behandlungscouch, deckte sich mit der Wolldecke zu und schwieg. Es gab Sitzungen, in denen sie fast die ganze Stunde da lag und Adrian den Rücken zuwandte. Zusammengekrümmt wie ein Embryo. Manchmal hörte er nach langer Stille ein leises Wimmern, manchmal sah er, wie ihr Körper von Weinkrämpfen geschüttelt wurde. Er wusste, dass er in diesen Momenten nur schweigen konnte. Dass Sibylle in ihrer bodenlosen Verzweiflung jeder tröstende oder ermutigen wollende Satz zynisch oder hilflos erschienen wäre. Und hilflos, das war sie selbst! Diesen Schmerz vermochte er weder kleinzureden noch mit einem Griff in die therapeutische Trickkiste zu mildern. Er konnte ihn nur mit ihr zusammen aushalten. Manchmal stand er auf und reichte Sibylle wortlos ein Papiertaschentuch, das sie ebenso wortlos annahm. Am Ende solcher Stunden setzte sie sich auf, brachte ihre Frisur in Ordnung, nahm sich ein weiteres Taschentuch aus der Keramikschale auf dem Tisch und wischte sich die Tränen ab.

Oft stand sie auf, schaute Adrian in die Augen und sagte mit leiser Stimme: »Danke.« Dann wandte sie sich ab und verließ den Raum. Wie zerbrechlich sie wirkte! In den Stunden darauf – oft Wochen später – betonte sie, wie hilfreich sie Adrians Schweigen erlebt hatte. Einmal verglich sie es damit, zusammen mit ihm in der Brandung zu stehen und zu wissen, dass er der anrollenden Riesenwelle würde standhalten können und sie vor dem Untergang bewahren würde. Dies erlebte sie als heilsam, und es gab ihr den Mut zu sprechen.

Adrian stand auf und ging zum Waschbecken, um Wasser aus dem Hahn zu trinken. Wie gerne hätte er jetzt eine Tasse Kaffee und eine Zigarette gehabt. Im Spiegel sah er sein Gesicht. Aus dem Dreitagebart war ein Fünftagebart geworden.

Viele Supervisionsstunden hatte er auf Sibylle verwandt. Mit seinem Mentor, Lothar Gossler, hatte er auch über die Gefühle gesprochen, die er für seine Patientin entwickelt hatte. Gossler war ihm ein guter Lehrer. In ihm verband sich messerscharfer Verstand mit einfühlendem Wohlwollen. Vater und Mutter in einem. So erlebte er den alten Mann immer wieder. Die Gespräche mit ihm hatten Adrian geholfen, die schwierige Phase mit Sibylle zu überstehen. So hatte er jedenfalls gedacht. Sollte er sich so geirrt haben?

Das Kopfsteinpflaster ist regennass. Er geht durch die von Straßenlampen und einigen Schaufenstern beleuchteten Gassen der fremden Stadt. Paare und Grüppchen von Leuten schlendern von Bar zu Bar. Frauen lachen. Musik dringt aus den Kneipen. Dem Klang der Klaviermusik folgend betritt er eine in schummriges Rot getauchte Bar. Tabakrauch hängt in der Luft. Am Piano sitzt ein Mann in schwarzem Anzug. Gäste sitzen am Tresen und in Plüschsesseln, hören der trägen Jazzmusik zu oder unterhalten sich. Er setzt sich in einen Sessel an einem freien Tisch, lehnt sich zurück und zündet sich eine Zigarette an. Nach einigen Minuten kommt eine Kellnerin auf ihn zu und bleibt vor ihm stehen. Er kennt sie!

»Was darf ich ihnen bringen?«, fragt die junge Frau.

Sie trägt einen schwarzen knielangen Rock, eine weinrote Schürze und eine weiße Bluse. Sie schaut ihn an, fragend und zugleich wissend. Etwas an ihr verwirrt ihn. Die Art, wie sie ihn im Blick behält, während sie ihre blonden Locken nach hinten wirft.

»Ein Glas trockenen Rotwein, bitte«, antwortet er und fährt fort: »Kennen wir uns?«

Sie dreht sich wortlos um und geht zur Bar. Als sie mit einem Tablett zurückkommt und das Weinglas auf den Tisch stellt, sagt sie in beiläufigem Ton: »Natürlich kennen wir uns, Doktor Sur.« Sie beugt sich vor, um den Tisch abzuwischen. Dabei gibt sie den Blick auf ihr Dekolleté frei, auf den Ansatz ihrer Brüste. Befangen drückt Adrian seine Zigarette aus und nimmt das Weinglas. Ja, natürlich kennt er sie, sogar sehr gut. Diese blonden Locken, diesen Blick und die fahrigen Bewegungen. Aber woher? Sie greift in die Tasche ihrer Schürze und holt eine Visitenkarte heraus, die sie auf den Tisch legt, um sich sofort umzudrehen und wegzugehen, bevor Adrian weiter fragen kann. Er nimmt die Karte und versucht zu lesen. Im schummrigen Licht kann er jedoch nur einzelne Buchstaben erkennen: S und U. Als er die Karte hin und her wendet, um etwas mehr

Licht einzufangen, sieht er den Pianisten aufstehen und in raschem Schritt zur Bar gehen. Verwirrt schaut er auf. Die Musik spielt weiter, so als säße er noch am Klavier. Irritiert folgen Adrians Blicke dem Pianisten, der hinter den Tresen geht, die Kellnerin am Arm packt und durch eine Tür hinausführt.

Sibylle, durchfährt es Adrian. Es ist Sibylle Moor. Adrian springt auf und läuft zur Bar. Hinter dem Tresen stößt er den Barmann, der sich ihm in den Weg stellt, zur Seite und reißt die Tür auf. Er findet sich am Kopf einer Treppe, die steil nach unten führt. Alles ist in goldenes Licht getaucht. Adrian eilt die Treppe hinab, stolpert, hält sich am Geländer fest und geht weiter, mehrere Stufen auf einmal nehmend. Unten angelangt öffnet sich ein schmaler Gang, der zu zwei Türen führt. Adrian geht bis zum Ende und versucht, die rechte Tür zu öffnen. Verschlossen. Sie ist aus schwerem Eisen, mit einer geschmiedeten Klinke. Auch die linke Tür, aus dickem Eichenholz, lässt sich nicht öffnen. Adrian ruft: »Frau Moor!« Keine Antwort. Plötzlich – ein erstickter Schrei, dann ein dumpfes Fallen hinter der Eisentür. Danach Stille.

Mit beiden Fäusten trommelt Adrian gegen die Tür. Hält inne.

Lauscht. Nichts. Schweiß rinnt über sein Gesicht, brennt in den Augen. Seine Hände schmerzen. Grabesstille.

Da nähern sich Schritte. Ohne Eile. Ein Schlüssel wird ins Schloss gesteckt. Eisen in Eisen. Dreht sich.

Adrian zuckte zusammen und öffnete die Augen. Er musste doch noch eingeschlafen sein. Die Zellentür öffnete sich, und ein Polizeibeamter trat ein. Derselbe, der ihn gestern in die Zelle gebracht hatte. Er hatte schütteres Haar und einen Bauch, der massig über den Gürtel seiner Hose quoll. Seine Wurstigkeit hatte Adrian nach der Anspannung im Befragungszimmer wohlgetan, und er hatte sich etwas beruhigen können.

Adrians Nacken schmerzte, als er aufstand und sich streckte.

»Guten Morgen, Herr Sur«, berlinerte der Polizist. »Ihr Anwalt ist hier. Sie können jetzt mit ihm reden.«

Adrian hatte nach der Vernehmung Klaus Olten angerufen, einen Kollegen aus dem psychoanalytischen Institut, der selbst vor einiger Zeit Rechtsbeistand gebraucht hatte. Ein Patient hatte gegen ihn geklagt und ihm vorgeworfen, ihn nicht richtig über die Nebenwirkungen eines Medikamentes aufgeklärt zu haben. Nachdem die Angelegenheit beigelegt worden war, erzählte Olten Adrian, dass sein Anwalt ihn gut beraten hatte. Natürlich wollte Olten wissen, weswegen Adrian einen Anwalt brauchte, als der ihn um dessen Telefonnummer bat. Adrian vertraute ihm in wenigen Sätzen an, in welche Lage er geraten war. Erst danach, wieder in der Zelle, kamen ihm Zweifel, ob dies klug gewesen war. Schließlich war er Verdächtiger in einem Mordfall. Andererseits, so versuchte er sich zu beruhigen, war Klaus Olten selbst in einer schwierigen Situation gewesen und hatte mit Adrian darüber gesprochen. Und außerdem war er auch Psychoanalytiker und mit der Wahrung von Persönlichkeitsrechten vertraut. Und dennoch beschlich Adrian ein ungutes Gefühl.

»Wollen Sie vorher noch ein bisschen Wasser über Ihr Gesicht laufen lassen? Und 'ne Tasse Kaffee können Sie sicher auch gebrauchen«, fuhr der Beamte fort.

Adrian musste schmunzeln und antwortete: »Kaffee wäre großartig, am besten mit einer Zigarette.«

»Aber Herr Doktor, Sie wissen doch: Rauchen ist ungesund.«

Fünfzehn Minuten später saß Adrian Simon Holdenried gegenüber. Bereits nach wenigen Sätzen hatte er den schwäbischen Tonfall erkannt, der ihm aus seiner Studienzeit in Tübingen so vertraut war. Anders als viele in Berlin lebende Schwaben schien Holdenried seine Herkunft nicht leugnen zu wollen. Kein Bemühen, die verräterischen Wortendungen auf -er oder -ar hinter einem gekünstelten Berliner Akzent zu verbergen. Sein Hochdeutsch war klar, wenn auch etwas schwerfällig, was an der bedächtigen Art zu liegen schien, mit der er seine Sätze formulierte. Adrian fand den gedrungenen Mann in seinem etwas biederen Anzug mit weißem Hemd und Krawatte sofort sympathisch. Sein offener Blick, der kräftige Händedruck und der Abstand, in dem er vor ihm stehen blieb, bevor er sich ihm gegenüber an den Tisch setzte, vermittelten Adrian, dass er über ein feines Gespür für Nähe und Distanz verfügte. Er hatte das Gefühl, ihm vertrauen zu können.

Holdenried hörte aufmerksam zu, unterbrach Adrian an mehreren Stellen, um genauer nachzufragen, machte Notizen. Als Adrian geendet hatte, lehnte er sich auf seinem Stuhl zurück und blickte aus dem Fenster. Dabei strich er sich mit der Hand über das glatt rasierte Kinn. Adrian schaute Holdenried an und hoffte.

Nach einigen Sekunden, die Adrian wie Minuten vorkamen, schaute ihm der Anwalt in die Augen und sagte in vorsichtigem Ton: »Herr Doktor Sur, ich weiß, dass diese Frage Sie vielleicht verärgert. Aber wenn ich Sie vertreten soll, wäre es hilfreich zu wissen, ob die gegen Sie vorgebrachten Anschuldigen den Tatsachen entsprechen.«

Adrian erwiderte Holdenrieds Blick und schwieg. Er wusste nicht mehr, was er denken sollte. Die Ereignisse der letzten vierundzwanzig Stunden hatten alles durcheinandergebracht. Bis jetzt war er sich immer sicher gewesen, dass er sich seinen Patientinnen gegenüber korrekt verhalten hatte. Dass alles, was er getan hatte, im Dienste der Behandlung stand, zum Wohle der Patientinnen. Aber wenn es stimmte, was ihm über Sibylle Moors Tagebuch gesagt worden war, konnte es dann sein, dass er in den Therapiestunden doch Grenzen überschritten hatte? Ja, er hatte Sibylle Moor anziehend gefunden. Und wie sie sich zu Beginn ihrer Verliebtheit kleidete, hatte ihn bisweilen in arge Bedrängnis gebracht.

Er war sich auf einmal nicht mehr sicher.

»Herr Holdenried«, sagte er schließlich, »bis gestern hätte ich ohne zu zögern mit einem klaren Nein, natürlich nicht, geantwortet. Jetzt ist mir so vieles unklar.«

Holdenried beugte sich vor.

»Ich habe schon einige Ihrer Kollegen vertreten. Und meistens hatte es Schwierigkeiten gegeben, weil Patient und Therapeut bestimmte Situationen unterschiedlich interpretiert hatten.«

»Nach alldem, was passiert ist, frage ich mich genau das«, sagte Adrian. »Habe ich etwas vollkommen fehlinterpretiert?«

»In Ihrem Fall wäre diese Frage relevant, wenn es um den Vorwurf des sexuellen Missbrauchs ginge. Im Moment steht dies aber allenfalls als Tatmotiv zur Debatte. Die Frage, um die es hier geht, ist eine andere. Und bei der gibt es wenig Interpretationsspielraum.«

Adrian nickte. »Ich kann mit Sicherheit sagen, dass ich Sibylle Moor nicht umgebracht habe.«

Holdenrieds besonnene Art beruhigte Adrian und half ihm, das Chaos in seinem Kopf zu ordnen. Der Anwalt klärte ihn auf, und sie besprachen das weitere Vorgehen. Bereitwillig unterschrieb Adrian das Formular, mit dem er Holdenried das Mandat übertrug, bevor sie sich verabschiedeten.

Adrian hatte gerade ein wenig inspirierendes Frühstück bestehend aus lauwarmem Kaffee und einem trockenen Brötchen mit Butter und Marmelade zu sich genommen, als Amina Reshad in seiner Zelle erschien. Sie wirkte zugleich distanziert und bedrückt.

»Doktor Sur, kommen Sie bitte mit zur Vernehmung. Ihr Anwalt ist verständigt und wird dazukommen.«

Wortlos ging sie neben ihm her. Adrian konnte die Kluft zwischen ihnen förmlich spüren. Ihn fröstelte. Er wollte fragen, ob es neue Erkenntnisse gab. Solche, die ihn entlasteten. Aber die Polizistin war so abweisend, dass er es vorzog, zu schweigen.

Schrader erwartete die Beiden in demselben Raum, in dem Adrian am Vorabend vernommen worden war. Mit grimmigem Blick saß er am Tisch. Adrians Gruß ignorierend schaltete er das Mikrofon ein, sobald alle saßen. Bevor Schrader die üblichen Angaben zu Beginn einer Vernehmung in das Mikrofon sprechen konnte, sagte Adrian: »Entschuldigen Sie bitte, aber ich ziehe es vor, zu warten, bis mein Anwalt hier ist. Hat er schon Akteneinsicht erhalten?«

Mit einem Achselzucken schaltete Schrader das Mikrofon wieder aus.

Wenig später wurde Holdenried in den Raum geführt. Er stellte sich vor und schaute Amina verbindlich an.

»Frau Reshad, nehme ich an. Sie leiten die Untersuchung, wenn ich richtig informiert bin.«

Amina nahm seine Hand, die er ihr zur Begrüßung entgegenstreckte.

»Ja, und das ist mein Kollege Schrader.«

Holdenried nickte Schrader zu, was dieser mit einer kaum wahrnehmbaren Kopfbewegung erwiderte.

Adrian beobachtete die Szene interessiert. Dann wandte er sich an Holdenried, der auch ihm die Hand gab und sich neben ihn setzte. »Konnten Sie die Akten schon einsehen?«

»Bisher nicht. Ich habe Akteneinsicht beantragt und heute Vormittag einen Termin bei der Staatsanwaltschaft.«

»Vielleicht können wir Ihnen ja trotzdem einige Fragen stellen, damit wir vorankommen«, sagte Amina.

»Naja«, antwortete Holdenried vorsichtig, aber bestimmt, »ist das nicht ein bisschen verkehrte Welt?«

»Ich weiß, aber wir wollen keine Zeit verlieren«, sagte Amina.

»Jetzt bin ich aber irritiert«, fiel ihr Adrian ins Wort. »Wozu die Eile? Nachdem Sie mich bereits als Täter identifiziert haben, können Sie doch in Ruhe zuwarten, bis mein Anwalt die Akten studiert hat und wir uns beraten haben.«

»Wir haben uns keineswegs auf Sie als Täter festgelegt«, antwortete Amina. »Wir ermitteln auch in andere Richtungen. Das Tagebuch des Opfers ist noch nicht ganz ausgewertet.«

Adrian blickte Holdenried fragend an. Dieser beugte sich zu ihm und flüsterte: »Die werden sicher wissen wollen, ob Sie für die Tatzeit ein Alibi haben.«

Adrian nickte. »Okay, was wollen Sie wissen?«

»Können Sie uns sagen, wo Sie vorgestern, also Sonntagabend zwischen zwanzig und zweiundzwanzig Uhr waren?«, fragte Amina.

Adrian atmete erleichtert auf. »Da war ich auf der Tagung meiner psychoanalytischen Gesellschaft.«

»Wo fand die Veranstaltung statt?«

»Im *Seminaris CampusHotel*.«

»Wie lange waren Sie dort?«

»Bis um zweiundzwanzig Uhr dreißig. Da war die Tagung zu Ende. Danach bin ich nach Hause gefahren.«

Amina schaute ihn, wie es schien, erleichtert an. »Na, das wird sich ja wohl leicht überprüfen lassen. Man hat Sie dort doch sicher gesehen.«

Adrian durchzuckte es, als hätte er einen Tritt in den Unterleib bekommen. Sein Blick verfinsterte sich.

»Nein, das stimmt nicht ganz. Gegen einundzwanzig Uhr habe ich das Tagungshotel verlassen. Vorübergehend. Ich war so verärgert über die Grabenkämpfe der verschiedenen Institute. Immer wieder, auf jeder Tagung dasselbe. Besserwisserei, uralte ideologische Gefechte, die mit dem Eigentlichen nichts zu tun haben. Ich hatte keine Lust mehr und brauchte etwas Abstand.«

»Was haben Sie dann gemacht?«, fragte Amina.

»Herumgelaufen. Ich bin spazieren gegangen. Zum offiziellen Tagungsende bin ich wieder zurück zum Hotel gegangen.«

»Und natürlich hat Sie keiner gesehen.« Schrader hielt sein Smartphone in der Hand und schien etwas zu suchen. »Aha, da haben wir es. *Seminaris CampusHotel Berlin*. Liegt sechzehn Autominuten vom Fundort der Leiche am Wannsee entfernt. Sie hätten also problemlos hin und zurück fahren können – und hätten noch genügend Zeit gehabt, Ihre Patientin zu ermorden.«

Holdenried legte beide Hände auf den Tisch und richtete sich auf: »Ich halte es für das Beste, wenn wir die Befragung an dieser Stelle unterbrechen. Mein Mandant sollte die Gelegenheit haben, sich mit mir zu besprechen, nachdem ich die Akten eingesehen habe.«

Schrader schnaubte. Amina packte die Papiere, die sie vor sich ausgebreitet hatte, zusammen und beendete die Vernehmung.

Die Luft war stickig in dem kleinen fensterlosen Raum, den sie ihnen zugewiesen hatten. Die beiden Männer saßen am Tisch. Adrian hatte die Hemdsärmel hochgekrempelt, und sogar der Anwalt hatte sein Jackett ausgezogen. Er hatte die Akte bei der Staatsanwaltschaft gelesen und Kopien anfertigen lassen. Einsicht in Sibylle Moors Tagebuchaufzeichnungen hatte er nicht erhalten. Jetzt informierte er Adrian und erläuterte einzelne Passagen. Das Juristendeutsch machte Adrian einen Knoten im Gehirn.

Holdenried lockerte die Krawatte. »Herr Doktor Sur, sind Sie sicher, dass niemand Sie gesehen hat, als Sie spazieren gegangen sind?«, fragte er. »Nach den Angaben der Gerichtsmedizin muss Frau Moor zwischen zwanzig und zweiundzwanzig Uhr getötet worden sein.«

Adrian dachte nach. Er ließ den Abend noch einmal Revue passieren. Die Streitereien bei der Mitgliederversammlung, die bereits während der Vorträge am Tag begonnen hatten. Sein Ärger und sein Widerwillen, sich in die Diskussion einzumischen.

»Ich weiß nicht. Ich weiß nur, dass ich niemandem begegnen wollte. Einer kleinen Gruppe von Teilnehmern, die ebenfalls spazieren gingen, bin ich sogar aus dem Weg gegangen, um nicht in ein Gespräch verwickelt zu werden. Ich wollte einfach meine Ruhe haben.« Und nach einem Zögern: »Das ist jetzt wohl nicht so günstig?«

Holdenried neigte den Kopf zur Seite: »Anders wäre es besser gewesen.«

»Wie wurde sie eigentlich ermordet?«, fragte Adrian.

»Das findet sich in den Akten nicht«, antwortete Holdenried. »Offensichtlich halten sie die Information zurück. Sie nennen das Täterwissen. Wissen, das nur die Polizei und der Täter haben können.«

Nach einer Weile – sie hatten bereits seit zwei Stunden in dem kleinen Raum gesessen – richtete Holdenried sich auf und streckte sich. »Die Beweislage ist sehr dürftig. Nach Meinung der Polizei könnten Sie ein Motiv haben, und Sie haben kein Alibi. Falls die erkennungsdienstlichen Untersuchungen – entschuldigen Sie bitte, so Fingerabdrücke und so weiter – keine weiteren Hinweise ergeben haben, liegen keinerlei Beweise gegen Sie vor. Ich habe Haftprüfung beantragt. Und ich gehe davon aus, dass sie Sie nicht länger festhalten können.«

»Heißt das, ich bin frei?«, fragte Adrian.

»Nicht ganz«, entgegnete Holdenried. »Wie die Dinge stehen, wird weiter gegen Sie ermittelt werden. Die Sache ist für Sie leider noch nicht ausgestanden.«

Holdenried sollte recht behalten. Amina setzte die Vernehmung fort. Zu Adrians Erleichterung war Schrader nicht dabei. Stattdessen saß der Mann neben Amina, den sie am Vortag Kurt genannt hatte. »Kriminalkommissar Joraschky«, stellte sie ihn vor.

Depressiv und Alkohol, ging es Adrian durch den Kopf, aber nicht so bösartig wie der Andere.

Amina erklärte, Adrian könne nach der Befragung – fürs Erste – gehen. Sie hatte ihre Lederjacke über die Stuhllehne gehängt und die Ärmel ihres blau-weiß gemusterten Herrenhemdes hochgekrempelt.

»Sie haben kein Alibi für die Tatzeit«, sagte sie.

»Das stimmt, aber welche Veranlassung sollte ich gehabt haben, meine Patientin zu ermorden? Sie haben ihr Tagebuch erwähnt …«

»… das Sie uns bisher nicht zur Einsicht überlassen haben«, fügte Holdenried hinzu. Seine Anwesenheit beruhigte Adrian.

»Sie werden es in Kopie bekommen, sobald wir es ausgewertet haben und freigeben können«, antwortete Amina.

Adrian schaute auf die Hände der Polizistin, die vor ihm auf dem Tisch lagen. Sie wirkten drahtig. Unter ihrer hellbraunen Haut zeichneten sich kräftige Venen ab. Die Armbanduhr trug sie rechts, obwohl sie ihre Notizen mit der rechten Hand schrieb.

»Sie haben gestern von weiteren belastenden Hinweisen gesprochen, die Sie bei der Durchsuchung meines Hauses gefunden haben«, fuhr Adrian fort.

Amina blickte ihren Kollegen an, der in fremden Welten versunken schien.

»Kurt, könntest du bitte berichten, was ihr vorgefunden habt?«

»Ja, also«, begann er schwerfällig, ohne Blickkontakt aufzunehmen. »Das Nebengebäude, das zu dem Haus gehört, scheint eine Trainingshalle für fernöstlichen Kampfsport zu sein. Der Boden ist mit Matten ausgelegt. An den Wänden hängen Schwerter und Stöcke aus Holz. Und in einem Metallkoffer liegt ein scharfes Samuraischwert.«

»Sie beherrschen eine Kampfkunst, Herr Doktor Sur?«, fragte Amina.

»Was hat das mit dem Mord an meiner Patientin zu tun?«

Amina sah Adrian an. »Das darf ich Ihnen zum jetzigen Zeitpunkt nicht sagen.«

Adrian schaute zu Holdenried. Seinem Nicken entnahm er, dass es damit seine Richtigkeit hatte und er die Frage beantworten konnte.

»Ich beschäftige mich seit meiner Jugend mit Aikido«, sagte Adrian.

»Hat das etwas mit Ihrem Geburtsort Tokyo zu tun?«

»In gewisser Weise ja«, entgegnete Adrian. »Meine Mutter hat viele Jahre lang Aikido betrieben, auch nachdem wir nach London gezogen waren.«

Adrian sah, wie Amina zusammenzuckte.

»Und ich habe auch früh damit angefangen. Aber Aikido lehrt nicht das Töten. Vielmehr lehrt es die Vereinigung von Angreifer und Verteidiger.«

»Und die Schwerter?«

»Zu Aikido gehört auch das Üben mit dem Holzschwert, dem Bokutō. Es ist gewissermaßen aus der Schwertkunst entstanden. Mir geht es in der Kampfkunst um das Ringen mit mir selbst, nicht um den Kampf gegen andere Menschen. Aber noch einmal. Was hat das mit dem Tod meiner Patientin zu tun?«

Plötzlich dämmerte es ihm. »Sibylle Moor wurde …«

Holdenrieds energisches Räuspern unterbrach ihn. Der schaute ihn angespannt an, jederzeit bereit einzugreifen, bevor Adrian sich um Kopf und Kragen redete.

»Was wollten Sie sagen?«, fragte Amina.

Adrian hob die Hände und schüttelte langsam den Kopf.

Nach kurzem Schweigen fuhr Amina fort: »Ich kann Ihnen nur so viel sagen, dass es für uns auffällig ist, dass Sie eine Kampfkunst beherrschen. Außerdem gibt es Indizien, dass Sie mit dem Opfer eine sexuelle Beziehung hatten, und Sie waren zur Tatzeit in der Nähe des Fundortes der Leiche, und Sie haben kein Alibi.«

Mit jedem aufgezählten Indiz verfinsterte sich Aminas Miene. Kein triumphierendes Heben der Stimme. Vielmehr eine Schwere. Wie bei einer Ärztin, die ihrem Patienten offenbaren muss, dass die Untersuchungsergebnisse auf Krebs hinweisen.

Warum?, fragte sich Adrian. Sie konnte doch froh sein, so schnell eine heiße Spur zu haben. Aber etwas in ihr schien gerade dies zu bedauern.

»Sie haben recht.« Adrian lächelte und drehte die geöffneten Handflächen nach oben. »Die Indizienlage ist erdrückend. So sagt man doch? Aber warum lassen Sie mich dann gehen?« Adrian spürte wieder einmal den Automatismus, den er seit Jahren kannte. Wenn die Situation schwierig wurde, wenn andere in Erregung gerieten, schaltete er einen Gang hoch und verringerte die Drehzahl. Puls und Atemfrequenz gingen zurück, seine Bewegungen verlangsamten sich, er wurde ruhiger. Diese Gelassenheit hatte ihm schon oft geholfen, vor allem während seiner Arbeit als Assistenzarzt im Umgang mit aggressiven Patienten. Und dennoch hatte diese betäubende Ruhe ihren Preis. Es war, als sei er abgetrennt von der Welt. Unter einer Glasglocke.

Holdenried schaute mit fragendem Blick zwischen den Beiden hin und her.

Amina lächelte. »Wollen Sie lieber bleiben?«

»Gott bewahre, nein!«

»Trotz der Indizien liegen keine Beweise gegen Sie vor, die es rechtfertigen würden, sie länger hierzubehalten. Das sieht der Haftrichter auch so.«

»Das tut mir aber leid für Ihren Kollegen Schrader.« Adrian hatte den Satz noch nicht ganz ausgesprochen, als ihm bewusst wurde, dass die Situation, vor allem der Tod seiner Patientin, nun wirklich keinen Anlass zum Scherzen gab.

Amina beendete die Vernehmung, und nachdem sie ihn aufgeklärt hatte, dass er sich für weitere Befragungen zur Verfügung halten musste und die Stadt nicht verlassen durfte, konnte Adrian das Kommissariat verlassen. Holdenried brachte ihn nach Hause, und sie verabredeten sich für den nächsten Tag.

Adrian öffnete die Tür. Zuerst nur einen spaltbreit, als lauere Gefahr. Als er seinen Praxisraum betrat, senkte sich eine Schwere über ihn, die ihn fast zu Boden drücke. Hatte er die Hausdurchsuchung wie in Trance wahrgenommen, übertraf das Ausmaß der Verwüstung jetzt, bei klarem Blick, all seine Befürchtungen.

Bücher waren aus den Regalen gerissen und lagen verstreut auf der Erde. Achtlos hingeworfen, so sah es aus. Bücher, die ihm wertvoll und wichtig waren. Viele, lange vergriffen, hatte er antiquarisch gekauft. Schreibtischschubladen waren herausgerissen, ihr Inhalt durchwühlt. Wo sein Laptop gestanden hatte, lagen die verwaisten Kabel. Der Metallschrank stand offen, und die Patientenakten einschließlich Adrians persönlicher Notizen waren durchsucht, viele mitgenommen worden. Und alles war von einer feinen schwarzen Staubschicht überzogen.

Die Achtung vor der Privatsphäre seiner Patienten war die Basis seiner Arbeit. Was hier geschehen war, war ein zweifacher Einbruch in den privaten Innenraum. In seinen und in den seiner Patienten.

Dasselbe Szenario fand er vor, als er durch das Nebengebäude und seine Wohnräume ging.

Adrian fühlte sich wie nach der Injektion eines Schmerzmittels, das den akuten Schmerz unter der Oberfläche hielt. Hätte er nicht ohnmächtige Wut spüren müssen? Hätte er nicht schreiend durch seine Räume stürmen müssen? Oder aus dem Haus? Stattdessen stand er minutenlang in der Diele. Versteinert. Erst das vertraute Klick-Klack der Katzenklappe erlöste ihn aus seiner Erstarrung.

»Sam, Frodo, ihr müsst hungrig sein.« Adrian sah auf die beiden Kater hinab, die, der schwarze hinter dem grauen, hereinkamen und ihm laut schnurrend um die Beine strichen. Fürsorgliche Wärme – so mussten Eltern für ihre Kinder empfinden – war das erste, was er wieder fühlte. Er ging in die Hocke und streichelte die beiden Gefährten, bevor er ihre Fressnäpfe füllte.

Es dauerte Stunden, bis er wieder Ordnung geschaffen hatte. Jedenfalls in den Räumen. In seinem Kopf war längst noch nicht alles an Ort und Stelle. Doch das Aufräumen half ihm, wieder etwas zur Ruhe zu kommen. Am Ende schaltete er den CD-Spieler an und legte sich auf die Wohnzimmerdielen. Andy Sheppards Saxophon hauchte ihm aus dem Lautsprecher entgegen, getragen von einem lichten Gewebe aus Pianoklängen. Adrian schloss die Augen, und Carla Bleys *Utviklingssang* durchströmte ihn, so abschiedlich wie das letzte Blatt an einem spätherbstlichen Ahorn und so verheißungsvoll wie der erste Krokus.

Zuletzt hatte er sich vor sieben Jahren so gefühlt. Adrian saß auf dem Flur der alten Villa und wartete. Damals hatte er auf seine Abschlussprüfung gewartet. Sie sollte den Schlusspunkt hinter acht Jahre anstrengender Weiterbildung setzen. Vielmehr als das würde sie sich jedoch als Initiation erweisen. In einen neuen Lebensabschnitt. Nachdem er die Prüfung – mit Bravour, wie man ihm sagte – bestanden hatte, boten sie ihm rasch an, sich im psychoanalytischen Institut zu engagieren, als Dozent und in Gremien. Eigentlich hatte er sich vorgenommen, eine Auszeit zu nehmen und seine psychoanalytische Praxis aufzubauen. Doch die Angebote waren verlockend, vor allem für seine Eitelkeit. So dauerte es nur wenige Monate, bis er sein erstes Seminar gab und im Prüfungsgremium arbeitete. Ehrenamtlich und neben der Praxis. Er genoss das Unterrichten. Bereits während seiner Arbeit in Kliniken hatte er Spaß daran gefunden, seine Erfahrung an Studierende und jüngere Assistenten weiterzugeben. Später, im Institut, machte er sich schnell einen Namen als Dozent, der die Studierenden mitzureißen wusste. Dies lag sicher daran, dass er seinen Beruf, die Arbeit mit den Patienten, selbst so liebte.

Dennoch war er im Institut nie ganz heimisch geworden. Während seiner Weiterbildungszeit hatte er sich als Besucher erlebt. Immer wieder hatte es ihn überrascht, wenn Dozenten ihn mit Namen ansprachen. Jetzt bewegte er sich in den altehrwürdigen Räumen des Institutes wenn auch nicht mit der Sicherheit eines Bewohners – zuhause fühlte er sich nirgends – so doch mit der eines Stammgastes.

Nach seiner Rückkehr aus dem Kommissariat – noch bevor er sich selbst mit dem Institut in Verbindung setzen konnte – hatte er eine Nachricht auf dem Anrufbeantworter, mit der dringenden Bitte, zu einem Gespräch mit dem Ethikausschuss zu kommen.

Als er nun vor dem Vorstandsbüro saß, fühlte er sich wieder wie ein Fremder. Und obgleich er sich damit zu beruhigen versuchte, dass er sich nichts vorzuwerfen hatte und auf die Loyalität seiner Kolleginnen und Kollegen zählen konnte, fühlte er sich verlassen. Mit einem bitteren Lächeln begrüßte er dieses Einsamkeitsgefühl, das ihn seit seiner Kindheit begleitete wie ein treuer, aber lästiger Gefährte.

Die Tür öffnete sich und Ronald Mang trat aus dem Zimmer. Adrian stand auf und ergriff die ihm entgegengestreckte Hand.

Mit ernster Stimme sagte der Vorsitzende des Ethikausschusses: »Herr Sur, bitte kommen Sie herein.«

Keine Spur von der verbindlichen Freundlichkeit, mit der er ihm bisher begegnet war.

Im Raum erwarteten ihn die anderen Mitglieder des Ausschusses. Als Adrian eintrat, standen sie auf und reichten ihm die Hand. Über den Tisch hinweg, der wie ein Bollwerk zwischen ihnen und ihm stand. In ihren Gesichtern konnte Adrian Unterschiedliches lesen. Während Corinna Möbius, eine der großen alten Frauen des Instituts, deren Seminare er während seiner Ausbildung gerne besucht hatte und deren Wissen er bewunderte, ihn mit wohlwollendem Blick begrüßte, sah ihn Heinrich Norden unsicher fragendend an. Ihn kannte er von allen Anwesenden am wenigsten, da er im Bereich der Kinder- und Jugendlichen-Psychotherapie arbeitete. Sarah Ender war nur wenig älter als Adrian. Sie hatte ihr Abschlussexamen einige Jahre vor ihm gemacht. Er kannte sie noch als Studierende, hatte gemeinsam mit ihr Vorlesungen besucht. Ihr Blick war streng und vorwurfsvoll. Und sie zögerte, bevor sie Adrian die Hand gab.

»Herr Sur«, begann Ronald Mang. »Wir haben Sie heute hierher gebeten, weil uns zu Ohren gekommen ist, Sie seien wegen gravierender Vorwürfe von der Kriminalpolizei vernommen worden. Stimmt das?«

In Adrian stieg Ärger auf. »Ich nehme an, das wissen Sie von Klaus Olten.«

Mang musste bewusst sein, dass Oltens Verhalten einen Vertrauensbruch darstellte. Das konnte Adrian an Mangs kleinlautem Nicken erkennen.

»Und dass Du in Untersuchungshaft warst?«, fiel ihm Sarah Ender ins Wort. In ihren Augen sah Adrian so etwas wie Verachtung. Er sah sie an, hielt ihrem abschätzigen Blick für ein oder zwei Sekunden stand, wandte sich wieder Mang zu und antwortete: »Ich wurde zu einer Patientin befragt.«

»Möchten Sie uns über die Angelegenheit berichten?«, fragte Mang.

Adrian war hin und her gerissen. Auf der einen Seite hatte er immer den Eindruck gehabt, dass im Institut ein Klima des Vertrauens und der Unterstützung herrschte. Sicher, er hatte – während seiner Ausbildung am Rande und seit seiner Mitarbeit verstärkt – mitbekommen, dass auch Psychoanalytiker nur Menschen waren, mit Fehlern und Eitelkeiten. Konflikte untereinander waren keine Ausnahme. Aber insgesamt herrschte eine wohlwollende Atmosphäre. Und er war davon ausgegangen, dass das Verschwiegenheitsgebot, das die Basis der therapeutischen Arbeit darstellte, auch im Umgang mit Kollegen galt.

Auf der anderen Seite war er nicht überrascht, dass sich die Nachricht seiner Vernehmung so schnell über die Klatsch- und Tratsch-Connection des Instituts verbreiteten konnte. Gerade Olten hatte er nie gemocht. Auch mit ihm hatte er zusammen studiert. In Seminaren hatte Adrian ihn häufig als eitlen Selbstdarsteller erlebt, der ohne Selbstkritik auf dem Tisch tanzte und weitschweifige Reden schwang, während sich Adrian stets zurücknahm und seine Beiträge kurz hielt. Warum nur hatte er sich Olten anvertraut? In seiner Not war ihm einfach niemand anderes eingefallen, den er hätte um Rat frage können. Er hätte auf seine warnende innere Stimme hören sollen. Letztlich hatte er sich in Olten nicht getäuscht. Und dennoch, er war enttäuscht.

Konnte er dem Ausschuss jetzt trauen? Wie viel konnte er preisgeben, ohne sich selbst in Teufels Küche zu bringen? Schließlich war er immer noch verdächtig. Hätte er doch nur seinen Anwalt vor der Sitzung um Rat gefragt! Immerhin schien Holdenried ein Glücksgriff gewesen zu sein. Oltens Tipp. Das war das Gute am Schlechten.

Adrian schaute in die Runde, wusste nicht, was er sagen sollte. Da kam ihm Corinna Möbius zur Hilfe. Sie räusperte sich und lehnte sich nach vorne.

»Herr Kollege Mang, ich denke, dass das alles sehr viel für Herrn Sur gewesen sein muss und dass er Zeit braucht, sich zu ordnen.« Mit Blick auf Adrian fuhr sie fort: »Es wäre vielleicht sinnvoll, sich mit Ihrem Anwalt zu beraten. Sie haben doch einen? Denn wenn das Verfahren, in das sie geraten sind, noch nicht abgeschlossen ist, müssen Sie gut überlegen, wem Sie was sagen.«

Die anderen drei Ausschussmitglieder sahen sie konsterniert an.

»Entschuldigen Sie bitte, Frau Kollegin«, schaltete sich Mang ein. »Gegen Herrn Sur scheinen schwerwiegende Vorwürfe erhoben worden zu sein. Und wenn davon etwas an die Öffentlichkeit kommt, ist der Ruf unseres Institutes in Gefahr. Sie wissen doch, was gerade los ist. Wir können es uns nicht leisten, mit der katholischen Kirche und bestimmten Schulen in einen Topf geworfen zu werden.«

»Dann wissen Sie ja bereits, welche Vorwürfe gegen mich erhoben worden sind.« Adrian wäre am liebsten aufgestanden und gegangen.

»Und das, Herr Mang, ist mehr als bedenklich.« Die Stimme der endsechzigjährigen, zerbrechlich wirkenden Corinna Möbius nahm einen bestimmenden Ton an. »Es ist meines Erachtens ein Unding, dass wir über die Buschtrommel Dinge dieses Ausmaßes erfahren.«

Sarah Ender schlug mit der flachen Hand auf den Tisch. »Es war meine Pflicht, dies dem Ausschuss mitzuteilen. Es gibt nichts Schlimmeres als sexuellen Missbrauch in der Therapie. Und wir können so etwas in unserem Institut nicht dulden.«

Sie schaute die anderen Mitglieder des Ausschusses der Reihe nach an, als wollte sie von jedem einzelnen die Rechtmäßigkeit ihrer Handlung bestätigt bekommen.

Adrian fühlte, wie sich sein Puls beschleunigte und seine Nackenmuskeln anspannten. Für Sekunden. Doch bevor die Wut, zu der er jeden seiner Patienten in vergleichbaren Situationen ermutigt hätte, sich Bahn brechen konnte, nahm er sie an den Zügel wie ein ängstlicher Reiter. Stattdessen sagte er mit leiser Stimme: »Schlimmer als Mord?«

Sarah Ender sah ihn mit offenem Mund an.

»Ich werde vor allem verdächtigt, meine Patientin umgebracht zu haben.« Fast genoss er den Schockmoment. Und ohne eine Antwort abzuwarten, stand er auf. »Ich habe nicht den Eindruck, dass es hier darum geht, gemeinsam nach einem Weg zu suchen, wie mit der schwierigen Situation umzugehen ist, in die ich als Mitglied unseres Institutes geraten bin. Vielmehr scheinen Sie Ihr Urteil bereits gefällt zu haben. Unter diesen Umständen möchte ich darauf verzichten, mich weiter hier zu äußern. Frau Möbius, ich danke Ihnen für Ihre Unterstützung. Sarah, du wirst sicher demnächst ein Seminar zu dem Thema anbieten. Sei mir nicht böse, wenn ich nicht teilnehme. Herr Mang, bitte lassen Sie mich wissen, wie Sie weiter« – und fuhr mit Blick auf Sarah Ender gerichtet fort – »gegen mich vorgehen wollen. Sie wissen, wie Sie mich erreichen können.«

Als die schwere Haustür wenige Sekunden später hinter ihm ins Schloss gefallen war und Adrian zu seinem Wagen ging, fragte er sich, ob er die Villa je wieder betreten würde.

Die Unterredung mit Holdenried hatte nichts Neues ergeben. Adrian hatte kein Alibi für die Tatzeit, und Sibylle Moors Tagebuchaufzeichnungen gaben Hinweise auf sexuelle Kontakte. Das behauptete jedenfalls die Polizei. Einsicht in das Tagebuch hatte Holdenried noch immer nicht erhalten.

Wie konnte ein Leben, in dem das größte Abenteuer darin zu bestehen schien, ob er im Laufe des nächsten Jahres zum Lehranalytiker ernannt werden würde, innerhalb eines Tages so erschüttert werden? Sicher, Adrian begab sich täglich auf abenteuerliche Reisen. Als solche empfand er die Therapien mit seinen Patienten. Und so beschrieb er den therapeutischen Prozess auch seinen Studierenden gegenüber.

Sich selbst entdecken und sich seinen eigenen Dämonen stellen. Wer »in all dem Mist das Gold« fand, wer bisher abgelehnte Charakterzüge aus ihrem Schattendasein befreien und in das eigene Leben integrieren konnte, fühlte sich oft gestärkt und um neue Perspektiven bereichert. Doch dieses Abenteuer war keine geringere Herausforderung als den Mount Everest zu besteigen. Und nicht weniger gefährlich, wenn man sich wirklich darauf einließ.

Auf diesen Expeditionen begleitete Adrian seine Patienten. Als Bergführer. Bei aller inneren Beteiligung blieben jedoch Distanz und Reserve, blieb er Beobachter des Geschehens. Aus therapeutischer Sicht war dies unabdingbar. Lebenswichtig. Schließlich musste er die Sicherung übernehmen. Alles andere wäre fahrlässig und würde die Patienten in Gefahren bringen, die mit nichts zu rechtfertigen wären. Es machte einen guten Therapeuten aus, die Gefahren einschätzen zu können und rechtzeitig wieder für festen Boden unter den Füßen der Reisenden zu sorgen. Den entscheidenden Sprung über die Felsspalte jedoch machte nicht er, sondern der Patient.

Als wichtigsten Teil seiner Ausbildung zum Psychoanalytiker hatte er, wie alle, selbst auf die Couch gemusst. Doch auch in seiner eigenen Psychoanalyse, der Lehranalyse, hatte er stets das Gefühl gehabt, sich nicht ganz und gar hingeben zu können. So als hätte ihn etwas abgehalten, den letzten Teil seiner Rüstung abzulegen. Adrian hatte unter diesem Gefühl gelitten. Umhüllt von einer Isolierschicht, die ihn abschirmte. Gegen akuten Schmerz, aber auch gegen sanfte Berührung. So ging es ihm auch mit den Frauen. Wenn Mitstudierende von inneren Dramen während ihrer Lehranalysestunden berichtet hatten, hatte er sich zu wahrer Empfindung unfähig gefühlt, wenn es um ihn selbst ging. Und jetzt? War dies die existenzielle Erfahrung, nach der er sich immer gesehnt hatte?

Adrian fuhr nach Dahlem. Am frühen Morgen hatte er Lothar Gossler angerufen und um einen dringenden Gesprächstermin gebeten.

Als er in die Clayallee einbog, legte er eine CD ein und drehte laut auf. *Still Life* von Van der Graaf Generator. Hunderte Male war er die Strecke gefahren, mit dieser Musik. Und in diesem Wagen. Sein Vormund hatte ihm den silberfarbenen Saab 96 *Jubilee Rally Sweedspeed* zu seinem achtzehnten Geburtstag überreicht. Er hatte Adrians Vater gehört. Der hatte ihn kurz vor seiner Abreise nach Tokyo gekauft. Limitierte Sonderversion. Und obwohl Adrian keine besondere Vorliebe für Autos hatte, hielt er ihn in Ehren, ließ ihn sogar vor einigen Jahren aufwändig restaurieren. Schließlich war er – neben dem Vermögen – alles, was ihm von seinem Vater geblieben war.

Adrian hatte seine Lehranalyse bei Gossler absolviert und besprach jetzt regelmäßig schwierige Behandlungsfälle mit ihm. Gossler war ein angesehener Lehranalytiker und Dozent im psychoanalytischen Institut gewesen. Nach dem Tod seiner Frau vor drei Jahren hatte er sich zurückgezogen. Jetzt behandelte er noch einige Privatpatienten und gab jüngeren Kollegen Supervisionsstunden. Wenn er nicht verreist war, schrieb er über Behandlungstechnik und kümmerte sich um seinen Garten.

Adrian betrat das Grundstück und ging auf dem schmalen Kiesweg zum Haus. Am Rosenbeet rechts vom Weg stand ein Eimer mit frisch geschnittenen Trieben. Obenauf lag eine Gartenschere. Offensichtlich hatte Gossler bis kurz vor seinem Eintreffen Rosen beschnitten. Es wäre undenkbar gewesen, ihn noch bei der Gartenarbeit anzutreffen. Hierzu war Gossler die Trennung zwischen dem Privatmann und dem Therapeuten viel zu wichtig – auch im Ruhestand.

Als sie sich wenig später in Gosslers Arbeitszimmer gegenübersaßen, fühlte sich Adrian zum ersten Mal seit Tagen in Sicherheit. Gosslers Ruhe breitete sich über ihn wie eine weiche Wolldecke.

Der Siebzigjährige saß in seinem Ledersessel und hörte aufmerksam zu, als Adrian ihm berichtete, was sich in den vergangenen zwei Tagen zugetragen hatte. Als er geendet hatte, atmete Adrian auf und ließ sich noch tiefer in seinen Sessel sinken.

»Nun, das ist ja eine fürchterliche Geschichte«, sagte Gossler, nachdem er einige Minuten lang schweigend aus dem Fenster geschaut hatte. »Diese arme Frau, und was für ein Verlust für Sie.«

Diese arme Frau?, durchfuhr es Adrian. Was ist mit den Schwierigkeiten, in denen ich jetzt stecke? Und was meint er mit Verlust? In diesem Moment wurde Adrian klar, dass ihm in all dem Aufruhr um seine Person das gewaltsame Ende seiner Patientin völlig aus dem Blick geraten war. Eine junge Frau war tot. Eine Frau, die in ihrem Leben so viel gelitten und hart daran gearbeitet hatte, wenn schon nicht persönliches Glück, dann doch wenigstens ein wenig Zufriedenheit zu empfinden. Adrian hatte sie auf ihrem Leidensweg begleitet. Und jetzt hatte sie ihn auf halber Strecke zurückgelassen.

Es war eine von Gosslers Stärken, sein Gegenüber durch einen einzigen Satz dazu zu bewegen, den Blick zu wenden und die Situation aus einem völlig anderen Blickwinkel zu betrachten.

Was war Adrians Problem im Vergleich zur Tragödie seiner Patientin?

»Aber zunächst sollten wir uns mit den Anschuldigungen gegen Sie befassen«, fuhr Gossler fort. »Schließlich sind Sie heute in erster Linie deshalb gekommen, wenn ich mich nicht irre. Und die sind jetzt auch das drängendste Problem.«

Adrian schämte sich.

Gossler faltete die Hände über seinem Kugelbauch. In dieser Pose erinnerte er Adrian immer an einen gütigen Buddha. »Anfang des Jahres haben Sie ja mehrere Sitzungen lang über Ihre Patientin gesprochen. Über die schwierige Übertragung.«

»Ja, und jetzt frage ich mich, ob ich mich damals richtig verhalten habe oder ob ich Frau Moors Grenzen überschritten habe.«

»Und ob das etwas mit ihrem Tod zu tun gehabt haben könnte?«

Adrian nickte.

»Vielleicht sollten wir uns den Verlauf der Therapiesitzungen seit dem Winter noch einmal ganz genau anschauen«, schlug Gossler vor. »Und zwar unter dieser Fragestellung.«

Adrian setzte sich auf, lehnte sich nach vorne und legte die Handflächen aneinander, die Ellenbogen auf die Oberschenkel gestützt.

»Die Behandlung war in einer schwierigen Phase. Es schien ihr besser zu gehen. Als sei sie wieder aufgetaucht. Die Monate davor müssen die Hölle für sie gewesen sein. Sie war von einem depressiven Loch ins andere gefallen. Über Wochen lag sie in den Therapiestunden apathisch auf der Couch oder weinte die Stunden durch. Sie entwertete sich selbst aufs Schlimmste. Dieser abgrundtiefe Selbsthass! Ich wusste nicht, wie sie ihren Alltag bewältigte. Befürchtete, sie könnte sich das Leben nehmen. Sie hatte ja vor Beginn der Behandlung bereits einen Suizidversuch unternommen. Und ich überlegte, ob ich sie in die Klinik einweisen muss.«

Dann, nach der Weihnachtspause hatte sich ihre Verfassung unerwartet gebessert, was Adrian überraschte. Nach seiner Erfahrung dauerte das Auftauchen aus tiefen depressiven Tälern viel länger und verlief nicht so sprunghaft. Natürlich gab es Ausnahmen, zum Beispiel, wenn man sich verliebte. Davon erzählte Sibylle Moor in den Sitzungen jedoch nichts. Vielmehr sprach sie in humorvollem Ton über einen Kollegen aus der Anwaltskanzlei, der sich in sie verliebt hatte. Sie betonte jedoch, keinerlei Interesse an ihm zu haben. Gleichwohl fiel Adrian auf, dass sie verführerischer gekleidet war als üblich.

»Normalerweise war sie sehr business-mäßig gekleidet, eher konservativ-chic. In dieser Zeit wurden die Röcke aber immer kürzer und das Dekolleté immer tiefer. Manchmal wusste ich nicht, wo ich hinschauen sollte.«

»Was genau haben Sie empfunden?« Gossler schaute aus dem Fenster.

»Es war schwierig. Sie war eine attraktive Frau.«

»Haben Sie sie begehrt?«

Adrian schwieg einige Sekunden. »Anfangs war ich mir nicht sicher. Ich habe die erotische Spannung im Raum gespürt. Und es wäre zu einfach gewesen, anzunehmen, dass ich lediglich ihre sexuellen Wünsche bei mir spürte – ohne eigene Anteile.«

»Ja, Sie hätten es sich zu leicht gemacht, die Spannung ohne genaueres Hinsehen als reine Projektion der Patientin abzutun«, warf Gossler ein.

»Ich habe versucht, meine Gefühle und Gedanken genau zu hinterfragen. Aber ich hatte keine sexuellen Phantasien mit der Patientin. Es gab keine Überlegungen, Kontakt außerhalb der Therapiestunden zu haben, auch keine Ideen, die Stunden ans Ende der Arbeitstage zu verschieben, um die Sitzungen in den privaten Bereich hinein zu verlängern. All die üblichen Fallstricke.«

»Können Sie die Art der erotischen Spannung im Raum und Ihre Gefühle der Patientin gegenüber noch einmal genauer beschreiben?« Gossler ließ einen nicht mit groben Umschreibungen davonkommen. Das war eine andere seiner Stärken. Er zwang sein Gegenüber, genauestens hinzusehen.

»Da war eine Anspannung, ein Knistern. Und da war etwas Geheimnisvolles.«

»Geheimnisvolles?«

»Eher etwas Geheimes, Verbotenes. Etwas, das sein will, aber nicht sein darf. Und ich hatte das Gefühl, nicht gewinnen zu können, auf jeden Fall etwas falsch zu machen. Von der Patientin fühlte ich ein Begehren. Nein, auch das trifft es nicht. Ich fühlte den Wunsch, begehrt zu werden bei Sib …, äh, Frau Moor.«

»Sie wollten Ihre Patientin bei ihrem Vornamen nennen?« Gossler blickte auf. »Das haben Sie bisher noch nie getan. Woher kommt dieser Versprecher?«

Adrian schwieg, dachte nach. »Sie kam mir plötzlich so jung vor. In der Erinnerung. Wie sie so dalag. Diese Frau, von der ich wusste, dass sie eine ausgesprochen kompetente Anwältin war, die handelte und aussah wie eine erwachsene Frau. Hinter ihrer verführerischen Fassade wirkte sie wie ein zerbrechliches kleines Mädchen, das berührt werden will.«

»Das berührt werden mit begehrt werden verwechselt«, sagte Gossler. »Sie konnten nicht gewinnen, weil Sie sie in jedem Fall verletzen mussten – fürs Erste jedenfalls. Hätten Sie sich ihr sexuell genähert, hätten Sie sie zutiefst verletzt. Denn Sie hätten ihr Vertrauen missbraucht und ihre persönliche Grenze überschritten. Sich ihr nicht zu nähern, auf der anderen Seite, bedeutete, sie zurückzuweisen, ihr die Wertschätzung und Berührung zu versagen, nach der sie sich so sehr sehnte.«

Adrian nickte. »In genau dieser Zwickmühle habe ich mich befunden.«

»Lassen Sie uns noch einmal dieses Verbotene, Geheime anschauen. Was meinten Sie damit?«

»Es war nicht nur, dass mir bewusst war, dass sexuelle Kontakte zwischen Therapeuten und Patientinnen verboten sind. Da war noch etwas anderes. Aber ich kann es nicht konkreter fassen.«

»Vielleicht kommen wir später darauf. Was haben Sie für Ihre Patientin empfunden? Liebe?«

»Das mit der Liebe ist so eine Sache bei mir, wie Sie wissen«, antwortete Adrian mit einem scheuen Lächeln.

»Oh ja, das hatten wir oft genug in Ihrer Lehranalyse. Diesen Gegensatz zwischen Ihrer Fähigkeit, sich in Ihre Patienten und in Situationen einzufühlen, und Ihren Schwierigkeiten, die eigenen Gefühle zu lesen.«

»Ich denke nicht, dass ich sie geliebt habe. Ich hatte das Bedürfnis, sie zu beschützen.«

»Sie haben sie als das verwundete kleine Mädchen gesehen, das sie in ihrer Kindheit gewesen sein musste. Sie hatte damals ja auch einiges auszuhalten.« Gossler nahm die kleine runde Brille ab und blies den Staub von den Gläsern. »Hatten Sie in irgendeiner Weise Schuldgefühle?«

»Schuldgefühle?« Adrian schaute auf das Bücherregal an der gegenüberliegenden Wand. »Ich habe mich oft gefragt, ob ich ihr überhaupt helfen kann. Ob ich der richtige Therapeut für sie bin und ob es nicht redlicher wäre, sie an einen kompetenteren Kollegen abzugeben. Zum Beispiel an Sie.«

Gossler runzelte die Stirn und verdrehte die Augen, in denen ein schelmisches Funkeln aufblitzte. »Sie idealisieren mich wieder. Aber danke für die Blumen.«

»Nein, Schuldgefühle hatte ich nicht.«

»Das war die Anfangsphase der schwierigen Zeit«, sagte Gossler. »Wir haben die Krise damals ja ausführlich besprochen. Aber ich halte es für sinnvoll, wenn wir das Thema in den kommenden Sitzungen noch einmal umkreisen. Vielleicht stoßen wir auf Hinweise, die für die jetzige Situation von Bedeutung sind. Für heute sollten wir einen Punkt machen.«

Adrian schaute auf die Uhr und sah, dass die fünfzig Minuten um waren. Gossler hielt sich immer streng an die vorgegebene Sitzungszeit.

»Dann sehen wir uns übermorgen?«

»Falls ich nicht wieder verhaftet werde«, entgegnete Adrian. »Sonst müssen wir die Sitzung hinter Gittern abhalten.« Er lächelte, obwohl ihm nicht zum Scherzen zumute war.

Der alte Mann stand auf und sah Adrian ermutigend in die Augen. »Bitte melden Sie sich, wenn Sie Hilfe benötigen.«

Das war etwas Neues. Gossler hatte sich immer an die Regel gehalten, dass der Therapeut nie in das äußere Leben seiner Patienten eingreift. Denn nur unter dieser Voraussetzung konnten sie in den Therapiesitzungen alles – wirklich alles – ansprechen, ohne Angst, der Therapeut könnte es gegen seine Patienten verwenden. Aber auch ohne die unrealistische Hoffnung, der Therapeut trete als Retter auf. Auch wenn Adrian sich diese Möglichkeit des hermetisch verschlossenen Raumes unbedingt bewahren wollte, empfand er Gosslers Hilfsangebot als Trost. Auf wen konnte er sich denn sonst noch verlassen?

Die Kieselsteine knirschten unter seinen Schuhen, als er den Weg zum Gartentor ging. Als das gusseiserne Jugendstiltor ins Schloss fiel, drehte er noch einmal zum Haus um und sah Gossler mit nachdenklicher Miene an der Haustür stehen. Die Blicke der beiden Männer begegneten sich, und der Ältere hob die Hand zu einem angedeuteten Gruß.

Amina schaute auf die Wanduhr über der Eingangstür. Wie immer erschien Alexander Turner eine Minute vor Beginn der Dienstbesprechung, durchschritt den Raum und setzte sich an den vordersten Tisch. Amina, die bereits an der Magnettafel stand, erwiderte sein kurzes Nicken, mit dem er sie zu begrüßen pflegte.

Schrader und Kurt, die am Nebentisch saßen, ignorierte er. Schließlich war man sich bereits auf dem Flur begegnet.

»Was haben Sie?«, fragte er, nachdem der Sekundenzeiger die Zwölf passiert hatte.

Er sah sie nicht an, während sie ihn über den Ermittlungstand aufklärte. Hätte sie ihn nicht gekannt, hätte sie ihn für desinteressiert gehalten, wie er in den Akten vor sich blätterte. Die kurzen Blicke auf die Fotos an der Tafel. Zu Beginn ihrer Zusammenarbeit hatte es sie gekränkt, hatte sie sein Verhalten als Ausdruck von Ablehnung verstanden. Und es hatte einige Monate gedauert, bis seine differenzierten Nachfragen sie eines Besseren belehrten. Sie war noch immer überzeugt, dass er Vorbehalte gegen sie hatte, obwohl er sie ins Team geholt hatte. Aber sie war sich auch sicher, dass er alles andere als gleichgültig war.

»Fachgerecht das Genick gebrochen«, sagte Turner, als Amina ihren Bericht beendet hatte.

»Ja, die Pathologin hat erklärt, der Kopf des Opfers wurde offensichtlich in einer Art und Weise verdreht, wie es in asiatischen Kampfkünsten gelehrt wird.«

»Keine Vergewaltigungsspuren?«

Amina schüttelte den Kopf. »Überhaupt keine Spuren sexueller Aktivität in den vergangenen Tagen.«

Turner schaute von den Akten auf. Seine wässrig blauen Augen fixierten Amina. »Also fassen wir zusammen. Wir haben einen Verdächtigen. Er hat ein Motiv, das nötige Handwerkszeug, und er hat kein tragfähiges Alibi.«

Sie wusste, dass sie sich für Dienstbesprechungen warm anziehen musste. »Es stimmt, dass er ein Motiv haben könnte.«

»Könnte?«, fuhr Schrader dazwischen. »Die Tagebuchaufzeichnungen des Opfers sind doch eindeutig! Sie hat die Abschnitte mit den sexuellen Handlungen zwischen Sur und ihr sogar mit ›Schwein‹ überschrieben. Die Übergriffe können locker schon eine Weile her sein. Vielleicht hat er sie ja gerade deshalb umgebracht, weil sie ihn nicht mehr rangelassen hat. Also ich hätte ...«

»Was hätten Sie, Schrader?« Turner drehte sich und neigte ihm das dunkelgraue Jackett, in dem sein dürrer Körper steckte, entgegen. Sein Blick ließ keinen Zweifel daran, dass er Schrader und dessen hemdsärmelige Art nicht leiden konnte. »Den Haftrichter überstimmt? Ihm gleich lebenslänglich geben? Ohne Verfahren?« Kopfschüttelnd wandte er sich wieder nach vorn. »Mann, Mann, Mann.«

Schraders Gesicht wurde rot, und die Schläfenvenen traten bedrohlich hervor. Er holte Luft und öffnete den Mund. Kurt inspizierte betreten seinen Daumennagel.

Amina kannte das Spiel. Es gab kaum eine Besprechung, in der die Beiden nicht aneinandergerieten. In der Regel trug Turner den Sieg davon. Keine Kunst. Er war der Chef. Und obwohl Schrader ihr immer wieder dazwischenfunkte, hatte sie den Impuls, ihn zu schützen.

»Auf den ersten Blick sieht es wirklich so aus«, schaltete sie sich ein, »als hätte ein sexueller Missbrauch stattgefunden. Das wäre natürlich ein Motiv. Und er beherrscht eine asiatische Kampfkunst.«

Turner schaute auf seine Armbanduhr.

»Aber davon abgesehen ist die Indizienlage dürftig«, fuhr Amina fort. »Okay, der Verdächtige hat kein Alibi für die vermutliche Tatzeit, aber die KT hat nichts gefunden – bisher. Fingerabdrücke und Fasern des Opfers nur in Surs Therapiezimmer und in der Patiententoilette. Und in ihrer Wohnung keine Spuren von Sur.«

»In seinem Auto?«

»Nichts.«

»Der Mann ist Arzt«, brummelte Schrader vor sich hin. »Der weiß, wie man Spuren beseitigt.«

Turner ignorierte ihn. »DNA-Analyse?«

»Ist in Arbeit. Ergebnisse sollten morgen oder übermorgen hier sein«, antwortete Amina.

»Also nicht mehr als ein Anfangsverdacht«, sagte Turner. »War ja auch das Ergebnis der Haftprüfung. Aber bleiben Sie dran! Ich gehe davon aus, Sie haben genau geprüft, ob Fluchtgefahr besteht, Frau Reshad.«

Amina hasste es, wie hart er ihren Namen aussprach. Mit der Betonung auf der ersten Silbe.

»Selbstverständlich. Er ist sozial integriert, behandelt täglich Patienten und unterrichtet an einem Ausbildungsinstitut.«

»Übliche Auflagen?«, fragte Turner beiläufig.

»Sicher.«

»Was haben wir sonst noch? Andere Ermittlungsrichtungen?« Turner blätterte wieder in der Akte. »Die Frau war Anwältin. Hier steht, sie war auf Familienrecht spezialisiert. Da hat man nicht nur Freunde. Herr Joraschky, was haben Sie über das Umfeld des Opfers?«

Kurt löste den Blick von seinem Daumennagel und blätterte in seinem Schnellhefter. »Sie hat eine ganze Reihe von Frauen in Sorgerechtsverfahren vertreten. Ich habe mir die Fälle der letzten zwei Jahre angeschaut. In sieben Fällen haben die Väter das Sorgerecht verloren.«

»Gab es Drohungen gegen die Anwältin?« Turners Stimme hörte sich fast zärtlich an, im Vergleich zu seinem Tonfall gegenüber Schrader, fand Amina.

»Ja, in drei Fällen sind Drohungen noch im Gerichtssaal dokumentiert.« Kurt Joraschky blätterte weiter in seinen Unterlagen. Offensichtlich suchte er etwas. »Und, ähm, ein Mann wollte auf sie losgehen. Das Gericht hatte ihm das Sorgerecht entzogen und sogar den Umgang mit seinen Kindern untersagt.«

Amina blickte auf.

»Die Gerichtsordner mussten ihn zurückhalten«, fuhr Kurt fort. »Der Richter hat ihn aber deswegen nicht weiter belangt. In den Akten steht, er habe es« – er suchte mit dem Zeigefinger nach der Textstelle – »ah, hier steht es: seiner emotionalen Belastung zugeschrieben. Der Mann kam mit einer Verwarnung davon. Obwohl er als gewalttätig bekannt ist.«

»Gewalttätig?«, fragte Turner.

»Er hat seine Frau in alkoholisiertem Zustand geschlagen. Das war der Scheidungsgrund.«

»Die Kinder auch?«

»Davon steht nichts in der Akte.«

»Haben Sie den Mann überprüft?« Turner schaute Amina scharf an.

»Nein, noch nicht.«

»Ich habe die Unterlagen erst heute Morgen erhalten und kurz vor der Besprechung durchgehen können«, kam ihr Kurt zur Hilfe.

»Dann holen Sie das bitte schleunigst nach! Sonst noch Erkenntnisse?«

»Tom, hast Du etwas aus dem Umfeld des Opfers in Erfahrung gebracht«, fragte Amina und fügte mit Blick auf Kurt hinzu, »das ich noch nicht weiß?«

Schrader richtete sich aus seiner trotzig zurückgelehnten Haltung auf. »Sie scheint nicht viele Freunde gehabt zu haben. Ich habe in der Kanzlei, in der sie gearbeitet hat, nachgefragt. Die wussten fast nichts über sie. Außer, dass sie unverheiratet war und allein lebte.«

»Wie war ihr Kontakt zu den Kollegen?«, fragte Turner.

»Die Chefsekretärin meinte, sie sei umgänglich gewesen. Aber auch unnahbar. An gemeinsamen Kneipenbesuchen zum Feierabend hat sie nie teilgenommen.«

Amina wartete eine Sekunde, ob Turner eine Anschlussfrage stellen würde. Dann fragte sie: »Konntest Du noch mit anderen Mitarbeitern der Kanzlei sprechen?«

»Bisher nur mit einem der beiden Chefs, einem Doktor Sernow. Es gibt zwei Gesellschafter. Das Opfer und ein weiterer Anwalt sind angestellt. Und neben der Chefsekretärin arbeiten noch zwei Büroangestellte in der Kanzlei.«

Turner hörte aufmerksam zu. »Was haben Sie von diesem Doktor Sernow erfahren?«

»Mit ihrer Arbeit war er sehr zufrieden. Allerdings hatte sie Stimmungsschwankungen. An manchen Tagen hat sie unermüdlich bis tief in die Nacht gearbeitet, brillante Schriftsätze verfasst. Hat sich nichts vormachen lassen und ihre Meinung kämpferisch vertreten. Auch den beiden Chefs gegenüber. Und ihren Kollegen soll sie an die Wand diskutiert haben.«

»Und an anderen Tagen?«, fragte Turner.

»Da ist sie rumgelaufen wie ein Zombie, hat kaum geredet und sich in ihr Büro zurückgezogen. Manchmal hat man sie weinen gehört.«

»War bekannt, warum?«, fragte Amina. Sie dachte, dass Adrian Sur hier sicher weiterhelfen könnte. Aber der war ja selbst verdächtig.

»Nein. Sernow hat angedeutet, dass sie nicht daran rühren wollten.«

»Frau Reshad«, Turner drehte sich zu Amina. »Was sagt Ihre weibliche Intuition dazu?«

Amina ignorierte den süffisanten Unterton, verdrehte innerlich die Augen und antwortete: »Ich habe den Eindruck, dass Frau Moor in ihren depressiven Phasen etwas Bedrohliches ausstrahlte. Und dass die Kollegen …«

»Bedrohlich?«, unterbrach sie Turner. »Meinen Sie, die hatten Angst vor einem Amoklauf oder sowas?«

»Nein. Aber vielleicht hatten sie Angst, sie könnten durch Nachfragen eine unkontrollierbare Gefühlslawine lostreten.« Und mit kaum merklichen Lächeln fügte sie hinzu: »Das kann bedrohlich wirken – vor allem auf Männer ohne weibliche Intuition.«

Kurt, der inzwischen wieder mit der Inspektion seines Daumennagels beschäftigt war, grinste in sich hinein, während Turners herablassende Miene in eine nachdenkliche überging.

»Ja, äh, gut, gut. Auf jeden Fall sollten Sie das Umfeld des Opfers noch genauer überprüfen. Ich bitte um Meldung bei neuen Erkenntnissen. Dienstbesprechung wieder morgen, übliche Zeit.«

Mit Blick auf seine Armbanduhr stand der Dienststellenleiter auf und bewegte seine dürren Einssechsundneunzig zum Ausgang. Als die Tür hinter ihm ins Schloss fiel, waren genau fünfundvierzig Minuten vergangen.

Im Zeitlupentempo strich Aminas Zeigefinger über die Naht des schwarzen Ledereinbandes. Sie konnte sich keinen Reim darauf machen, was sie gelesen hatte. Etwas verwirrte sie.

»Kaffee?«

Kurts Frage unterbrach ihre Überlegungen. Amina richtete sich auf, nahm beide Arme mit geballten Fäusten nach hinten und streckte sich. »Danke, Kurt, gerne.«

Nach einigen Minuten stellte Kurt einen Kaffeebecher vor ihr auf den Tisch. Amina nahm ihn mit einem erneuten »Danke« und umschloss ihn mit beiden Händen.

»Ist bestimmt keine leichte Lektüre«, sagte Kurt und deutete auf das Tagebuch, das vor ihr auf dem Schreibtisch lag.

Amina reichte es ihm.

»Zum Teil kaum auszuhalten«, sagte sie, während Kurt darin blätterte. »Sie muss furchtbar gelitten haben.«

»Was steht denn über unseren Hauptverdächtigen drin?«, fragte Kurt.

»Wenn das alles so stimmt, dann hatten die Beiden eine heftige Affäre. Mit Sex in bizarren Verkleidungen, an allen möglichen Orten.«

»Auch Sadomasospielchen?«

»Wie Spielchen liest sich das nicht.« Amina nahm einen Schluck aus der Tasse.

»Sur hat sie brutal gequält? Außer dem Genickbruch stehen aber keine Verletzungen im Obduktionsbericht«, sagte Kurt nachdenklich.

»Sie beschreibt auch keine körperlichen Quälereien. Sur hat sie hingehalten, zurückgewiesen, dann wieder kommenlassen. Aber das scheint sie angemacht zu haben.«

Kurt kratzte sich am Kopf. »Naja, ich kenn mich da nicht so aus.«

Amina grinste ihn an, wurde jedoch schnell wieder ernst und stand auf. Sie ging zum Fenster, öffnete es und sog die kühle Luft ein. Das Lesen von Sibylle Moors Tagebuch hatte eine Enge in ihrer Brust erzeugt. So als hätte sie die letzten Stunden im stickigen Hinterzimmer einer Kellerbar verbracht.

»So fies kam mir der Kerl gar nicht vor«, sagte Kurt.

»Da ist noch etwas anderes, das ich nicht verstehe. In seitenlangen Passagen, beschreibt sie Sur als einfühlsam und unterstützend. So etwas wie: ›Er ist mein Fels in der Brandung. Ohne ihn wäre ich längst untergegangen.‹ Auch erwähnt sie keine Treffen außerhalb seiner Praxis. Zum Essengehen oder so. Alles außer dem Sex scheint in der Praxis stattgefunden zu haben. So als hätten sie sich außerhalb nur zum Sex getroffen. Und als hätten sie dabei kaum ein Wort gesprochen.«

Kurt schaute auf. »Aber gerade habe ich eine lange Passage überflogen, in der sie ihn ausgiebig zitiert: ›Er sagte dies, er meinte das.‹«

»Ja, das ist es ja. Er scheint nur im Behandlungsraum gesprochen zu haben. Außerhalb nur Sex, ohne Worte.«

»Perverses Schwein. Kein Zufall, dass sie ihn so bezeichnet hat.«

Amina und Kurt drehten sich geleichzeitig zur Tür. Schrader musste eine ganze Weile dort gestanden haben.

»Steht das so drin?«, fragte Kurt und blätterte weiter.

»So in der Art«, erwiderte Schrader.

»Ja, hier steht Sau.« Kurt zeigte auf eine Seite, kratzte sich am Kopf und blätterte, als suchte er etwas.

»Schwein, Sau, kommt doch aufs Gleiche raus«, maulte Schrader.

»Hatte sie Probleme mit der Rechtschreibung?«, murmelte Kurt in sich hinein.

»Wie kommst du darauf?«, fragte Amina. »Mir ist nichts aufgefallen … außer …« Sie stand auf und stellte sich neben Kurt, der das Tagebuch senkte, damit sie hineinschauen konnte. »… dass sie SaU durchgehend mit *capital*, äh, ich meine mit großem U geschrieben hat. Großes S, kleines a, großes U. Aber ich habe mir nichts dabei gedacht.«

»Und immer als Überschrift«, sagte Kurt. »Im Text kann ich das Wort nicht finden.«

»Sehr gut beobachtet, Kurt.«

Amina streckte sich, um besser in das Buch schauen zu können. Mit ihren Einmeterfünfundsechzig war sie deutlich kleiner als der massige Kurt. »Sonst sehe ich keine Rechtschreibfehler.«

Kurt schlug Seite für Seite um. »Es gibt verschiedene Überschriften: Traum, SaU und Tag.«

»Na, dann sind die Abschnitte über Sur und seine Schweinereien eben mit SaU überschrieben«, knurrte Schrader. Er stapfte umher und ließ sich auf Aminas Schreibtischstuhl fallen.

»Kann sein.« Amina nahm Kurt das Buch aus der Hand. »Es kann aber auch etwas anderes bedeuten. Gibt es bei dir etwas Neues?« Sie schaute Schrader an, während sie das Tagebuch in ihren Lederrucksack steckte.

»In der Kanzlei habe ich niemanden erreicht. Die Anwälte sind bei Gericht. Die Sekretärin meinte, morgen Vormittag müssten sie im Büro sein.«

»Und bei dir, Kurt?«

»Ich habe die Adresse dieses Mannes, der unser Opfer im Gerichtssaal angegriffen hat. Er heißt Heinz Belling, sechsunddreißig Jahre, wohnt in Moabit.«

»Vorstrafen?«

»In der Jugend, glaube ich.« Kurt setzte sich an seinen Computer. »Sekunde.« Und nach einigen Mausklicks: »Ja, wegen Körperverletzung. Bekam Sozialstunden.«

»Und die Körperverletzung an seiner Frau?«, fragte Amina.

»Geldstrafe.«

Amina schlüpfte in ihre Lederjacke und ging raschen Schrittes zur Tür. »Dann fahren wir mal nach Moabit.«

Berlin-Moabit, Wiclefstraße.

Amina hörte Kurt schwer schnaufend hinter sich, als sie die ausgetretenen Stufen hochstiegen. Offensichtlich waren sämtliche Renovierungswellen seit der Maueröffnung an dem Hinterhaus verbeigerollt. Die schmutzig-gelben Wände waren mit unappetitlichen Schmierereien in allen möglichen Farben bedeckt, und von den Wohnungstüren blätterte der dunkelbraune Lack.

Im vierten Stock wartete Amina, bis Kurt sie eingeholt hatte. Blass lehnte er sich an die Wand und wischt sich mit dem Handrücken den Schweiß von der Stirn.

»Okay?«, fragte Amina.

Kurt nahm einen tiefen Atemzug und nickte.

Am Türschild stand in krakeliger Schrift: Belling. Von innen war der Fernseher zu hören. Irgendeine Dokusoap. Die Klingel brachte lediglich ein kraftloses Stakkato hervor. Auch nach wiederholtem Klingeln rührte sich nichts. Amina und Kurt schauten sich an. Dann klopfte Amina kräftig, und endlich waren Schritte zu hören. Als sich die Tür ruckartig öffnete, schlug ihr ein muffiger Geruch entgegen. Seit Tagen nicht gelüftet, dachte sie.

»Was willste denn jetzt schon wieder? Ich hab doch gesagt, dass ich …«

Der Mann, unrasiert und mit schulterlangen fettigen Haaren, hielt inne und schaute Amina überrascht an.

»Herr Belling? Mein Name ist Amina Reshad. Das ist mein Kollege Joraschky. Wir sind von der Polizei und haben einige Fragen an Sie.«

»Das wird ja immer doller mit der Bullerei«, polterte Belling los und zog seine Jeans über den massigen Bauch, von wo sie sogleich wieder nach unten rutschten. »Jetzt stellen die schon Kanaken und Polen ein.« Sein Atem roch nach einer Schachtel Zigaretten und zwei Wochen ungeputzter Zähne. »Ich habe der Polizei nichts mitzuteilen.«

»Es tut mir leid, aber wir müssen sie befragen.« Amina war Beleidigungen gewohnt. Letztlich kam diese nur in der etwas weniger feinen Art daher. In anderen Kreisen – auch unter Kollegen – wurden diskriminierende Vorurteile häufig eleganter formuliert, waren deswegen aber nicht weniger abwertend.

Amina stoppte die Tür, bevor Belling sie ihr vor der Nase zuschlagen konnte. Belling stürmte auf sie zu, holte aus und schwang seine rechte Faust auf Aminas Kopf zu. Amina machte mit dem linken Fuß einen Schritt zurück und blockte den Angriff mit ihrem rechten Unterarm. Blitzschnell trat sie Belling mit dem vorderen Fuß in den Unterleib, während sich ihre Hand neben ihr linkes Ohr bewegte. Mit einem dumpfen Schrei knickte Bellings Oberkörper nach vorne, und Amina landete wieder auf dem rechten Fuß. Gleichzeitig schnellte ihre rechte Handkante diagonal nach unten und stoppte wenige Millimeter vor dem Hals des Angreifers, der stöhnend auf die Knie sank.

Wenig später saß Belling zusammengekauert auf einem abgewetzten Sofa. Kurt nahm die Fernbedienung und stellte den Ton aus. Aus dem alten Fernseher flimmerte immer noch die Dokusoap. Vor malerischer Kulisse – vielleicht Neuseeland – führte ein Paar die Kamera durch einen spärlich eingerichteten Bungalow. Sie hätten gut Bellings ehemalige Nachbarn sein können. Der klemmte die Beine zusammen und drückte sich mit beiden Fäusten in den Unterbauch, langsam vor- und zurückwippend. Amina hatte sich ihm gegenüber auf einen Stuhl gesetzt, der aus einem der vielen Second-Hand-Shops der Stadt stammen mochte und bei jeder Bewegung bedenklich knarrte.

»Wann?«, jammerte Belling mit schmerzverzerrtem Gesicht.

»Sonntagabend, zwischen zwanzig und zweiundzwanzig Uhr«, sagte Amina ungeduldig.

Belling überlegte. »Hier war ich. Ich habe Samstag bis spät in die Nacht gesoffen, in meiner Stammkneipe. Hatte 'nen Filmriss. Irgendwie bin ich wohl nach Hause gekommen. Hab' dann den ganzen Sonntag über gepennt. Mir war speiübel, bis abends.«

»Wann haben sie Sibylle Moor zum letzten Mal gesehen?«

»Wer zum Teufel ist Sibylle Moor?«, fragte Belling verdutzt.

»Kommen sie«, sagte Kurt schroff. »Sie haben sie nach einer Gerichtsverhandlung angegriffen.«

»Ach die! Die Anwältin, die mir meine Kinder weggenommen hat! Die hab ich im Gerichtssaal gesehen. Zum ersten und letzten Mal. Was ist mit der?«

»Sie ist tot«, sagte Kurt.

»Na, das ist mal 'ne gute Nachricht.«

»Sie wurde ermordet«, ergänzte Amina.

»Es gibt also doch noch Gerechtigkeit«, sagte Belling. Er nahm ein fast leeres Tabakpäckchen aus seiner Hemdtasche, öffnete es – und hielt inne. »Ach daher weht der Wind. Sie denken, ich hätte sie umgebracht.« Grimmig fischte er ein Papierblättchen und Tabak aus dem Päckchen und drehte sich eine Zigarette, die er sofort anzündete. »Wer denn sonst als so ein Assi wie ich?«, schnauzte er.

»Sie haben gedroht, sie umzubringen.«

»Ja, ich hätte ihr am liebsten den Schädel eingehauen. Sie hätten sie mal hören sollen. Ich bin mir sicher, sie hat meine Ex dazu überredet, das so mit dem sexuellen Missbrauch hinzudrehen, damit die mir den Kontakt zu meinen Kleinen verbieten.«

An der Wand hingen Fotos, auf denen zwei Mädchen zu sehen waren. Vielleicht drei und fünf Jahre alt. Sie lachten fröhlich in die Kamera.

»Ich würde doch meine Kinder nicht anfassen. Nicht so! Und wenn das einer täte, dem würde ich das Genick brechen.«

Amina dachte nach. Belling war gewaltbereit. Er hatte seine Frau geschlagen, er hatte Sibylle Moor bedroht. Er hatte ein Motiv. Und er konnte für die Tatzeit kein Alibi vorweisen. Aber reichte das aus für eine Festnahme? Immerhin hatte er sie angegriffen.

Belling wehrte sich nicht, als Amina ihm die Handschellen anlegte. Kurt rief Schrader an, erklärte ihm die Situation und bat ihn, eine Durchsuchungsanordnung für Bellings Wohnung zu organisieren.

Tag

Furchtbarer Tag. Kaum auszuhalten. Im Büro verbarrikadiert. Konnte nicht aufhören zu weinen. Ich hasse mich. Fühle mich wertlos. Wie Dreck. Zum Glück hatte ich keine Mandantentermine. Nachmittags Stunde bei Sur. Wenn ich ihn nicht hätte, ich wüsste nicht, wie ich das überstehen soll.

Traum

Ich stehe in einer Scheune. Wie auf dem Bauernhof von Onkel Hans und Tante Inge. Strohballen sind in hohen Türmen aufgeschichtet. In Holzverschlägen stehen Tiere. Kühe, Pferde und ein Elefant. Sie sind unruhig. Ich habe Angst. Etwas Unheimliches liegt in der Luft. Da wirft jemand eine brennende Fackel durch das Fenster. Das Stroh fängt Feuer. Schnell brennt die ganze Scheune. Die Tiere schreien. In Todesangst. Ich bin in Panik, möchte fliehen. Aber ich kann doch die Tiere nicht im Stich lassen. Ich hetze hin und her, versuche, die Tiere zu befreien. Aber ich kann die Ställe nicht öffnen. Die Pferde wiehern, bäumen sich auf. Die Kühe rammen panisch ihre Hörner in das Holz. Nur der Elefant bewegt sich nicht. Er steht in Flammen, reglos, den Rüssel erhoben wie eine Fackel. Ich sehe seine Augen, unendlich traurig. Er weiß, dass er stirbt.

Ich erwache mit Herzrasen, kann lange nicht einschlafen.

SaU

Ein Keller, Steinstufen, feuchte Wände, eine Holztür, sie ist angelehnt, flackerndes Licht dringt heraus, ich schiebe die Tür auf, innen ein riesiger Raum, ein Festsaal, Fackeln an der Wand, dunkle Ecken, eine lange Tafel, Kerzen, tropfendes Wachs, abgegessenes Geschirr und halbvolle Weingläser, leere Stühle. Am Kopfende Sur, lümmelt auf einem protzigen Sessel, ein Bein über der Lehne, schaut auf, winkt mich zu sich, ich folge, muss neben ihm stehenbleiben, mein Herz pocht, er in weißen Strumpfhosen, 18. Jahrhundert, hauteng, alles zeichnet sich ab, zwinge mich wegzuschauen, Schaftstiefel, Spitzenhemd, aufgeknöpft bis zum Bauchnabel, er beugt sich vor, mir wird heiß, sein Blick streift mich, er nimmt ein Glas, lässt sich zurücksinken, trinkt und starrt mich an, von oben nach unten und von unten nach oben, mustert mich, Zentimeter für Zentimeter, ich stehe da, weiß nicht, was ich machen soll, er winkt ab, wendet sich weg, ich will bleiben, er schüttelt seine Hand, verscheucht mich wie eine lästige Fliege.

Aus dem Lautsprecher der Stereoanlage drang leise Keith Jarretts *Köln Concert*. Amina kannte jeden Kratzer auf der Schallplatte, die ihr Ralf vor Jahren zum Geburtstag geschenkt hatte. Sie lag auf dem Sofa und ließ das Buch im schwarzen Ledereinband auf die Brust sinken. Ihre Phantasie wollte die Szene weiterspinnen. Sie würde sich nicht wegschicken lassen. Nein, sie würde die Initiative ergreifen, auf ihn zugehen und …

Abrupt setzte sie sich auf. Was geschah hier?

Sie beschriftete ein weiteres Post-it und klebte es an den Rand der Seite. Es mochten bereits mehr als zwanzig sein. Dann warf sie Sibylle Moors Tagebuch auf den Couchtisch, stand auf und ging in die Küche, um Tee zu machen. Mit der Tasse in der Hand stellte sie sich ans offene Fenster und schaute auf die Straße unter ihr. Sie musste den Kopf wieder freibekommen.

Schrader hatte recht: Fast alles, was unter SaU stand hatte mit Sur zu tun. Bizarre Begegnungen in morbiden Szenerien. Wenn sie ihn nur selbst fragen könnte. Warum eigentlich nicht? Warum sollte sie den Verdächtigen nicht darüber befragen? Sie würde ihn gleich morgen aufsuchen. Amina schloss das Fenster. Sie zog ihre Sweatjacke vorne zusammen als umarmte sie sich selbst. Ihr war kalt. Wie gern wäre sie jetzt in Ralfs Armen wohlig eingeschlafen. An Abenden wie diesem überkam sie die Einsamkeit. Sollte sie doch zurückgehen? Dort hätte sie wenigstens ihre Familie und alte Freunde. Hier hatte sie niemanden. Nicht mehr. Ralf war ihr genug gewesen. Jetzt war es die Arbeit. Verrückt, dachte sie, dass eine Tasse Kaffee von einem scheuen Kollegen im Büro der Höhepunkt menschlicher Zuwendung sein kann.

Das Telefon klingelte. Der graue Kater, der sich am Fußende zusammengerollt hatte, streckte sich, sprang vom Bett und trottete aus dem Zimmer. Adrian schreckte hoch und schaute auf den Wecker. Acht Uhr sechsundzwanzig. Es war Samstag. Der Anrufbeantworter sprang an: »Guten Morgen, Herr Sur.« Adrian erkannte die Stimme sofort. »Das ist Amina Reshad am Apparat. Ich habe noch einige Fragen an Sie und wäre Ihnen dankbar, wenn Sie mich zurückrufen könnten. Vielen Dank.«

Adrians Herzschlag beschleunigte sich. Es ist noch nicht zu Ende, dachte er. Hatten sie wieder belastendes Material gegen ihn entdeckt?

Er wollte sich ins Auto setzen und losfahren. Weit weg. Er sah sich am Strand der *Fossil Coast* sitzen, spürte fast den milden Wind im Gesicht und roch die salzige Seeluft. Aber er durfte die Stadt nicht verlassen. Er war gefangen, an einem Ort und in einer Situation. Beides hätte er nur zu gerne weit hinter sich gelassen.

Adrian stand auf und schaltete die Kaffeemaschine ein. Dann öffnete er eine Dose Katzenfutter und gab den Inhalt in zwei Tonschüsseln. Auf der einen stand Frodo, auf der anderen Sam. Wie auf Befehl kamen die Beiden an und machten sich über ihr Frühstück her, nicht ohne sich vorher einige Tatzenhiebe versetzt zu haben.

Adrian schenkte sich eine Tasse Kaffee mit viel Milch ein und setzte sich an den Küchentisch. Trotz seiner Putzaktion gestern stieß er noch immer auf Spuren von Rußpulver in den Ritzen im Holz. Er fühlte sich unwohl, beobachtet, ausgeliefert. So als seien Einbrecher in seinen Privatbereich eingedrungen. Dabei war es dein Freund und Helfer, dachte er.

Gerade als er die Nummer des Kommissariats wählen wollte, klingelte das Telefon erneut. Adrian nahm ab. Es war Ronald Mang. Der Ethikausschuss wolle noch einmal mit ihm reden. Ob ihm heute, vierzehn Uhr möglich wäre? Adrian sagte zu, mit dem gleichen inneren Widerstand, mit dem er sich einige Minuten später einverstanden erklären würde, dass Amina ihn am Vormittag aufsuchte.

Nach einem kleinen Frühstück mit Toast und Butter zog er sich um. Bereits das Anlegen des Hakama, des weitgeschnittenen Hosenrocks über dem weißen Baumwollanzug, war für Adrian Teil des Trainings. Ein kleines Ritual, das ihn in eine meditative Haltung versetzte. Über die Trittsteine im Rasen ging er in den Übungsraum im Pavillon. Dort nahm er ein Holzschwert von der Wand, verbeugte sich und machte einige Bewegungsformen. Adrian liebte es, in seinem Dojo zu üben. Mit gleitenden Schritten bewegte er sich durch den Raum, drehte sich, hieb mit dem Bokutō in die Luft, kraftvoll, dabei ruhig und konzentriert. Wenn er in Fluss kam, war ihm, als schwebe er, als führe nicht er das Schwert sondern es ihn. Ein wenig bedauerte er es, nur noch alleine zu üben. Aber seit er nach Berlin gezogen war, hatte er sich nicht mehr um einen Trainingspartner bemüht. Nach einer halben Stunde verbeugte er sich abermals und blieb minutenlang regungslos stehen, den Blick auf das Bild an der Wand vor ihm gerichtet. *Mut zur Wandlung* stand in japanischen Schriftzeichen, schwarz auf weißem Hintergrund. Er dachte an Ono. Und an seine Mutter.

Nachdem er geduscht hatte, nahm Adrian die Zeitung und blätterte sie durch. Über den Mordfall wurde berichtet. Er las, atmete auf. Sein Name wurde nicht erwähnt. Noch nicht.

Wenig später erschien Amina. Sie war allein. Adrian führte sie in das Wohnzimmer. Den Kaffee, den er ihr anbot, lehnte sie ab.

Als er ihr gegenübersaß, hatte er ein seltsames Gefühl. Eine Bedrohung ging von ihr aus. Nicht von ihr persönlich. Aber alles, was er in den letzten Tagen durchgemacht hatte, war eng mit ihr verbunden, war mit ihr in sein Leben getreten. Und dennoch: Er konnte nicht sagen, dass er ihr niemals hätte begegnen wollen. Da war eine Vertrautheit, die er sich nicht erklären konnte. Diese Augen, die von einer unendlichen Trauer zu berichten wussten. In welchem Leben waren sie sich begegnet?

Adrians Schweigen schien Amina zu verunsichern. Sie saß auf der Vorderkante des Ledersofas, die Arme auf die Oberschenkel gestützt, die Hände gefaltet. Am linken Ringfinger trug sie einen silbernen Ring. In schwarzen Jeans, schwarz-weiß gemustertem Herrenhemd und Schnürstiefelletten wirkte sie trotz ihrer fast scheuen Zurückhaltung burschikos.

»Ich lese gerade Sibylle Moors Tagebuch«, begann sie zögerlich. »Bin noch nicht ganz durch.« Sie holte es aus ihrem Rucksack. »Vieles ist mir unverständlich. Und ich dachte, vielleicht können Sie mir helfen.«

Adrian zog die Augenbrauen zusammen. »Moment mal. Sie bitten Ihren Hauptverdächtigen um Unterstützung bei seiner eigenen Überführung? Oder war das eine vornehme Formulierung für Verhör?«

Ihr Blick wanderte umher, als suchte sie irgendwo im Raum nach einer Antwort.

»Mein Anwalt und ich haben das Tagebuch noch nicht mal zu Gesicht bekommen«, sagte Adrian bitter. »Ich kann Ihnen nicht helfen.«

Amina strich sich mit der Hand eine Haarsträhne hinter das Ohr und stand auf. »Bitte verzeihen Sie die Störung«, sagte sie, als sie das Tagebuch in den Rucksack gleiten ließ. »Es war dumm von mir.« Mit einem leichten Kopfnicken ging sie an ihm vorbei zur Tür.

Adrian folgte ihr. Als sie das Haus verließ, rief er ihr hinterher: »Frau Reshad.«

Sie hielt inne, ohne sich umzudrehen.

»Es tut mir leid«, sagte Adrian. Und meinte es so.

Die Polizistin hatte das Gartentor noch nicht geschlossen, als er seine Weigerung bereits bereute. In dem Tagebuch hätte er vielleicht entlastendes Material entdecken können. Warum war er so töricht gewesen? Wovor wollte er sich schützen?

Er setzte sich auf die Veranda und rauchte eine Zigarette. Der Frühling war viel zu früh gekommen in diesem Jahr. So früh, dass ein erneuter Kälteeinbruch zu erwarten war.

Amina saß im Auto. Sie hätte sich ohrfeigen können! Was um alles in der Welt hatte sie geritten? Wie konnte sie nur annehmen, ein Verdächtiger wäre bereit, ihr zu helfen? Turner würde sie in der Luft zerreißen, würde er erfahren, dass sie Sur Täterwissen mitteilen wollte. Das Tagebuch war noch nicht für die Verteidigung freigegeben. Unglaublich!

Aber da war noch etwas anderes. Etwas, das sie mit Scham erfüllte. Sur hatte sie zurückgewiesen.

»Danke, dass Sie es einrichten konnten zu kommen, Herr Sur.«

Ronald Mang hatte sich neben die anderen Mitglieder des Ethikausschusses an den Tisch gesetzt, nachdem er Adrian an der Tür begrüßt hatte.

»Der Kollege Norden ist leider verhindert.«

An Sarah Enders Blick sah Adrian, dass er nichts Gutes zu erwarten hatte. Sie saß zurückgelehnt, halb abgewandt, ein Bein übergeschlagen da und schaute ihn an. Mit einer Mischung aus Verachtung und Triumpf.

Bevor Mang anfangen konnte zu sprechen, fragte Corinna Möbius teilnahmsvoll: »Wie geht es Ihnen?«

»Ich kann nicht sagen, dass es mir gut geht.«

Corinna Möbius nickte betrübt und verzog das Gesicht zu einem ermutigen wollenden Lächeln.

Mang machte einen zweiten Anlauf: »Herr Sur, wir haben uns intensiv mit dieser schwierigen Situation auseinandergesetzt. Vor allem haben wir uns gefragt, wie wir Ihnen gerecht werden und gleichzeitig Schaden von unserem Institut abwenden können.«

»Und wie wir unsere Studierenden schützen können«, fiel ihm Sarah Ender ins Wort.

Mang räusperte sich: »Selbstverständlich gilt auch bei uns ›in dubio pro reo‹. Seien Sie sich dessen sicher.«

»Aber Sie müssen natürlich Sorge dafür tragen, dass Sie – Verzeihung, das Institut – nicht mit einem Missbraucher und Mörder in Verbindung gebracht werden. Und deshalb schlagen Sie mir vor, alle meine Tätigkeiten ruhen zu lassen. Selbstverständlich nur so lange, bis alle Vorwürfe gegen mich entkräftet sind.«

Angespannt drehte Mang seinen silbernen Kugelschreiber zwischen den Fingern.

»Was würden Sie vorschlagen, wenn Sie in unserer Lage wären?«

»Ich bin nicht in Ihrer Lage. Ich bin in meiner«, erwiderte Adrian sarkastisch. Und versöhnlicher fügte er hinzu: »Ich verstehe Sie. Die Lage ist misslich. Es wäre wirklich nicht gut, wenn das Institut mit sexuellem Missbrauch in Verbindung gebracht werden würde. Außerdem können Sie ja nicht sicher sein, dass ich unschuldig bin. Schließlich wäre ich nicht der erste Analytiker, der Grenzen verletzt.«

Mang hielt die Luft an. In Corinna Möbius' Augen schienen sich Tränen zu bilden, während Sarah Enders Gesicht wie versteinert war.

»Ich werde meine Vorlesungen absagen und Frau Koch verständigen, dass ich mich bis auf weiteres aus dem Prüfungsgremium zurückziehe.«

Dann stand Adrian auf, drehte sich um und verließ den Raum. Auf das Ritual des Händeschüttelns verzichtete er.

Ein halbe Stunde später saß Adrian an Deck der *Alten Liebe*. Es war kühl, und die meisten Gäste schienen das Schiffsinnere vorzuziehen. So hatte er das Deck für sich. Er zog an seiner Zigarette und schaute auf die Havel. Graziös zog ein Schwan seine Bahn. Es war lange her, dass er das Restaurantschiff besucht hatte. Während seiner psychoanalytischen Weiterbildung hatte er sich oft mit seiner Arbeitsgruppe hier getroffen. Einigen seiner Mitstudierenden waren das Institut und die Lehre bereits damals zur Heimat geworden. Für sie gab es keinen Zweifel, dass sie sich nach dem Examen dort als Dozenten engagieren würden. Adrian hingegen war sich da nicht so sicher. Er hatte sich noch nirgends wirklich beheimatet gefühlt. Zu oft hatte er Orte – und Menschen – verlassen, bevor sie Heimat geworden waren. Doch dies war nur der äußere Grund. Tief in seinem Inneren fühlte er sich fremd, wie ein Reisender, auf dem Weg zu einem Ort, den es nicht gab. Entgegen seiner Erwartung hatte er in den vergangenen sieben Jahren dann doch begonnen, Wurzeln zu schlagen. Dafür war seine Arbeit hauptverantwortlich. Man konnte nicht Psychotherapeut sein, ohne sich ganz – und auf lange Zeit – auf Beziehungen einzulassen. Doch etwas in Adrian blieb unerlöst. Unzählige Male hatten Gossler und er darüber gesprochen, wie intensiv er sich seinen Patienten zuwenden konnte, wie vorbehaltlos er sich ihnen und dem therapeutischen Prozess zur Verfügung stellte. Und wie fremd er sich gleichzeitig selbst blieb.

Die Tür ging auf, und ein Pärchen kam heraus, um zu rauchen. Adrian fühlte sich seltsam losgelöst. Eine Szene in einer Westernserie aus seiner Jugend fiel ihm ein. Er konnte sich nicht mehr erinnern, wie die Serie hieß. Im Vorspann wurde ein altgedienter Offizier unehrenhaft aus der Armee entlassen. Ein General riss ihm die Abzeichen von der Uniform und zerbrach seinen Säbel. Unter dem reglosen Blick seiner ehemaligen Kameraden und unter Trommelwirbeln verließ der Ausgestoßene das Fort. Vogelfrei.

Jetzt war auch er vogelfrei. Adrian schmunzelte. Etwas pathetisch, dachte er. Dennoch. Er konnte alles verlieren, was sicher zu sein schien. Seine Existenz als Arzt und Psychoanalytiker. Seine Position als wertgeschätztes Mitglied des Instituts. Alles stand auf dem Spiel. Auch er fühlte sich in die Wüste geschickt. Und – verrückt – genau dies gab ihm ein Gefühl von Freiheit. Adrian schüttelte den Kopf und warf die Zigarette ins Wasser.

»He, was soll das? Umweltsau!«, empörte sich die junge Frau.

Adrian antwortete mit einem Achselzucken und schuldbewusstem Blick. Stimmt, dachte er.

Amina ließ das Fenster herunter. Sie brauchte Frischluft.

Schrader trommelte einen trägen Rhythmus auf dem Lenkrad.

»Den Belling kannst du gleich wieder entlassen. In seiner Wohnung war nichts zu finden als Dreck, leere Flaschen und schmutzige Wäsche.«

»Sonst nichts?«, fragte Amina. Irgendwie hoffte sie, dass Beling der Täter war.

»Das auffälligste waren ein paar Pornovideos.«

»Kinderpornographie?«

»Ist noch nicht alles ausgewertet. Sieht aber auf den ersten Blick nicht so aus.«

Es wurde Grün, und Schrader fuhr los. Sie passierten das Café Kranzler und kreuzten die Joachimstaler Straße. Im dichten Verkehr quälten sie sich in Richtung Wittenbergplatz.

»Ich weiß nicht, warum wir uns nicht stärker auf Sur konzentrieren.«

»Tun wir das nicht?«

»Du willst einfach nicht, dass er es ist«, sagte Schrader, als er den Wagen einparkte.

»Und ich glaube, du willst einfach nicht, dass er es nicht ist«, erwiderte Amina.

Kanzlei Dr. Sernow und Kling stand in schwarzer Gravur auf dem goldenen Metallschild. An der Empfangstheke begrüßte sie die Chefsekretärin mit professionell-freundlichem Lächeln. »Was kann ich für Sie tun? Haben Sie einen Termin?« Ja, sie hatten einen Termin. In gediegenem Chic stöckelte sie vor ihnen her zu einer Tür, die wie das Tor zu einer Festung wirkte. Auf ihr Klopfen war von innen ein knappes »Ja« zu hören.

»Herr Kling, Ihr Termin.« Dann gab sie mit einer einladenden Handbewegung den Eingang frei.

Das Eichenparkett knarrte unter seinen perfekt polierten Lederschuhen, als der drahtige Mittvierziger dynamisch auf sie zuging und Amina die Hand entgegenstreckte. Sein strahlender Blick verfinsterte sich schlagartig, als Amina und Schrader sich zu erkennen gaben. Er bat sie, in einer Sitzgruppe neben dem ausladenden Schreibtisch Platz zu nehmen, und linste verstohlen in seinen Terminkalender. Offensichtlich hatte er jemand anderen erwartet.

»Fürchterliche Sache«, sagte er, als er sich zu ihnen gesetzt hatte. »Irgendwie hatte ich bei Sibylle – Frau Moor – in letzter Zeit ein ungutes Gefühl. Aber dass so etwas passieren würde, hätte ich mir nie träumen lassen.«

»Was meinen Sie mit ›ungutes Gefühl‹?«, fragte Amina.

»Sie war ja schon, seit ich sie kenne, immer wieder in den merkwürdigsten Verfassungen. Manchmal dachte ich, jetzt müssen wir sie einweisen.«

»Einweisen?«

»Ja, sie hatte Tage, an denen sie so verzweifelt und depressiv wirkte, dass ich mir Riesensorgen machte. Sie zog sich in ihr Büro zurück und schloss die Tür. Manchmal hörte ich sie wimmern.«

»Wissen Sie, weshalb es ihr so schlecht ging?«, fragte Amina.

»Nein. Ich habe mit Doktor Sernow darüber gesprochen, ob wir nicht auf sie zugehen sollten. Aber, wissen Sie, Sernow ist vom alten Schlag. Gefühle haben in unserem Beruf nichts zu suchen. Das ist sein Credo. Nicht vor Gericht und nicht unter Kollegen. Unser Kollege Mommsen hat deswegen erheblichen Ärger mit ihm bekommen.«

Amina schaute Schrader an.

»Weshalb?«, fragte Schrader.

»Nun, er hatte wohl ein gewisses Interesse an Frau Moor. Aber bitte, ich möchte Herrn Mommsen nichts unterstellen.«

»Hatte Frau Moor auch – ein gewisses – Interesse an ihm?«, wollte Amina wissen.

»Ich weiß nicht.« Kling zögerte. »Nein, ich glaube nicht. Wenn sie ihre guten Tage hatte, dann konnte sie recht energisch sein. Sowohl in fachlichen Disputen als auch im informellen Miteinander. Ab und zu sind wir zusammen Mittagessen gegangen. Beim Chinesen gegenüber. Wir haben dann häufig über Politik oder Kunst diskutiert.« Kling sann nach. »Neben ihr hat Mommsen immer wie ein schüchternes Bübchen ausgesehen. Manchmal hat sie sich auch über ihn lustig gemacht, hat ihn blauäugig genannt.«

»Wie hat sie sich Ihnen gegenüber verhalten?«, fragte Schrader.

»Distanziert. Ich glaube, sie konnte mich nicht besonders leiden.«

»Warum?«

»Ich denke, sie hielt mich für einen Snob. Ich fahre Porsche, spiele Golf, bin überzeugter Single. Das volle Programm eben.«

»Hatten Sie Auseinandersetzungen?«, fragte Amina.

»Nein, das nicht. Dazu hatten wir zu wenige Berührungspunkte auf der persönlichen Ebene. Zwei völlig verschiedene Spezies, könnte man sagen. Und fachlich haben wir uns gegenseitig geachtet. Sie war eine hochbegabte Anwältin – in ihren guten Phasen. Und ich glaube, ich bin auch ganz gut in meinem Job.«

Gesundes Selbstvertrauen, dachte Amina.

»In Fachgesprächen haben wir uns immer wieder gegenseitig befruchtet. – Verzeihen Sie die Taktlosigkeit«, fügte er schelmisch grinsend hinzu, um sogleich wieder ernst zu werden. »Ich habe – entgegen Sernows Maßgabe – mit den Sekretärinnen über Frau Moor gesprochen. Aber auch sie wussten nicht viel mehr. Außer dass sie in Behandlung war.« Er zögerte.

»Das wissen wir bereits. Bitte sprechen Sie weiter«, beruhigte ihn Amina.

»Das war natürlich indiskret. Aber eine Schreibkraft hatte mitgehört, wie sie einen Therapietermin absagte. Wegen einer kurzfristig angesetzten Verhandlung. Dass sie in psychologischer Behandlung war, hat mich etwas entlastet. Dann schaut da wenigstens einer drauf, habe ich mir gedacht.«

»Wann war das?«

Kling hob die Schultern. »Vielleicht vor drei, vier Monaten.« Dann blickte er demonstrativ auf die Uhr. »Es tut mir leid. Aber ich habe Termine.«

»Okay, vielen Dank für Ihre Offenheit.« Amina erhob sich und reichte ihm zuerst ihre Visitenkarte und dann die Hand.

»Ja, ich rufe Sie an, wenn mir noch etwas einfällt«, sagte Kling.

»Arroganzling. Der ist nicht viel besser als Sur«, raunte Schrader, als er und Amina kurz darauf in einem weitaus bescheidener eingerichteten Büro saßen.

Niels Mommsen war blass. Amina fielen die dunklen Ringe unter seinen Augen auf. Sein hageres Gesicht mit der großen Nase, die Amina an den Schnabel eines Wasservogels erinnerte, sah dadurch besonders spitz aus. Er schloss das Fenster und setzte sich ihnen gegenüber, seine Hände flach auf der gläsernen Schreibtischplatte.

»Wann haben Sie Frau Moor zuletzt gesehen?«, fragte Schrader.

Mommsen starrte auf seine Hände. »Letzten Freitag. Gegen vierzehn Uhr. Sie hat früher Schluss gemacht. Hatte wohl für das Wochenende etwas vor.«

»Wissen Sie, was sie vorhatte?«, wollte Amina wissen.

»Nein. Sie hat nie über ihr Privatleben gesprochen.« Etwas Trauriges klang in seiner Stimme.

»Wie nahe standen Sie Frau Moor?«, fragte Amina.

»Wir waren Kollegen.«

»Nur?«

»Ja, warum?«

»Uns ist zu Ohren gekommen, dass Sie weitergehende Interessen an ihr hatten«, sagte Schrader inquisitorisch. »Sie sollen sogar Schwierigkeiten mit Ihrem Chef deshalb bekommen haben.«

Mommsen schaute Schrader beklommen an. »Doktor Sernow hat mir vor einigen Monaten deutlich zu verstehen gegeben, dass er Privatkontakte unter Kollegen nicht schätzt.«

»Und? Haben Sie sich daran gehalten?«

»Ich hatte keine Wahl. Ich bin erst seit kurzem in der Kanzlei. Es ist eine gute Kanzlei. Renommiert. Ich bin Berufsanfänger. So eine Chance kommt so schnell nicht wieder.«

»Dann haben Sie Frau Moor um der Karriere willen aufgegeben?«, fragte Amina.

»Hören Sie! Wir waren Kollegen. Sonst nichts.«

»Was haben Sie am vergangenen Sonntagabend gemacht?«, schaltete sich Schrader ein.

Nervös strich sich Mommsen über den fast kahlen Schädel. »Bin ich etwa verdächtig?«

»Jeder ist verdächtig«, erwiderte Schrader. »Sie können gerne einen Anwalt hinzuziehen.«

»Sehr witzig. Ich war zu Hause und habe *Tatort* geschaut. Allein.«

»Und? Wer war der Mörder?«, feixte Schrader.

»Ich bin vor dem Ende eingeschlafen.«

»Das heißt, Sie haben kein Alibi für die Tatzeit.«

Mommsen schaute von Amina zu Schrader und zurück. Seine Mundwinkel zuckten.

Ein unsicherer Mensch, dachte Amina. Wie reagiert er, wenn er zurückgewiesen wird? Sie nahm eine Härte in seinen Gesichtszügen wahr, die sie nicht genau benennen konnte.

»Ja, ich fand sie toll. Sie war klug. Hatte Humor. Wenn es ihr gut ging. Und sie war attraktiv. Unglücklicherweise hätte sie mir wahrscheinlich keine dieser Eigenschaften zugeschrieben«, sagte Mommsen nach einer Pause. »Ich weiß nicht, ob ich mich an die Anweisungen meines Chefs gehalten hätte, wenn ich die Gelegenheit gehabt hätte, Sibylle näher kennenzulernen. Aber – keine Chance.«

»Ein Motiv hätte er ja«, sagte Amina auf der Fahrt ins Kommissariat. »Sie hat ihn verschmäht.«

»Aber er ist ein Weichei. Könnte der jemandem den Hals umdrehen?« Schrader runzelte ungläubig die Stirn.

»Ich weiß nicht«, entgegnete Amina. »Ich glaube, hinter der Fassade ist noch etwas anderes. Wir sollten an ihm dranbleiben.«

Die Frau, die Amina gegenüber saß, zupfte nervös an ihrem türkisfarbenen Seidenschal. »Sie werden sich fragen, warum ich erst jetzt komme.«

Wäre sie Aminas Blick nicht ausgewichen, hätte sie das leichte Nicken gesehen.

»Ich habe vor drei Tagen von der Sache erfahren. Also dass Herr Sur mit dem Fall in Zusammenhang gebracht wird. Über den Mord hatte ich natürlich schon vorher in der Zeitung gelesen. Schrecklich.«

»Und warum haben Sie so lange gewartet?«

»Sehen Sie, es ist nicht so einfach. Ich wollte keine Halbwahrheiten erzählen.«

»Die ganze Wahrheit tut es auch.« Amina wunderte sich über ihren Sarkasmus.

Renate Freiberg-Röhn zuckte zusammen. »Ich war an dem Abend im Park in der Nähe des Hotels.«

»Wann genau?«

»Von etwa Viertel vor Neun bis kurz vor Tagungsende. Zweiundzwanzig Uhr fünfzehn. Ich hatte eine Verabredung mit einem Kollegen.«

Amina überlegte, ob sie nach seinem Namen fragen sollte. Nein, sie wollte abwarten.

»Hel ... – er war mein Supervisor. Ich habe meine Ausbildung in einem anderen Institut gemacht und bin erst danach hierher gezogen. Während der Ausbildung müssen Therapien durchgeführt werden, die in regelmäßigen Abständen mit einem Supervisor besprochen werden müssen. Das sind ältere, erfahrene Psychoanalytiker. Damals hatten wir keine privaten Kontakte. Aber danach, als ich mich bereits hier niedergelassen hatte, sind wir uns auf einer Tagung wieder begegnet. Und – wir hatten eine Beziehung.«

»Hatten?«, fragte Amina.

»Ja, das war vor zwei Jahren. Wir trafen uns auf Tagungen und besuchten uns gegenseitig. Aber es war anstrengend, weil er es geheim halten wollte.«

»Warum? Ist er in einer anderen Partnerschaft?«, wollte Amina wissen.

»Nein, aber Beziehungen zwischen Supervisoren und Studierenden sind problematisch. Auch wenn es ehemalige Studierende sind.«

»Etwa so wie Beziehungen zwischen Therapeuten und Patientinnen?«

»So ähnlich, wenn auch nicht ganz so. Da wird zwischen Lehranalytiker und Supervisor unterschieden. Lehranalytikern ist es verboten, private Beziehungen mit ihren Analysandinnen einzugehen, in manchen Therapeutenvereinigungen sogar lebenslang. Bei Supervisoren sind die Regelungen nicht ganz so streng. Aber es wird nicht gerne gesehen. Und mein, naja, Freund und ehemaliger Supervisor vertritt eine eher strenge Linie. Er hat Seminare zu dem Thema gehalten.«

»Und da hätte es nicht gut ausgesehen, wenn herausgekommen wäre, dass er gegen seine eigenen Grundsätze verstoßen hat.«

»Genau.« Renate Freiberg-Röhn schaute Amina an.

»Seine Geheimnistuerei hat mich verletzt. Mir war es ernst mit ihm. Aber ihm war sein Ruf als unfehlbarer Analytiker wichtiger. Wir haben viel gestritten. Und im Januar haben wir uns schließlich getrennt. Auf der Tagung jetzt haben wir uns seitdem zum ersten Mal wiedergesehen.«

»Und da sind Sie wieder – zusammengekommen?«

Renate Freiberg-Röhn strich eine Falte aus ihrem Rock. »Wir sind uns wieder sehr nahe gekommen. Wenn Sie wissen, was ich meine.«

Amina nickte.

»Aber es musste wieder heimlich sein. Am letzten Abend wollten wir uns noch einmal treffen, um zu besprechen, wie es weitergehen soll.«

»Und da haben Sie Doktor Sur gesehen?«

»Ja, wir hatten uns auf eine Parkbank gesetzt, um zu reden. Dann kam er und setzte sich auf eine Bank ganz in unserer Nähe.«

»Wissen Sie, wann genau das war?«

»Muss so zehn nach Neun gewesen sein. Er saß da und rauchte. Eine nach der anderen. Er konnte uns nicht sehen, weil er uns den Rücken zugewandt hatte. Wenn wir aufgestanden wären, hätte er uns aber sofort bemerkt. Also blieben wir sitzen und verhielten uns still. Es dauerte ewig. Mir wurde kalt. Endlich ging er, wohl auch zum Tagungsabschluss. Dort habe ich ihn jedenfalls einige Minuten später wieder gesehen.«

Amina lehnte sich zurück und atmete langsam aus. »Sie hätten Ihren Kollegen früher entlasten können. Haben Sie eine Vorstellung, was es bedeutet, eines Mordes verdächtigt zu werden?«

Renate Freiberg-Röhn zupfte wieder an ihrem Schal und schaute betreten zu Boden.

»Trotzdem. Gut, dass Sie gekommen sind«, fuhr Amina fort.

»Muss ich seinen Namen nennen?«

»Es wäre auf jeden Fall gut für Doktor Sur.«

»Ach, wissen Sie«, Renate Freiberg-Röhn richtete sich auf und ihre Stimme wurde fester. »Das ist vielleicht ganz gut so. Dass diese Heimlichkeiten ein Ende haben. Warum sollen wir nicht dazu stehen? Wir haben nichts verbrochen. Helmut hat nichts verbrochen. Als er mein Supervisor war, hat er die professionellen Grenzen immer eingehalten.«

Amina spürte, dass die Frau vor ihr noch etwas auf dem Herzen hatte.

»Im Institut wird geredet, der Kollege Sur habe möglicherweise sexuellen Missbrauch begangen und eine Affäre mit dem Mordopfer gehabt.«

Amina schwieg. Soviel zum Thema Diskretion, dachte sie und schüttelte innerlich den Kopf.

»Haben Sie bei Ihren Ermittlungen Hinweise darauf gefunden?«, fragte Renate Freiberg-Röhn vorsichtig.

»Darüber darf ich Ihnen leider nichts sagen. Auch wir haben unsere Schweigepflicht. Und im Moment ermitteln wir in erster Linie in dem Tötungsdelikt. Gab es denn in Ihrem Institut jemals Anzeichen, dass er sich unprofessionell verhalten hat?«

»Nein, nicht, dass ich wüsste. Ich fand ihn eher etwas zu distanziert, auch im Kollegenkreis.« Und nach einem Moment der Stille fuhr sie fort: »Dabei war er kurz davor, Lehranalytiker zu werden. Aber das ist ja nun in weite Ferne gerückt.«

»Auch wenn sich herausstellt, dass er sich nichts zuschulden hat kommen lassen?«

Renate Freiberg-Röhn zuckte mit den Schultern. »Sie wissen ja. Etwas bleibt immer hängen.«

Die Buchen entfalteten bereits ihr erstes Grün, während sie noch an den hellbraun entfärbten Blättern des Vorjahres festhielten. Buchen brauchen lange, um loszulassen. Die ersten Singvögel waren schon zurück. Früh dieses Jahr. Aminas Nase schmerzte, als die kalte Luft einströmte und ihren Weg über den Rachen in die Lunge nahm. In der Abenddämmerung waren um diese Jahreszeit wenige Leute unterwegs. Hundebesitzer, einige Jogger, Haschischdealer und deren Kunden. Im Sommer hingegen war die Hasenheide überfüllt. Amina lief in gemäßigtem Tempo. So konnte sie ihre Gedanken fließen lassen, ungerichtet, mühelos, im Rhythmus ihrer Bewegung. Sie mochte es, wenn sie Betriebstemperatur erreicht hatte und anfing zu schwitzen. Ralf hatte sie zum Laufen gebracht. Vorher wäre sie nie ohne Ball durch die Landschaft gerannt. In ihrer Schulzeit war sie eine gute Hockeyspielerin gewesen. Aber Leichtathletik! »Ich würde eine Gefängnisstrafe vorziehen«, pflegte sie zu sagen. Mit Ralf hatte sie erfahren, dass Laufen anders sein kann als keuchend, mit Blick auf die Pulsuhr durch den Park zu hetzen. Seite an Seite zu traben, schweigend, zu spüren, wie sich ihre Schritte einander anglichen, ihr Atem. Das hatte sie mit Ralf erstmals erlebt und lieben gelernt. So wie sie ihn liebte. Nach seinem Tod dauerte es lange, bis sie wieder laufen konnte. Und jetzt. Noch immer lief der Schmerz mit. Aber laufend fühlte sie sich Ralf am nächsten.

Sibylle Moors Tagebuch kam ihr wieder in den Sinn. Dort musste der Schlüssel zur Lösung des Falles liegen. Auch nachdem Sur nicht mehr verdächtig war, sie ermordet zu haben. Oder gerade deswegen? Wenn sie ihn nur überzeugen könnte, ihr zu helfen. Er kannte Sibylle Moor wahrscheinlich besser als sonst irgendjemand. Andererseits, auch wenn er entlastet war, was den Mord anging, so war noch immer unklar, ob er eine Affäre mit dem Opfer hatte. Als ihr Therapeut. Das wäre verwerflich gewesen. Und so erleichtert sie war, dass er kein Mörder war, so sehr belastete sie, dass er jemand sein könnte, der die Grenzen anderer verletzte. Doch wenn er sie geliebt hatte? Wäre es dann auch verwerflich gewesen? Auf jeden Fall wäre es gegen die Regeln gewesen. Und gegen das Gesetz. Sie konnte es sich nicht erklären, so wenig wie viele der Tagebucheinträge. Längst ging es um mehr als nur darum, einen Mord aufzuklären. Das spürte sie immer deutlicher. Es war etwas Persönliches. Zwischen ihr und ihm. Sie musste herausfinden, was es war. Sie wollte verstehen, wer er war. Und sie hatte einen Fall zu lösen. Ihre Schritte wurden schneller, entschiedener. Sie würde es noch einmal versuchen, würde es noch einmal riskieren, zurückgewiesen zu werden.

Als sie den Park verließ, wischte sich Amina mit dem Ärmel den Schweiß aus den Augen und schaute sich um. Ihr war, als sei sie Ralf ein wenig davongelaufen.

Die rundliche Frau im weinroten Kostüm schloss die Gartentür und trippelte die Straße entlang. Adrian schaute ihr vom Fenster aus nach. Er atmete auf. Sie war seine letzte Patientin für die nächste Zeit. Auch wenn ihm wenig danach zumute gewesen war, hatte er weitergearbeitet bis zu seinem lange geplanten Urlaub, der jetzt begann. Nach intensivem Nachdenken hatte er sich entschieden, die Stunden nicht abzusagen. Drei Wochen Therapiepause waren für viele seiner Patienten ohnehin schwierig genug und mussten in den Sitzungen davor gut vorbereitet werden. Adrian hätte es nur schwer verantworten können, den Urlaub so kurzfristig vorzuverlegen. Manche Patienten hätte dies in eine Krise stürzen können. Aber er musste seine ganze Kraft zusammennehmen. Er musste seine eigenen Schwierigkeiten gut verpackt beiseitelegen, damit sie nicht – durch die Hintertür – auf die Behandlungen einwirkten, sonst wäre es so, als operierte ein Chirurg mit infizierten Instrumenten.

Der Mord an Sibylle Moor, die Verdächtigungen gegen ihn, die Festnahme, die Vernehmungen, die Reaktion des Instituts. Und dann plötzlich der Anruf der Polizistin. »Sie sind entlastet.«

Einfach so. Und jetzt? Einfach zur Tagesordnung übergehen? Er brauchte Abstand. Großen Abstand. Und den bekam er jetzt. Das Cottage war seit langem gebucht. In drei Tagen würde er sich auf den Weg machen. Wie jedes Frühjahr. Lyme Regis, der kleine Ort an der südenglischen Küste war seit vielen Jahren seine »heimliche

Geliebte«, neben der »Ehefrau« Berlin. Dort fand er Ruhe und Inspiration. Auf langen Wanderungen durch den Urwald des *Undercliffs* und entlang der *Fossil Coast* hatte er seine besten Einfälle. Oft fielen ihm dort Erkenntnisse zu Behandlungsverläufen oder Ideen für Veröffentlichungen zu. Vor allem spürte er sich dort selbst so deutlich wie an keinem anderen Ort. Es war wie die ausklingende Wirkung einer Schmerzspritze, wenn das Taubheitsgefühl langsam, aber stetig nachlässt.

In der Küche öffnete Adrian eine Flasche Merlot und briet sich eine Frittata mit Champignons und Zucchini. Während sie in der Pfanne stockte, ging er mit einem Glas Wein in den Garten und setzte sich auf die Bank mit Blick auf den kleinen Teich. Das Mahlen bedächtiger Schritte auf dem Kies ließ ihn herumfahren.

»Guten Abend, Doktor Sur. Die Gartentür war offen.«

Amina kam auf ihn zu. Sie wirkte unsicher.

Adrian stand auf und reicht ihr die Hand. »Haben sich doch wieder Verdachtsmomente gegen mich ergeben?«

Amina rollte die Augen. »Nein. Aber ich kann ihren Zynismus verstehen.«

»Sorry, setzen Sie sich doch.« Adrian deutete auf die Bank. »Ich habe gerade etwas Kleines gekocht. Darf ich Sie einladen?«

»Ist das ein Friedensangebot?«

»Noch nicht.« Adrian erwiderte Aminas Lächeln.

»Nein danke. Ich habe wenig Zeit.«

»Kann ich Ihnen wenigstens Kaffee oder Tee anbieten?«

»Tee wäre großartig.«

Als Adrian mit dem Tee herauskam, streichelte Amina den schwarzen Kater, der schnurrend um ihre Beine strich.

»Darf ich vorstellen, Frodo«, sagte Adrian, als er ihr den Becher reichte.

»Hallo Frodo«, sagte Amina. Und zu Adrian: »Sie haben zwei Katzen?«

»Woher wissen Sie das?«

»Wo Frodo ist, kann Sam nicht weit sein.«

»Gut kombiniert, Watson. Ja, er hat einen Gefährten. Sam.«

Adrian setzte sich auf einen Gartenstuhl und zündete sich eine Zigarette an. Einige Minuten lang sahen beide wortlos auf den Teich.

Adrian wartete ab. Er war es gewohnt, zu warten, bis sein Gegenüber die richtigen Worte fand. Und offensichtlich suchte Amina danach.

»Der Tee tut gut«, sagte sie schließlich.

»Danke«, erwiderte Adrian. »Aber Sie sind bestimmt nicht wegen des Tees gekommen.«

»Doktor Sur, ich weiß, wie schwierig die letzten Tage für Sie waren. Und ich kann mir vorstellen, dass Sie das alles so schnell wie möglich vergessen wollen.«

»Von Vergessen kann keine Rede sein.«

»Ich kann mir auch vorstellen, dass Sie mit der Polizei nichts mehr zu tun haben wollen. Glauben Sie mir, es fällt mir nicht leicht, Sie um Hilfe zu bitten.«

»Es muss Ihnen wichtig sein.«

»Ich will herausfinden, wer die Frau getötet hat.«

»So wichtig, dass Sie mich um Hilfe bitten, obwohl Sie nicht mit Sicherheit ausschließen können, dass ich meine Patientin sexuell missbraucht habe. Entlastet bin ich bisher nur von dem Verdacht, sie ermordet zu haben.«

Amina wendete den Kopf und schaute Adrian direkt in die Augen. Sie schwieg. Dann senkte sie den Blick auf ihre Hände, die den Teebecher umschlossen.

»Ich weiß es nicht. Ich kenne Sie nicht.«

Oh doch, wir kennen uns, dachte Adrian. Er wusste nicht, warum er das dachte.

»Aber Sie kennen Frau Moor. Sie haben Einblick in ihre Vergangenheit, ihr Leben und ihre Innenwelt. Sie könnten uns helfen zu verstehen.«

»Gerade weil ich sie so gut kenne, kann ich Ihnen nicht helfen. Es ist nicht – nun, vielleicht doch ein wenig – gekränkte Eitelkeit. Sie müssen verdächtigen. Das ist Ihr Job. Ich weiß, dass ich mit meiner Patientin keine sexuelle Beziehung hatte. Ob ich therapeutische Fehler begangen habe, weiß ich noch nicht. Sie können mir glauben, dass ich mich bemühe, dies herauszufinden. Und mir liegt auch daran, dass ihr Tod geklärt wird. Aber es gibt ein hohes Gut: das Persönlichkeitsrecht und die Intimsphäre meiner Patientin. Juristisch – das wissen Sie – und ethisch endet die Schweigepflicht nicht mit dem Tod.«

»Gibt es nicht vielleicht doch eine Möglichkeit, uns helfen, ohne die Persönlichkeitsrechte ihrer Patientin zu verletzen?«

»Vielleicht. Aber Verbrechensbekämpfung ist nicht mein Metier. Ich bin Psychoanalytiker. Meine Aufgabe ist es, zu denken, nicht, zu handeln. Das habe ich gelernt. Und ich bin kein Profiler.«

»Was ist, wenn der Täter weitermacht?«, fragte Amina.

Adrian zögerte. Plötzlich war er sich nicht mehr so sicher. Er zündete sich eine neue Zigarette an.

»Geben Sie mir Zeit. Ich muss darüber nachdenken.«

Nachdem Amina gegangen war, rief er Gossler an und vereinbarte einen Termin für den nächsten Tag. Danach ging er in seinen Übungsraum und machte einige Bewegungsformen mit dem Schwert. Er musste feststellen, dass er die Schritte und Hiebe ohne Präzision ausführte. Er war nicht zentriert, war aus dem Gleichgewicht. Ein Prozess war in Gang gekommen, dessen Ausgang er nicht vorhersehen konnte.

»Ich hatte einen Traum, letzte Nacht.«

»Möchten Sie ihn mir mitteilen?«

Adrian lehnte sich in seinem Sessel zurück und schloss die Augen.

»Ich bin in einem Waldstück. Da ist viel trockenes Laub, morsches Holz. Es ist Nacht. Ich stehe auf einer Anhöhe, und ich weiß, ich muss in die Senke gehen. Warum, weiß ich nicht. Aber etwas zieht mich nach unten. Hinter mir spüre ich eine Bedrohung, drehe mich um, kann aber nichts sehen. Ich gehe den Hügel hinunter, stolpere über einen Ast und falle, lande weich im Laub, stehe auf und gehe weiter. Hinter mir Schritte. Als ich fast unten angekommen bin, stolpere ich wieder. Dieses Mal über etwas Weiches, Schweres. Im Sturz stoße ich gegen einen abgebrochenen Ast, der aus einem Baum ragt. Ich spüre einen scharfen Schmerz in der linken Thoraxseite. Auf allen Vieren drehe ich mich zu dem Gegenstand, über den ich gestolpert bin. Ich taste und spüre, dass es ein Mensch ist. Ich erschrecke fürchterlich, schreie. Ich ertaste lange Haare, weiß: Es ist eine Frau. Panik ergreift mich. Da bewegt sie sich. Sie lebt. In diesem Moment kommen die Schritte näher. Und ich wache auf.«

Lothar Gossler blickte von seinen Notizen auf. Er hatte mitgeschrieben. Schweigend schaute er in Adrians Richtung. Er schaute ihn nicht an, eher durch ihn hindurch, den Blick in die Ferne gerichtet. »Was fällt Ihnen dazu ein?«

»Gestern war diese Kommissarin wieder bei mir.«

»Ich dachte, Sie sind aus der Schusslinie, wie man so sagt?«

»Ja, das bin ich wohl, jedenfalls was den Mord angeht. Sie kam, um mich noch einmal um Hilfe bei ihren Ermittlungen zu bitten. Sie meint, ich kannte meine Patientin am besten. Sie ist überzeugt, dass in Frau Moors Tagebuch entscheidende Hinweise zu finden sind, und hofft, ich könnte sie entschlüsseln.«

»Vermutlich hat sie Recht«, sagte Gossler in einem Tonfall, dessen Beiläufigkeit im Widerspruch zu seinem erwartungsvollen Blick stand.

»Vermutlich.« Adrian setzte sich auf und drehte die Handflächen nach oben. »Aber Sie wissen doch: die Schweigepflicht. Sie selbst haben mehr als einmal darauf hingewiesen, dass Verschwiegenheit die absolute Voraussetzung in unserem Job ist.«

»Das ist richtig. Aber Sie kommen heute zu mir mit diesem Traum und mit dieser Frage. Ich habe den Eindruck, Sie sind ambivalent. Wenn Sie nicht hin- und hergerissen wären, wäre Ihre Antwort eindeutig. Wie verstehen Sie den Traum in diesem Zusammenhang?«

Adrian überlegte. »Etwas bedroht mich. Ich habe eine Aufgabe. Eine Frau ist in Todesgefahr. Sie lebt noch.«

»Ihre Patientin ist tot. Geht es um eine andere Frau? Geht es um einen – weiblichen – Seelenanteil in Ihnen? Welche Gefahr droht?«

»Amina Reshad – so heißt die Kommissarin – befürchtet, der Täter könnte weitermorden.«

»Amina?«, sagte Gossler. Und leise noch einmal zu sich selbst: »Amina.« Dieses Mal betonte er die erste Silbe. Adrian bemerkte das hintergründige Funkeln in Gosslers Augen.

Nach einer kurzen Pause fragte Gossler: »Wie wäre es für Sie, wenn das eintreffen würde?«

»Das wäre schrecklich. Umso schrecklicher, wenn ich es hätte verhindern können.«

»Dann sind Sie in einem ethischen Konflikt: Verschwiegenheitspflicht und Loyalität gegenüber Ihrer ehemaligen Patientin auf der einen Seite und die innere Verpflichtung, weitere Morde zu verhindern, auf der anderen.« Der alte Mann strich sich über den Bart. »Gibt es weitere Gesichtspunkte?«

Adrian schob die Ärmel seines Sakkos hoch. Ihm war heiß. »Die Sache macht mir Angst. In unserer Arbeit geht es ja irgendwie auch um Leben und Tod. Aber meistens auf einer anderen – psychischen – Ebene. Hier geht es um gewaltsames Sterben. Da hat einer meiner Patientin den Hals umgedreht. Ganz konkret. Nicht symbolisch.«

»Sie hatten bisher Glück. Soweit ich mich erinnere, hat sich noch keiner ihrer Patienten das Leben genommen.«

»Ich weiß, dass wir immer mit dieser Gefahr leben. Aber für mich hat ein so gewaltsamer Tod noch eine andere Qualität.«

»Ähnlich wie ein tödlicher Unfall?«

Adrian zuckte zusammen. »Vielleicht.« Er schaute aus dem Fenster. »Ich weiß nicht, ob ich diese ganz konkrete Schattenwelt betreten möchte.«

»Stehen Sie nicht schon mit einem Bein darin?«

»Was raten Sie mir?«

»Sie wissen, dass ich Ihnen nicht sagen kann, was Sie tun oder lassen sollen.« Und nach kurzem Zögern fügte Gossler hinzu: »Aber vielleicht können wir zusammen überlegen, ob es einen Zwischenweg gibt – jedenfalls was die Frage der Schweigepflicht angeht.«

»Wie könnte der aussehen?«, fragte Adrian.

»Sie sagen zu Recht, dass absolute Vertrautheit die Voraussetzung für eine analytische Therapie ist und die Öffnung des therapeutischen Raumes die Behandlung gefährden kann. Allerdings ist die Behandlung Ihrer Patientin leider als beendet zu betrachten. Richtig ist auch, dass die Verschwiegenheitspflicht über den Tod hinaus bindend ist. Wie ist es aber, wenn der Therapeut mit seinem Supervisor über Patienten spricht?«

Adrian verstand nicht, worauf Gossler hinauswollte. »Der Supervisor steht auch unter Schweigepflicht und ist in einer vertrauensvollen Beziehung zum Therapeuten. Nichts dringt nach draußen.«

»Und doch wird der Raum der Verschwiegenheit zwar nicht geöffnet, aber – erweitert.«

Adrian holte tief Luft. »Soll ich eine Gruppensupervision mit der Kommissarin bei Ihnen machen?«

Gossler lächelte tiefgründig. »Wäre eine spannende Idee – in mancherlei Hinsicht«, und fügte ernsthaft hinzu: »Nein, nicht in Person. Die Kommissarin ist verpflichtet, ihren Vorgesetzten Bericht zu erstatten. Damit wäre der Verschwiegenheitsraum geöffnet.«

Adrian schaute seinen Lehrer aufmerksam an und dachte angestrengt nach. Plötzlich dämmerte es ihm. »Sie meinen, ich spreche mit der Polizei über deren Erkenntnisse. Hier spreche ich mit Ihnen über die Patientin. Wie in der Supervision. Wir schauen uns das Tagebuch an und versuchen, die Hinweise zu verstehen. Wir tragen alles hier zusammen, und ich teile der Polizei unsere Hypothesen mit.«

»Mit einigem Fingerspitzengefühl kann Ihnen dies möglicherweise gelingen, ohne die Intimsphäre Ihrer Patientin zu verletzen.«

»Und Sie wären bereit, diesen Weg mit mir zu beschreiten?«

»Zum üblichen Honorar«, sagte Gossler mit seinem schelmischen Lächeln. »Aber Sie müssen für sich klären, ob Sie sich so tief in die Angelegenheit einlassen wollen.«

Adrian zog die Ärmel seines Jacketts wieder nach unten. »Habe ich eine Wahl?« Jetzt fröstelte ihn.

Amina stand an der Theke und überlegte. Zwischen Skylla und Charybdis, dachte sie.

»Na, Frau Reshad, Bockwurst oder Blumenkohlauflauf? Schwierige Wahl.« Alexander Turner stand neben ihr.

»Die neue Cateringfirma läuft zu Höchstleistungen auf«, antwortete sie und entschied sich für ein belegtes Brötchen.

Sie wartete, bis Turner seine Bockwurst bezahlt hatte und setzte sich mit ihm an einen freien Tisch. Turner schaute etwas irritiert. Amina setzte sich normalerweise in der Kantine nie zu ihm. Einige Minuten lang aßen sie wortlos. Smalltalk war nicht Turners Stärke.

Schließlich brach er das Schweigen: »Es wurmt Schrader wohl, dass dieser Psychologe ein Alibi hat.«

Amina war froh, dass Turner den Fall Moor angesprochen hatte. »Ja, er hatte sich gehörig auf ihn eingeschossen. Da wir gerade darüber sprechen …«

Turner legte das Messer beiseite und sah Amina erwartungsvoll kauend an.

»Wir haben doch über das Tagebuch des Opfers gesprochen …«

»Wiederholt«, fiel ihr Turner ins Wort.

»Ich bin überzeugt, dass wir mit der Aufklärung bedeutend vorankommen würden, wenn wir bestimmte Passagen besser verstehen könnten.«

»Sie arbeiten doch intensiv daran. Manches lässt sich einfach nicht verstehen. Aber, worauf wollen Sie hinaus?«

Amina trank einen Schluck aus ihrem Wasserglas, um Zeit zu gewinnen. Sie musste die richtigen Worte finden. »Vielleicht wäre es hilfreich, wenn wir Doktor Sur gewinnen könnten, uns zu unterstützen. Er könnte uns wichtige Informationen zu den Hintergründen des Opfers geben und das Tagebuch verstehen helfen.«

Turner lehnte sich zurück und schwieg. Amina machte sich darauf gefasst, dass ihr Vorgesetzter einen Wutanfall bekam. Deshalb hatte sie vorsorglich einen öffentlichen Ort für dieses heikle Thema gewählt. In der Kantine würde er sich vielleicht zurückhalten. Vielleicht aber auch nicht.

»Frau Reshad, wie stellen Sie sich das vor? Wollen Sie ihn als Profiler anheuern? Heute noch Hauptverdächtiger, morgen unser Helfer in der Not? Und Sie wissen, was ich von diesen Psychologen und ihren Verallgemeinerungen halte.«

Amina fasste sich ein Herz: »Und um es noch komplizierter zu machen: Er will uns gar nicht helfen.«

»Sie haben ihn bereits gefragt?« Turners Ton wurde schärfer.

»Vorgefühlt, ich habe vorgefühlt«, log Amina.

Turner holte Luft. Amina zog unwillkürlich den Kopf ein. Aber der Zornausbruch blieb aus. Turner stand auf. »Ich werde darüber nachdenken. Sie scheinen es sehr ernst zu meinen mit Ihrem Vorschlag. Kommen Sie heute Nachmittag um vier in mein Büro.« Und im Weggehen schulmeisterte er: »Und bringen Sie gute Argumente mit.«

Amina blieb still sitzen, betrachtete das Stillleben aus leeren Tellern und Gläsern auf dem Tisch und verzog den Mund zu einem verschmitzten Lächeln.

Um Punkt fünf Uhr Nachmittag verließ Amina das Büro des Dienststellenleiters. Turner vergab seine Gesprächstermine im Dreißigminutentakt. Da die Angelegenheit delikat war, hatte er Amina dieses Mal zwei Zeiteinheiten gewährt. Sie war zufrieden, obwohl sie wusste, dass Schrader alles andere als erfreut sein würde. Von Kurt erwartete sie keinen Widerstand.

Turner hatte sich Aminas Argumente – sie hatte ihre Hausaufgaben gemacht – genau angehört. An verschiedenen Stellen äußerte er Bedenken, meistens formale. Amina schätzte seine korrekte Art. So benannte sie seine Herangehensweise jetzt. Zu Beginn ihrer Zusammenarbeit hatte sie ihn als kleinkarierten Bürokraten empfunden, dem Vorschriften und Formalitäten wichtiger waren als sinnvolles Handeln im Dienste der Verbrechensbekämpfung. Mit der Zeit musste sie jedoch erkennen, dass sie ihm nicht ganz unähnlich war, ganz anders als dem hemdsärmeligen Schrader. Auch in ihr versteckte sich neben Tatkraft eine äußerst korrekte Seite. Und manchmal überschritt auch ihre Gewissenhaftigkeit die Grenze zur Pedanterie. So kam es ihr jedenfalls vor. Mehr als einmal war sie Turner deshalb dankbar gewesen, dass er sie gebremst hatte, wenn sie versucht war, im Eifer des Gefechtes Regeln zu übertreten. Dies konnte sie sich jedoch immer erst später und auch nur insgeheim eingestehen.

Heute hatte sich Turner nicht als Hemmschuh erwiesen. Sie hatten die Lage ausführlich erörtert. Besonders heikel war die Tatsache, dass immer noch ungeklärt war, ob Sur eine Affäre mit dem Opfer hatte. Da die Aufklärung des Tötungsdeliktes jedoch im Vordergrund stand und weitere Morde verhindert werden mussten, willigte Turner schließlich ein, Sur »im Rahmen der Bestimmungen – versteht sich – als sachverständigen Zeugen« zu befragen.

Wenn er von etwas überzeugt ist, findet er die richtigen Formulierungen, dachte Amina. Jetzt musste sie nur noch Sur überzeugen.

Adrian klappte das Buch zu und legte es beiseite. Das Klingeln hatte ihn trotz der späten Stunde nicht überrascht. Mit bangem Gefühl ging er zur Tür.

»Ah, Frau Reshad, Sie haben meine Nachricht erhalten!«

»Nein. Guten Abend.«

Adrian nahm Aminas fragenden Blick wahr. Behutsam trat sie in die Wohnung, nachdem Adrian sie hereingebeten hatte.

»Tee, Kaffee?«, fragte Adrian.

»Nein danke«, antwortete Amina.

»Sind Sie sicher? Ich wollte ohnehin gerade Tee machen.«

Als er mit zwei Teebechern zurückkam, sah er, wie Amina verstohlen auf das Buch mit dem gelben Umschlag auf dem Chippendale-Beistelltisch spähte.

»Ich sollte Krimis lesen«, sagte er und setzte sich Amina gegenüber.

»Die Dynamik des Unbewussten«, las Amina laut.

»Kennen Sie C. G. Jung?«, fragte Adrian.

»Ich habe von ihm gehört. Mein Großvater hatte einige Bücher von ihm in seiner Bibliothek.«

Adrian nickte anerkennend.

Nach kurzem Schweigen begannen beide gleichzeitig: »Was wollten Sie …« – und hielten gleichzeitig inne.

Adrian nickte Amina auffordernd zu.

»Ich bin gekommen, weil ich Sie noch einmal um Ihre Hilfe bitten möchte. Ich weiß, das ist viel verlangt, aber …«

»… und Sie haben meine Nachricht nicht erhalten?« Nun war Adrian verwundert. »Ich habe in Ihrem Büro angerufen.«

»Nein. Was wollten Sie?«

Adrian zögerte. Er konnte sie auf die Folter spannen, sich revanchieren für die Demütigung, die er erlebt hatte. Jetzt war er in der stärkeren Position. Nein. Er spürte ihr ehrliches Bemühen. Sie hatte nur ihre Arbeit getan. Und sie hatte sich ihm gegenüber korrekt verhalten. Ein bisschen schämte er sich für seine Phantasie, sie zappeln zu lassen.

»Mir ist unser letztes Gespräch durch den Kopf gegangen. Der Gedanke, dass es weitere Morde geben könnte.«

Amina schaute ihn gespannt an.

»Ich habe mit einem erfahrenen Kollegen gesprochen, meinem Supervisor. Er meinte, es gibt vielleicht eine Möglichkeit zu helfen, ohne gegen die Verschwiegenheitspflicht zu verstoßen. Einen Kompromiss. So ähnlich, wie Sie es vorgeschlagen hatten.«

»Ein weiser Mann«, warf Amina ein, offensichtlich erleichtert, aber nicht ohne einen Hauch von Ironie. »Aber ich hatte den Eindruck, dass es noch andere Gründe gab, Ihre Hilfe zu verweigern. Schließlich sind Sie uns aus verständlichen Gründen nicht gerade wohlgesonnen.«

Adrian fühlte sich plötzlich nicht mehr überlegen. »Das stimmt. Und ehrlich gesagt, ist mir die Entscheidung nicht leicht gefallen. Aber das muss ich mit mir selbst abmachen. Auf der anderen Seite scheinen Sie und Ihre Kollegen mir auch nicht gerade gewogen zu sein, vor allem Ihr junger Kollege.«

Amina trank den letzten Schluck Tee. »Was Schrader angeht, haben Sie Recht. Aber das wiederum muss ich mit ihm abmachen. Ich leite die Ermittlungen.«

Nachdem Adrian erklärt hatte, wie er sich eine Mitarbeit vorstellen konnte, besprachen sie das weitere Vorgehen und verabredeten sich für den nächsten Tag im Kommissariat.

Als Amina gegangen war, stellte Adrian das Buch im gelben Umschlag an seinen Ort im Regal, nahm die Kopie von Sibylle Moors Tagebuch, die ihm Amina übergeben hatte, und begann zu lesen. Nach einigen Seiten hielt er inne, blätterte vor und zurück, las, blätterte, las – und lachte laut auf.

2

Hätte Gossler ihn gefragt, was er empfand, als er am nächsten Morgen das Kommissariat betrat, Adrian hätte es nur mit Mühe zu beschreiben gewusst. Hinter seiner vertrauten Gefühlstaubheit erahnte er Wut – lebhaft erinnerte er sich an die Vernehmungen und Verdächtigungen –, Schaudern über das, was er über den Tod seiner Patientin hatte hören müssen, Angst vor dem, was auf ihn zukommen mochte, und – auch wenn er es sich nur ungern eingestand – einen leisen Triumpf.

Amina holte ihn vom Eingang ab und führte ihn zu ihrem Büro. Während Kurt Joraschky ihn mit einem freundlichen Lächeln begrüßte, zeigte Tom Schrader deutlich, was er von ihm hielt: nichts. Den Handschlag zu verweigern, schien er sich indes nicht zu trauen. Offensichtlich hatte ihm Amina zu verstehen gegeben, wer im Team das Sagen hatte.

An Adrian gerichtet, begann Amina: »Ich danke Ihnen im Namen des Teams, dass Sie bereit sind, uns zu helfen.«

Adrian nickte in die Runde, setzte sich an den Tisch und nahm seine Kopie von Sibylle Moors Tagebuch aus der Tasche.

»Hatten Sie schon Gelegenheit, es zu lesen?«, fragte Amina.

»Teile davon habe ich gelesen«, antwortete Adrian.

»Auch die Abschnitte, in denen Sie als Schwein bezeichnet werden?«, fragte Schrader gallig.

Da war er wieder, der leise Triumpf, den Adrian beim Betreten des Gebäudes gespürt hatte. Später sollte er sich ein wenig schämen, dass er ihn so auskostete. »Nein, tut mir leid. Das Wort Schwein habe ich im Text nicht gefunden. Vielleicht können Sie mir die Abschnitte zeigen«, sagte er betont freundlich. Adrian nahm wahr, wie Amina sich zurücklehnte und die Szene beobachtete.

Schrader riss das Tagebuch, das vor Amina auf dem Tisch lag, an sich und blätterte. Dann schubste er es in Adrians Richtung. Der musste es aufhalten, sonst wäre es über die Tischkante zu Boden geglitten.

Adrian las die aufgeschlagene Seite, runzelte die Stirn und blickte Schrader an. »Schwein kann ich hier nicht lesen.«

Aminas Augen wanderten zwischen den Beiden hin und her, als säße sie auf dem Central Court in Wimbledon. Kurt inspizierte seine Fingernägel.

»Wollen Sie mich hochnehmen?« Schrader schrie fast, beugte sich zu Adrian herüber und tippte mit dem Zeigefinger auf das Papier: »Da steht es doch!«

Adrian beugte sich über das Buch und tat so, als läse er angestrengt. »Schwein? Sorry, vielleicht habe ich eine Sehstörung.« Er wandte sich an Amina und zeigte ihr die aufgeschlagene Seite. »Können Sie das Wort Schwein finden?«

Amina zog das Buch zu sich und las laut: »SaU.«

»Na also!«, keifte Schrader. »Sau!«

»Sie haben von Schwein gesprochen«, sagte Adrian.

»Ist doch dasselbe!«

Adrian lehnte sich zurück und schlug die Beine übereinander. Er bemühte sich, gelassen zu wirken, obwohl er spürte, wie sein Herz pochte. »Nun ja, zoologisch nicht ganz. Schwein ist die Gattung. Mit Sau wird das weibliche Hausschwein bezeichnet. Sau könnte auch eine Spielkarte sein, im Deutschen Blatt. Oder eine Insel in Papua-Neuguinea. Oder ein estnischer Komponist.«

Schrader schaute Amina entgeistert an. Die runzelte die Stirn, mit Fragezeichen in den Augen.

Bevor Schrader aufspringen konnte, fuhr Adrian fort: »Aber ich gebe Ihnen Recht, wenn es um das Schimpfwort geht. Da werden Schwein und Sau in der Regel synonym verwandt.« Er genoss es! Und zu Amina: »Wären Sie so freundlich, das Wort zu buchstabieren?«

»Großes S, kleines a, großes U«, las Amina.

Adrian wandte sich wieder zu Schrader. »Wenn Sie aufmerksam gelesen hätten, Herr Schrader, dann hätten Sie Schwein nicht mit Sau verwechselt. Außerdem wäre Ihnen aufgefallen, dass das Wort durchgehend so geschrieben ist. Und immer als Überschrift. An keiner Stelle habe ich gelesen: ›Sur ist ein Schwein.‹«

Mit hochrotem Kopf sprang Schrader auf, so ungestüm, dass sein Stuhl umkippte. Nun schien der Moment gekommen, in dem Amina einschreiten musste, um zu verhindern, dass das Tennismatch in einen Boxkampf umschlug. »Hat diese Schreibweise etwas zu bedeuten?«, fragte sie.

»Ja, in der Tat.« Adrian legte eine Kunstpause ein. Sie sollten zappeln. Schließlich fuhr er fort: »SaU steht für ›Schreiben aus dem Unbewussten‹. Das empfehle ich manchmal Patienten, denen es schwerfällt, in den Therapiesitzungen alles frei zu äußern. Einfälle, Erinnerungen, Phantasien, Gefühle. Zum Beispiel, wenn sie sich schämen oder Angst haben, sich mir offen mitzuteilen. Dafür kann es vielfältige Gründe geben. Ich schlage dann vor, sich zu Hause jeden Tag einige Minuten Zeit zu nehmen und alles aufzuschreiben, was ihnen in den Sinn kommt. So spontan wie möglich.«

Amina, Schrader und sogar Kurt sahen ihn mit großen Augen an.

»In der Behandlung von Frau Moor hatten wir uns festgefahren. Etwas hatte sich verändert. Sie konnte es mir aber nicht mitteilen. Mit der Zeit wurde deutlich, dass sie sich in mich verliebt hatte. Das ist nicht ungewöhnlich. So häufig wie Patienten Aggressionen auf ihre Therapeuten entwickeln – bis hin zum Hass –, so häufig verlieben sie sich.« Adrian spürte, wie seine innere Anspannung wich, so als flösse aufgestautes Wasser durch eine Schleuse langsam ab. »Frau Moor hat die Technik des ›Schreiben aus dem Unbewussten‹ gewissenhaft genutzt. Sie konnte mir die Abschnitte jedoch nicht vorlesen, da sie ihr peinlich waren. Aber wir haben darüber gesprochen, und das hat die ins Stocken geratene Behandlung wieder in Fluss gebracht.« Plötzlich wurde ihm schwer. Und er fügte hinzu: »Leider ist zu Vieles unausgesprochen geblieben.«

Schrader stellte seinen Stuhl auf und setzte sich wieder. Amina atmete tief ein, dann langsam aus. »Das hätten wir also geklärt.« Adrian fragte sich, ob sie den Sachverhalt meinte oder sein Gefecht mit Schrader.

Eine Stunde später saßen sie in der Kantine. Amina hatte Adrian über den Ermittlungsstand aufgeklärt, über Mommsen und von Bellings Festnahme berichtet. Nachdem sie gegessen hatten, ging Kurt zurück ins Büro, und Amina holte Kaffee. Adrian und Schrader saßen sich stumm gegenüber. Schrader vermied jeden Blickkontakt. Doch bevor Adrian sich entschieden hatte, ob er ihm ein Friedensangebot machen sollte, kam Amina zurück.

»Sie haben es ihm heimgezahlt.« Lothar Gossler zuckte fast unmerklich mit den Schultern.

»Ich hatte eine Stinkwut auf diesen Jungbullen. Aber hinterher tat er mir leid. Er erinnerte mich an einen Mitschüler im Internat. Peter. Der stammte aus reichem, aber ungebildetem Hause. Sein Vater hatte mit einer Import-Export-Firma unheimlich viel Geld gemacht. Wahrscheinlich ging nicht alles mit rechten Dingen zu. Ist ja auch egal. Ich mochte Peter eigentlich. Er bemühte sich mit allen Mitteln, gut anzukommen. Heute würde ich sagen, er hatte einen riesigen Minderwertigkeitskomplex. Er spielte sich überall auf und wollte mich übertrumpfen. Ich aber setzte mich gelassen zurück und ließ ihn strampeln wie einen Zebrafinken in der Balz. So war es auch im Aikido-Training. In einer Trainingsstunde – wir waren vielleicht fünfzehn Jahre alt – schlug der Lehrer vor, dass Peter und ich mit Holzschwertern kämpfen. Ich weigerte mich jedoch, ihn aktiv anzugreifen, wich immer nur aus. Er wurde wütend, griff mich immer wieder an, geriet außer sich. Und ich ließ ihn ins Leere laufen. Der Lehrer brach den Kampf schließlich ab. Ich erinnere mich noch genau an seinen Blick. Er war unzufrieden. Peter war danach noch lange wütend.«

Gossler strich über seinen ergrauten Henriquatre-Bart. »Sie haben Ihre Überlegenheit ausgespielt – in jeglicher Hinsicht. Ohne sich die Finger schmutzig zu machen. Elegant.«

»Wie meinen Sie das?«, fragte Adrian.

»Nun, Sie kamen aus einer höheren Gesellschaftsschicht und waren ihm vielleicht nicht nur in der Kampfkunst überlegen.«

»Wenn ich es mir recht überlege, habe ich mich hinter meiner – wie Sie es immer nennen – vornehmen Zurückhaltung verschanzt.«

»Während er ums nackte Überleben kämpfte – sein psychisches Überleben.«

Adrian schaute auf seine Hände, die er im Schoß gefaltet hatte. »Mein Aikido-Lehrer sagte danach, ich würde mich weigern zu kämpfen. Ich hielt dagegen, dass der Kampf gegen einen Gegner doch nicht der eigentliche Sinn des Aikido sei, sondern vielmehr der Kampf gegen das eigene Ego durch die Vereinigung mit dem Partner. So hatte er es schließlich immer gepredigt. Doch mein Meister machte deutlich, dass man die Essenz einer Kampfkunst – letztlich jeder Kunst – nur begreift, wenn man sie als existenzielle Erfahrung erlebt. Gewissermaßen als Kampf auf Leben und Tod. Er meinte, ich hätte ein Problem damit, da ich es bisher nicht nötig gehabt hätte, für oder gegen irgendetwas zu kämpfen. Vielleicht hatte er recht.«

Gossler blickte Adrian an und sagte: »Was meinen Sie? Ist der Verlust der Eltern für ein Kind kein Kampf auf Leben und Tod?«

Adrian kannte diesen Blick. So hatte Gossler ihn unzählige Male angeschaut, wenn sie schmerzliche Themen berührten. Mit dem Blick eines Vaters, der Verständnis hatte und der noch besser verstehen wollte. Wenngleich Adrian mit der Zeit gelernt hatte, diesen Blick nicht nur zu lesen, sondern auch zu spüren, drangen jetzt weder Gosslers Mitgefühl noch die Monstrosität seiner Worte zu ihm durch. Da war sie wieder – seine Gefühlstaubheit.

Gossler schien das »Jetzt nicht« in Adrians minutenlangem Schweigen zu verstehen und ließ das zu heiße Eisen liegen. Zum wievielten Male? Schließlich nahm er den Faden wieder auf: »Gegen den Polizisten – Schrader heißt er? – haben Sie offen gekämpft. Ein wenig. Und jetzt haben Sie Schuldgefühle. Hatten Sie auch Schuldgefühle gegenüber Peter, nach dem Schwertkampf?«

Adrian zögerte. »Nein. Ich hatte ihn ja nicht angegriffen.«

»Dennoch, Sie haben gekämpft. Nicht auf den ersten Blick. Da sind Sie nur ausgewichen. Doch Sie haben ihm die Begegnung ihrer Schwerter verweigert. Die Berührung. Sie haben ihn zu einem Paria gemacht. Zu einem Unberührbaren, weit unterhalb Ihrer eigenen Kaste.«

Adrians Blick floh aus dem Fenster in die Weite. »Ich habe ihn gedemütigt. Viel mehr als ich es getan hätte, wenn ich ihn im Kampf besiegt hätte.«

»In der Verweigerung haben Sie Ihr Ego gegen seines behauptet. Schrader haben Sie die Berührung nicht verweigert. Sie konnten sie nicht verweigern. Denn er hatte Sie bereits in der Umklammerung. Sie waren berührt. Stinkwütend, haben Sie gesagt.«

Adrian nickte und schnippte eine Fussel von seiner Hose.

»Was ist aus Peter geworden?«, fragte Gossler.

»Er wurde des Internats verwiesen, nachdem er einen anderen Jungen brutal zusammengeschlagen hatte. Viel später bin ich ihm noch einmal begegnet. In einem Pub. Ich hatte gerade mein Studium beendet und war zu Besuch in London. Er kam zu mir herüber und begrüßte mich. Er schien sich zu freuen, mich zu sehen. Gab mir ein Bier aus und erzählte, dass er seinen Schulabschluss auf einem anderen Internat gemacht und danach Jura studiert hatte. Jetzt ist er Anwalt in einer großen Kanzlei, soweit ich weiß.«

»Wie war es für Sie, ihn zu sehen?«

»Versöhnlich. Wir haben lange miteinander geredet. Nicht über unsere Konflikte. Aber da war keine Missgunst mehr. Ich habe mich gefreut, dass er seinen Weg gemacht hat. Wissen Sie, wir hatten immerhin einige Jahre zusammen auf dem Internat verbracht. Das verbindet.« Adrian sann nach. »Ein wenig wie Brüder.«

Adrian drückte die Zigarette aus und ging wieder ins Haus. Er machte sich eine Tasse Kaffee – es mochte die sechste sein an diesem Abend –, bevor er sich in sein Arbeitszimmer setzte und wieder zu lesen begann.

Tag

In der Stunde ist alles noch einmal hochgekommen. Nicht die Erinnerungen. Die sind immer da. Aber die Gefühle! Wie in meinen Horrorphasen. Alle auf einmal. Ich kann sie nicht voneinander unterscheiden. Wie eine Monsterwelle überrollt mich alles und zieht mich unter Wasser, bis mir die Luft wegbleibt. Und bevor ich ertrinke, spült es mich an Land. Kotzt mich aus. In den Dreck. Verurteilt weiterzumachen, es auszuhalten, immer wieder. Das Schlimme ist, dass es mich ohne Vorwarnung erwischen kann. Morgens beim Aufwachen, im Büro, bei Gericht.

Bisher habe ich immer gedacht, diese Zustände hätten allein mit Sylvie zu tun. Wenn ich an das Andere gedacht habe, habe ich nichts gespürt. Ich dachte, ich hätte alles gut verschnürt und weggeschlossen. Heute haben sie sich verbunden. Die Erinnerungen – und die Gefühle. Die Gespenster sind aus dem Schrank gekommen. Jahrelang haben sie an der Tür gerüttelt.

Ohne Sur hätte ich es nicht gewagt, sie mir anzusehen. Er war einfach da und hat mit mir geschaut. Und er hat mich gesehen. Meinen Schmerz. Er hat mich heute über Wasser gehalten. Wie schon so oft. Am Ende hat er die Schranktür wieder geschlossen. Ich brauche Zeit! Zu vieles verstehe ich nicht. Vater, Sylvie. Angst, Mitleid, Hass, Schuld. Ich bringe das alles noch nicht zusammen.

Adrian erinnerte sich genau an die Sitzung. Sibylle Moor war vorher im Pflegeheim gewesen und hatte ihren Vater besucht.

»Er erkennt mich nicht mehr«, sagte sie. »Als ich ins Zimmer kam, lächelte er mich liebevoll an. ›Ich freue mich so, dass du da bist‹, hat er gesagt. Das hat mich gefreut.«

Adrian sah, wie sich ihre Augen mit Tränen füllten.

»Dann sagte er: ›Ach Sylvie, lass mich dich in den Arm nehmen.‹«

»Das muss weh getan haben«, sagte Adrian.

»Ein Messerstich – mitten ins Herz war das.« Ihre Hände verkrampften sich vor der Brust zu Fäusten, dass die Knöchel weiß wurden. »Sylvie, immer nur Sylvie! Mich hat er nie gesehen. An mir vorbeigeschaut hat er. Mit diesem Blick: Was willst denn du, du hässliches Ding? So hat er geguckt. Dabei wollte ich doch nur gesehen werden. Wie habe ich ihn dafür gehasst.«

»Sie wollten nur ein bisschen so gesehen und geliebt werden wie Sylvie«, sagte Adrian in das Schweigen hinein, das entstanden war. »Und vielleicht haben Sie auch Ihre Schwester ein wenig dafür gehasst.«

»Nein!«, schrie Sibylle. »Ich habe sie nicht gehasst! Sie hat doch am allermeisten gelitten!« Sie drehte sich zusammengekrümmt zur Wand und wimmerte: »Liebe Sylvie. Arme, arme Sylvie.«

»Sie haben sie auch geliebt. Und Sie vermissen sie.«

»Sie fehlt mir so.«

Adrian saß schweigend neben ihr. Wie so oft. Minutenlang. Bis sich ihr Atem nach heftigem Schluchzen allmählich wieder beruhigte und der Krampf in ihrem Körper sich löste. Noch immer den Rücken zu Adrian gekehrt sagte sie: »Wie kann ich sie gehasst haben, wenn sie mir so fehlt?«

»Manchmal stehen Gefühle nebeneinander. Gefühle, die sich widersprechen. Wenn Sie Ihre Schwester dafür gehasst haben, dass sie von Ihrem Vater bevorzugt wurde, mindert das nicht Ihre Liebe für sie – oder das Mitleid dafür, was sie ertragen musste. Jedes dieser Gefühle ist ehrlich.«

In den darauffolgenden Therapiesitzungen hatte Sibylle über die Beziehung zu ihrem Vater gesprochen, hin und her geschleudert zwischen Schmerz, ohnmächtiger Wut, Trauer, Hass und Verzweiflung. Darüber, wie sie sich um seine Liebe bemüht und wie er sie immer wieder zurückgewiesen hatte.

»In der Grundschule habe ich Bilder für ihn gemalt. Ich habe mir so viel Mühe gegeben! Stundenlang habe ich dagesessen. Abends bin ich zu ihm hin und wollte sie ihm zeigen. ›Jetzt nicht‹, hat er gesagt. ›Du siehst doch, dass ich die Nachrichten anschaue. Leg sie auf die Kommode.‹ Da lagen sie dann. Tagelang. Wochenlang. Unberührt. Bis ich sie genommen und weggeworfen habe. Wenn Sylvie vom Turnen kam, lies er alles stehen und liegen und fragte, wie es war. Ich sehe noch genau das Leuchten in seinen Augen, wenn sie einen Wettkampf gewonnen hatte. Mich schaute er dann oft abschätzig an und sagte: ›Na, Pummelchen, du solltest auch mehr Sport treiben! Aber dir fehlt die Begabung.‹ Zu meinen Konzerten in der Musikschule kam er fast nie. Hatte immer etwas ganz Wichtiges zu tun. Wenn ich Geige übte, schnauzte er mich an: ›Das hält ja kein Mensch aus! Kannst du nicht üben, wenn ich im Verlag bin?‹ Ich war eine gute Schülerin. So sehe ich es heute. Damals fand ich mich nicht gut genug. Wie auch? Er war ja nie zufrieden. Wenn ich eine Eins bis Zwei nach Hause brachte, hieß es: ›Das hätte auch eine Eins sein können.‹ Also habe ich mich angestrengt. Im Gymnasium, an der Uni. Bis heute. Ich strenge mich an. Aber es bringt nichts. Klar, es hat mir sehr gute Noten eingebracht. Aber besser habe ich mich dadurch nicht gefühlt. Er hat es ja nie gesehen. Und jetzt verschwindet er. In dieser beschissenen Demenz. Wie in einer Nebelwand!«

Adrian hatte tiefes Mitgefühl für sie. Vor seinem inneren Auge tauchten Bilder auf, wie das kleine Mädchen, der Teenager, die junge Frau wieder und immer wieder um die Liebe und Anerkennung ihres Vaters rang. Um einen Funken des Glanzes in seinen Augen, den er für ihre Schwester hatte. Vergebens. Dies hatte eine unstillbare Sehnsucht in ihr hinterlassen, die nichts und niemand zu stillen vermochte, am allerwenigsten sie selbst. Nicht, solange sie nicht in sich selbst gegründet war und sich selbst annehmen konnte – mit all ihren Stärken und Schwächen. Erst dann würde sie die Liebe anderer annehmen können. Und erst dann würde auch sie wirklich lieben können.

»Über Belling habe ich nichts gefunden«, sagte Schrader. »Aber wahrscheinlich habe ich wieder nicht genau genug gelesen.«

Amina schaute ihn mit betont gelangweiltem Blick an. Wie lange sollte das so weitergehen?

»Nein, nein, Sie haben Recht«, entgegnete Adrian.

Amina hörte keine Ironie in seiner Stimme.

»Aber soweit ich in der Akte gelesen habe, liegen die Sorgerechtsverhandlung und seine Drohungen etwa eineinhalb Jahre zurück«, fuhr Adrian an Schrader gewandt fort. »Und wenn ich das Tagebuch mit meinen Notizen aus den Stunden vergleiche, denke ich, dass Frau Moor erst vor etwa einem Jahr mit ihren Aufzeichnungen begonnen hat. Außerdem hat sie kaum über ihre Fälle geschrieben.«

»Warum hat sie ihre Einträge nicht datiert?«, fragte Schrader.

»Ich weiß es nicht. Vielleicht empfand sie ihr Leben und Leiden als zeitlos, ewig. Oft sagte sie, alles, ihre Erinnerungen und ihr jetziges Leben würden in einem ›Gefühlschaos‹, wie sie es nannte, verschwimmen.«

»Sie hat ihre Arbeit aber an verschiedenen Stellen erwähnt«, schaltete sich Amina ein, erleichtert über den sachlicheren Ton zwischen den Beiden.

»Ja, das stimmt.«

Adrian blätterte in seiner Kopie des Tagebuchs. »Häufig schrieb sie über die Atmosphäre in der Kanzlei, besonders häufig über Sernow. Wie er ihre Arbeit bewertete. Immer wieder beschrieb sie das Gefühl, er halte sie für unfähig oder er sehe nicht, was sie leistet. Das hatte mit der Beziehung zu ihrem Vater zu tun, von dem sie sich zurückgewiesen fühlte.«

»Aber er war doch ihr Chef, nicht ihr Vater«, wandte Kurt ein, der bis dahin still zugehört hatte.

Adrian lehnte sich auf seinem Stuhl zurück. »Wir, wir alle tun das, wir neigen dazu, unsere frühen Erfahrungen mit wichtigen

Menschen auf andere Menschen zu übertragen. Wenn wir zum Beispiel die wiederkehrende Erfahrung gemacht haben, dass unser Vater uns ablehnt, für unfähig und wertlos hält, dann kann es dazu führen, dass wir uns auch von anderen Autoritätspersonen – Lehrern, Chefs und so weiter – abgelehnt fühlen. Auch wenn es vom Gegenüber nicht so gemeint ist. Man könnte sagen, wir haben eine Sonnenbrille auf, die nur Licht durchlässt, das so gefärbt ist: ›Er lehnt mich ab.‹ Wir fühlen uns so behandelt, wie wir damals behandelt wurden. Und weil wir ein inneres Abbild unseres Vaters in uns tragen, neigen wir dazu, uns selbst als wertlos zu betrachten. Wir behandeln uns selbst so, wie wir behandelt wurden.«

»Eine innere Stimme, die sagt: ›Du bist wertlos?‹«, fragte Kurt.

Amina sah, wie Schrader versonnen vor sich hinstarrte.

»Genau«, fuhr Adrian fort. »Das kann einen das ganze Leben hindurch begleiten. Natürlich auch positiv, wenn wir gute Erfahrungen gemacht haben. Manchmal sitzt diese Sonnenbrille so fest, dass sie uns daran hindert, die Welt und die Menschen in ihrer Vielschichtigkeit zu erkennen.«

»Was kann man da tun?«, fragte Kurt.

»Nun, Aufgabe einer Psychotherapie ist es, zu erkennen, welche Farben die Sonnenbrille durchlässt und welche nicht. Zuerst muss man sich natürlich klar machen, dass man eine Sonnenbrille trägt und dass die Welt nicht nur von bösen Lehrern, Chefs und so fort bevölkert ist. Wenn man seine persönliche Sonnenbrille kennt, dann kann man beginnen, über den Rand zu schauen. Wenn Sie die Passagen über Sernow in Frau Moors Tagebuch durchgehen, sehen Sie, dass sich da etwas zu verändern beginnt. Gegen Ende scheint sie auch lobende Untertöne herauszuhören.«

Ein Ruck ging durch Schrader. »Und das alles geht so einfach: Sie erklären dem Patienten die Welt, und er ist geheilt!«, sagte er schroff.

»Schön wär's«, erwiderte Adrian. »Aber so einfach ist es nur in Hollywood – oder bei einigen selbsternannten Heilern. Das Bewusstwerden solcher Beziehungsmuster, wie wir sagen, ist nur ein Teil der Arbeit. Der Hauptteil besteht darin, dass die Patienten auch die Therapeuten durch ihre Sonnenbrille sehen. Sie nehmen den Therapeuten zum Beispiel als böse Vaterfigur wahr. Das löst die entsprechenden Gefühlsreaktionen aus. In der Therapie muss dies dann in vielen, sich häufig wiederholenden Situationen geklärt werden. Habe ich wirklich böse geschaut, wenn die Patientin zu spät gekommen ist, oder hat sie das in mich hineingesehen? Lasse ich sie im Stich, wenn ich Urlaub mache? Und so weiter. Und wenn es gut geht, kann die Patientin die Dinge im Hier und Heute differenzierter sehen und bleibt in ihrem Erleben nicht länger im Dort und Damals gefangen. Das ist ein langer Weg und muss über die Gefühle gehen. Nur über den Verstand kommt es zu keiner Wandlung. Deshalb braucht eine Therapie ihre Zeit. Probleme, die über Jahre – manchmal Jahrzehnte – entstanden sind, können nicht in wenigen Wochen gelöst werden. Und das Ganze wird dadurch noch komplizierter, dass wir mehrere Sonnenbrillen auf haben, je nachdem, welche wunden Punkte wir haben.«

Amina dachte nach. »Sie sagen, dass Frau Moor über die Themen in ihrem Tagebuch geschrieben hat, die ihre eigenen wunden Punkte berührt haben? Betrifft das auch die Passagen über Kinder?«

»Ja«, sagte Adrian. »Wenn Sie sich diese Stellen anschauen, dann sehen Sie, es geht immer darum, dass Kinder – meistens, aber nicht nur, Mädchen – von einem Elternteil oder von beiden abgelehnt oder misshandelt wurden. Körperlich, sexuell, emotional. Manchmal schließen sich eigene Erinnerungen an, oder es kommt ein SaU-Abschnitt, in dem sie in einer Phantasieszene zurückgewiesen oder misshandelt wird. Zum Beispiel von mir.«

»Was ist der Sinn dieser Phantasiespiele?«, fragte Schrader.

Amina vernahm in seiner Stimme keinen Zynismus. Er schien wirklich interessiert. »Wenn man den Phantasien Raum gibt, ohne sie gleich verstehen, bewerten und wegerklären zu wollen, dann können Gefühle, Ideen und Erinnerungen, die dem Bewusstsein noch nicht zugänglich waren, zusammengebracht werden. Als Bild, als Szene. Wie in einem Gemälde oder Film. Ähnlich wie wenn man sich einen Traum anschaut. Anders als in einem Traum hat das Wachbewusstsein jedoch die Möglichkeit, die Szene mitzugestalten. Stellen Sie sich eine Szene vor, in der Ihnen jemand Gewalt antut. Sie haben Angst, fühlen sich hilflos, ausgeliefert. Ein Alptraum. In einer Imagination wie dem Schreiben aus dem Unbewussten haben Sie die Möglichkeit, zu handeln. Sie können um Hilfe rufen, weglaufen, sich wehren. Die Erfahrung, handlungsfähig zu sein, ist heilsam. Wenn Sie sich ganz in die Situation hineinbegeben und sie nicht nur als reines Gedankenspiel behandeln.«

Plötzlich hörte Amina die Stille. Nachdem Adrian mit seinen Ausführungen geendet hatte, blickten alle schweigend vor sich hin. Amina bemerkte, wie sie selbst im Zeitlupentempo den Silberring an ihrem Finger drehte. Sie hatte aufmerksam zugehört und war doch seltsam entrückt gewesen. Ihr war, als beobachte sie Adrian aus der Ferne. Wie hinter einer unsichtbaren Barriere nahm sie seine Bewegungen wahr: Hände, die sich öffneten und schlossen, kreisten, wie die eines minimalistischen Dirigenten, seinen Blicken folgend, von ihr zu Schrader zu Kurt. Hände, die sich für Sekunden des Schweigens gefaltet in seinem Schoß ausruhten, um sogleich den nächsten Satz zu begleiten. Jedes Wort, die Bedeutung jedes Satzes hatte Amina aufgenommen. Und gleichzeitig lauschte sie dem Singsang seiner Stimme. Mit melodiösem Auf und Ab und einem sanften Crescendo-Decrescendo betonte Adrian, was ihm besonders wichtig schien. Sein Reden wirkte kristallklar, wundersam losgelöst, befreit von der Schwere und Anspannung der bisherigen Gespräche. Der ist begeistert und kann begeistern, dachte Amina.

»Das leuchtet ein«, sagte Schrader nickend. Aus seinem Gesicht war jede Feindseligkeit verschwunden.

Dies schien auch Adrian aufzufallen. Wie erleichtert fuhr er sich durch die Haare. »Sie hatten Belling erwähnt. Ist er noch in Haft?«

»Nein, wir mussten ihn gehen lassen«, antwortete Schrader. »Der Angriff auf Am …, Frau Reshad hat nicht ausgereicht, ihn länger festzuhalten.«

»Wir haben keine Indizien, die ihn mit dem Mord in Verbindung bringen«, schaltete sich Amina ein. »Auch wenn er ein Motiv und kein Alibi hat. Er muss sich aber zur Verfügung halten, und für morgen haben wir ihn noch einmal zur Vernehmung vorgeladen.«

Ihre Idee behielt sie erst einmal für sich. Sie wollte den Waffenstillstand zwischen Schrader und Adrian – an Frieden mochte sie noch nicht glauben – nicht gleich wieder gefährden. Außerdem musste sie zuerst Turners Einverständnis einholen. Adrian in Bellings Vernehmung einzubeziehen würde weit über die »Befragung eines sachverständigen Zeugen« hinausgehen.

Überrascht ließ er Amina ein und führte sie in sein Arbeitszimmer. Sie hatte sich nicht angekündigt. Adrian fiel wieder dieser traurige, scheue Blick auf, der so ganz im Gegensatz zu der Bestimmtheit stand, mit der sie sich im Kreise ihrer Kollegen bewegte.

»Vielen Dank für Ihre Hilfe«, begann sie.

»Ich hoffe, ich bin heute nicht zu sehr ins Dozieren geraten«, entgegnete Adrian.

»Ganz und gar nicht! Es war sehr hilfreich, von Ihrer Arbeit zu hören. Ich selbst habe damit keine Erfahrung. Und ich glaube, meine Kollegen auch nicht.«

»So wenig wie ich mit Ihrer. Und ich weiß nicht, ob ich es nicht so halten will.«

Adrian fragte sich, warum er dies gesagt hatte. Er hatte eine düstere Ahnung, die er nicht genauer fassen konnte.

»Das ist es, warum ich gekommen bin.« Amina strich sich eine Haarsträhne aus dem Gesicht.

»Sie brauchen meine Hilfe nicht mehr?«, fragte Adrian. Der hoffnungsvolle Ton in seiner Stimme entsprach nur einem von zwei miteinander ringenden Gefühlen. Er wäre froh gewesen, aus dem bedrohlichen Sog dieses Mordfalles befreit zu sein und sich wieder seinem gewohnten Therapeutenalltag zuwenden zu können. Da war er in sicherem Gewässer. Das Sprechen über Gewaltphantasien oder erlebte Brutalität, das Mitertragen demütigender, verletzender Erinnerungen seiner Patienten waren etwas Anderes als die Wucht einer konkreten Gewalttat. Aber war es nicht gerade das, was eine leise Enttäuschung in ihm hochkommen ließ? In den Tagen nach dem Tod seiner Patientin hatte er sich in einer zugleich ängstigenden und erregenden Weise lebendig gefühlt. So lebendig wie seit Jahren nicht mehr. Vielleicht nicht mehr seit damals …

»Im Gegenteil«, unterbrach Amina seine Gedanken. »Ich würde sie gerne noch mehr in unsere Arbeit einbeziehen.«

Adrian spürte, wie sein Herz stolperte.

»Ich habe bisher nicht viel von Psychologen gehalten – von Profilern. Da bin ich mit meinem Chef einig, was nicht so oft vorkommt. Jedenfalls machen er und ich uns vor, dass das so sei.« Amina schmunzelte. »Aber seit heute – wie Sie von Ihrer Arbeit gesprochen haben. Ich bin mir sicher, dass Ihre Art, sich in Menschen einzufühlen, uns sehr helfen könnte. Keine allgemeinen Täterprofile. Ihr Blick auf den Einzelnen.«

»Aber ich habe doch bereits zugesagt, Frau Moors Tagebuch weiter mit Ihnen zusammen zu besprechen«, warf Adrian ein.

Amina schwieg für einige Sekunden, als suchte sie nach den richtigen Worten. »Ich habe meinen Chef um Erlaubnis gebeten, Sie auch an Bellings Vernehmung zu beteiligen.«

Adrian hob abwehrend die Hände. »Das kann ich nicht. Damit würde ich aktiv eingreifen. Dazu bin ich nicht berufen. So wenig wie in meiner Arbeit. Ich kann die Dinge mit Ihnen betrachten, Erkenntnisse gewinnen. Aber ich kann mich nicht einmischen.«

Amina schaute ihn regungslos an. Er wusste genau, dass etwas an seiner Weigerung nicht stimmte. Und er wusste, dass sie es wusste.

»Außerdem kann ich mir nicht vorstellen, dass Ihr Chef und Ihre Kollegen zustimmen würden.«

»Turner, mein Chef, hat bereits zugestimmt – unter Vorbehalt.« Aminas Stimme war seltsam sicher. »Es war nicht einfach. Vorschriften sind ihm wichtig. Aber für Argumente ist er offen. Jedenfalls für gute.«

»Und Schrader?«

»Der hat zwar so getan, als sei er dagegen. Aber ich kenne ihn gut. Nach unserer Sitzung heute ist er Ihnen gegenüber viel weniger kritisch als zu Beginn.«

Adrian fühlte sich in der Klemme. »Stehen Sie nicht schon mit einem Bein drin?«, hatte Gossler gefragt. Wie recht er hatte. Aber nein! Adrian konnte nicht! Er schüttelte den Kopf.

Amina stand auf und ging zur Tür. »Überlegen Sie es sich! Sie würden uns sehr helfen.« Als sie im Flur ihre Lederjacke anzog, kam Frodo durch die Katzenklappe. Der schwarze Kater hatte eine quiekende Maus im Maul. Vor Adrians und Aminas Augen ließ er sie fallen. Die Maus rannte über die Dielen, Frodo hinterher. Mühelos holte er sie ein, schubste sie mit den Vorderpfoten hin und her wie einen Ball, hielt sie fest, ließ sie wieder laufen, um sie erneut einzufangen. Amina blickte von dem Schauspiel zu Adrian und zurück, als erwarte sie, dass er eingriff.

»Er kann nicht anders«, sagte Adrian bedauernd.

Amina schaute sich um, lief rasch den Flur entlang und nahm Kehrschaufel und Handbesen, die in einer Ecke neben der Küchentür standen. Als Frodo sein Opfer gerade wieder frei gelassen hatte, fing sie die Maus blitzschnell damit ein, ging ohne zu zögern zum offenen Küchenfenster und ließ ihre Beute in den Garten fallen.

Regungslos beobachteten Adrian und Frodo die Szene.

Amina legte ihre Jagdausrüstung beiseite und nahm ihren Rucksack. An der Tür drehte sie sich noch einmal um und sagte: »Ich auch nicht.«

Tag

Klings Lob heute beim Mittagessen hat gut getan. Auch wenn es mir lieber gewesen wäre, wenn Sernow etwas mehr als »gut, gut« gesagt hätte. Kling ist zwar ein fürchterlicher Schnösel, aber seine Kommentare haben wenigstens Inhalt. Da kann ich sogar manchmal Kritik ertragen. Seit kurzem. Ich bin mir aber nicht so sicher, dass sein Kommentar zur Verhandlung F. so positiv ausgefallen wäre, wenn er gewusst hätte, wie sehr mich der Fall mitgenommen hat. Oder hat er etwas mitgekriegt? Immerhin ist er zur Verhandlung gekommen. Das hat er nur in meiner Anfangszeit in der Kanzlei getan. Ich sei sehr professionell mit dem Gegner umgegangen. »Bei alldem, was der seinem Sohn angetan hat«, hat er gesagt. Wenn der wüsste, wie es in mir gebrodelt hat. Ich habe es kaum ausgehalten, die Schilderungen von Frau F. zu hören und das Gutachten der Kinderpsychiaterin zu lesen. Und als mir dieses Monster dann in der Verhandlung heute gegenübersaß …

Am schlimmsten waren die Erinnerungen. Die Bilder. Wie ich in Sylvies Zimmer komme. Sie auf dem Tisch. Er vor ihr. Mit dem Rücken zur Tür. Wie er herumfährt, hastig die Hose zuknöpft. Sein Blick. So unwirklich. Wie in Trance. Ein Fremder. Wie er einfach an mir vorbeigeht. Zu Mutters Zimmer, um sie zu waschen. Wie Sylvie ihre Turnanzugshose zurechtzupft, ohne mich anzusehen. Später beim Abendessen ist er es wieder. Vater. Als ob nichts gewesen wäre, fragt er Sylvie, wie es im Training war und wann der Wettkampf am Wochenende beginnt. Kein Wort zu mir. Als ob ich gar nicht da wäre. Luft. Ich kann nicht weiterschreiben. Zu viel! Vielleicht kann ich morgen mit Sur darüber sprechen.

Adrian ließ das Tagebuch sinken. Sie konnte es. Zuerst zögerlich, dann immer offener konnte sie darüber sprechen, was sie mit elf

Jahren gesehen hatte. Wie verändert sie ihren Vater in dieser Situation erlebt hatte. Und über die Sprachlosigkeit zwischen ihr und ihrer Schwester. »Bizarr, absurd, irreal«, waren ihre Worte. Wie erstarrt habe sie sich gefühlt. Gefroren. Adrian konnte ihre Erstarrung in der Sitzung genau wahrnehmen. Danach hatte er das dringende Bedürfnis, sich zu bewegen. So als müsse er verkrampfte Muskeln lockern. In den darauffolgenden Therapiestunden berichtete Sibylle Moor, nachdem sie langsam wieder »aufgetaut« sei, habe sie ihrer Erinnerung zuerst nicht getraut, so unwirklich sei ihr alles vorgekommen. Das erste, was sie gespürt habe, sei Wut auf ihren Vater gewesen. Sylvie habe ihr unendlich leidgetan. Sie habe sich schuldig gefühlt, dass sie ihrer Schwester nicht habe helfen können. Und sie habe sich schuldig gefühlt, dass sie wütend auf ihre Mutter gewesen sei. Sie habe indes noch etwas anderes gefühlt. Etwas, das sie verwirrt habe und das sie noch immer nicht benennen könne. Im Verlauf vieler Sitzungen gelang es Adrian und seiner Patientin, einige der Gefühlstöne von damals herauszuhören. Einen abgrundtiefen Schmerz, der zunahm, je deutlicher sie die wiederkehrenden Geräusche einordnen konnte. Geräusche, die sie hörte, wenn sie nachts wach lag. Die Schritte. Das behutsame Öffnen und Schließen von Türen. Der Tür zu Sylvies Zimmer. Einsamkeit. Enttäuschung. Betrug.

»Von wem fühlten Sie sich hintergangen?«, fragte Adrian.

»Von meinem Vater. Vielleicht von meiner Mutter.«

Adrian überlegte. Dann wagte er es: »Auch von Sylvie?«

Sibylle verstummte. Dann, nach minutenlangem Schweigen: »Ich habe nie mit ihr darüber gesprochen.«

»Sie müssen Doktor Sur sein. Turner.« Der Leiter der Abteilung für Delikte am Menschen reichte Adrian eine knochige Hand. »Sie möchten uns also doch unterstützen. Frau Reshad hat mir berichtet, dass Sie es sich mit Ihrer Entscheidung nicht leicht gemacht haben.«

»Das hat sie mir auch über Sie erzählt«, erwiderte Adrian und schaute sich in dem abgedunkelten Raum um, in den Kurt ihn geführt hatte.

»Das ist richtig. Und ganz wohl ist mir dabei ehrlich gesagt noch immer nicht. Aber wenn Frau Reshad von etwas überzeugt ist, kann sie schlagende Argumente vorbringen. Sie ist eine gute Polizistin.«

Ob er ihr das auch so sagt?, ging es Adrian durch den Kopf.

»Was hat Sie letztlich umgestimmt?«, fragte Turner.

»Das hatte etwas mit Katzen und Mäusen zu tun.«

Turner stutzte. »Nun, wie dem auch sei. Ich halte es für einen guten Kompromiss, dass Sie die Vernehmung von hier aus beobachten und sich nicht direkt beteiligen.« Er schaute auf seine Armbanduhr. »Sie müssten jeden Moment anfangen.«

Durch die Einwegscheibe sah Adrian, wie sich die Tür des Vernehmungsraumes öffnete. Amina, Schrader und ein ungepflegt wirkender Mann traten ein. Wenig später saßen sie sich an einem Tisch gegenüber, Amina und Schrader auf der einen Seite, der Dritte – es musste Belling sein – auf der anderen.

»Danke, dass Sie gekommen sind«, sagte Amina freundlich.

»Darf man hier rauchen?«, fragte Belling weniger freundlich.

»Leider nicht. Im ganzen Gebäude herrscht Rauchverbot.«

Schade, dachte Adrian.

»Also, was wollen Sie von mir? Ich habe doch schon x-mal gesagt, dass ich diese Anwältin nicht umgebracht habe.«

»Sie hatten ein Motiv«, schaltete sich Schrader ein. »Sie haben gedroht, die Frau umzubringen.«

»Was hätten Sie denn gemacht?« Bellings Blick verriet ohnmächtige Wut. »Sie ist schuld, dass ich meine Kinder nicht mehr sehen darf.«

»Schuld sind sie selbst. Wenn Sie Ihre Frau verprügeln und die Kinder anfassen, brauchen Sie sich nicht zu wundern. Da kann doch die Anwältin nichts dafür.«

Spielt er den bad cop?, fragte sich Adrian. Wusste er doch, dass Schrader Belling nicht für den Täter hielt.

»Kommen Sie, geben Sie es zu!«

Bellings massiger Körper spannte sich an. Seine Fäuste ballten sich. Die weit aufgerissenen Augen schienen aus ihren Höhlen quellen zu wollen.

»Nichts gebe ich zu! Aber wenn du so weitermachst, dann trete ich dir gehörig in die Eier. Irgendwann werde ich dir im Dunkeln begegnen, und dann gnade dir Gott!«

»Herr Belling, beruhigen Sie sich!« Aminas Stimme war zugleich ruhig und bestimmt.

Mit beiden Handflächen schlug Belling auf den Tisch, sank kraftlos in sich zusammen und starrte ins Leere. Seine Lippen bewegten sich wie in stummer Zwiesprache mit sich selbst.

Amina hinderte Schrader mit einem Blick daran, die Stille zu unterbrechen.

Schließlich fuhr sich Belling mit der Hand durch das fettige Haar und schaute Amina an.

»Hören Sie! Ja, ich habe meine Frau geschlagen. Nicht nur einmal. Sie hat mich verrückt gemacht mit ihrer Nörgelei. Tu dies, lass das!«

»Nichts rechtfertigt Gewalt«, unterbrach ihn Amina.

»Ich weiß. Und Sie können mir glauben, es tut mir leid. Diese verdammte Hilflosigkeit! Und dieser verdammte Suff! Es hat mir immer leidgetan – danach.«

»Auch nach den anderen Köperverletzungen?«, fragte Schrader in milderem Ton.

»Ja, danach auch. Aber Sie wissen nicht, wie das ist. Ständig wirst du runtergemacht. Da kannst du irgendwann nicht mehr. Ich hab mich da einfach nicht im Griff.«

Als Belling die Ärmel seines Holzfällerhemdes hochkrempelte, sah Adrian die Narben auf seinen Unterarmen, kreisrunde und querverlaufende mit etwa vier Zentimetern Länge. Jetzt fiel ihm auch die Narbe unter Bellings linkem Auge auf.

»Ich liebe meine Kleinen über alles.« Bellings Augen füllten sich mit Tränen. »Sie sollten es besser haben als ich. Und ich wollte es besser haben mit ihnen. Eine Familie wollte ich haben. Aber ich habe es nicht geschafft.« Er nahm einen Schluck Wasser aus dem Glas, das Amina ihm zugeschoben hatte, und räusperte sich. »Am Anfang lief es gut. Die ersten Jahre. Da hatte ich den Job beim Paketdienst. Und ich habe keinen Tropfen getrunken. Es lief so gut, dass wir Mellie – unsere Zweite – geplant haben. Connie war noch ein Unfall gewesen. Wegen ihr haben wir geheiratet. Aber ich liebe Connie genauso wie Mellie.«

»Wann hat es sich geändert?«, fragte Amina.

»Der Job war stressig. Ich war viele Stunden unterwegs. Die Bezahlung war schlecht. Meine Frau wurde immer unzufriedener. Sie beklagte sich dauernd. Ich war ihr zu selten daheim und brachte zu wenig Geld nach Hause. Wir stritten uns immer öfter. Sie hatte so eine Art, mich kleinzumachen. Da bin ich wieder in die Kneipe gegangen. Und dann habe ich den Führerschein verloren. Wegen dem Suff. Und dann den Job.«

»Dann war also Ihre Frau Schuld an allem«, provozierte Schrader.

Der hat keine Kraft mehr sich zu wehren, dachte Adrian. Er sah, wie Belling immer mehr in sich zusammensackte, auf die Hälfte seiner eigentlichen Größe.

Mit tieftraurigen Augen sah er Schrader an. »Ach Mann. Lass mal gut sein. Ich weiß selbst, dass ich es verbockt habe.«

Eine erste Träne rann über sein fleischiges Gesicht. »Als sie dann ausgezogen waren, war ich fast erleichtert. Aber ich habe meine Kleinen so vermisst. Am Anfang durfte ich sie noch sehen. Einmal in der Woche. Es hat mir das Herz zerrissen. Die Nachmittage auf irgendwelchen Spielplätzen, bei McDonald's. Immer mit dem Blick auf die Uhr. Wenn ich sie dann um achtzehn Uhr wieder abliefern musste …« Er starrte auf die Tischplatte. »Am Anfang hatte ich noch die Hoffnung, dass wieder alles gut wird. Bin sogar zu einer Suchtberatung gegangen.« Sein Blick verfinsterte sich. »Plötzlich kam immer etwas dazwischen. Ich kriegte sie nicht mehr zu sehen. Die Schule, der Flötenunterricht. Ständig habe ich angerufen, wurde weggedrückt. Und dann. Dann kommt die und sagt, sie will die Scheidung. Sie hat einen Anderen.«

»Sind Sie nicht zum Jugendamt gegangen?«, fragte Amina.

»Das wollte ich. Aber die kamen mir zuvor. Ich kriegte einen Brief, dass ich die Kinder nicht mehr sehen darf. Weil ich sie angefasst hätte. Da bin ich an die Decke. Klar habe ich sie angefasst. Wie ein Vater seine Kinder anfasst. Nur so – und nicht anders!« Mutlos saß er da und schüttelte langsam den Kopf. »Den Rest kennen Sie ja. Die Verhandlung. Der Sorgerechtsentzug, Besuchsverbot.«

»Das war vor dem Familiengericht. Ein Strafverfahren wurde aber nicht eingeleitet«, stellte Schrader fest.

»Das ist es ja! Die konnten mir nichts nachweisen. Wie auch? Ich hab' ja nichts getan. Und meine Kleinen haben denen ja auch gesagt, dass ich nichts getan habe. Das hat die sich alles ausgedacht, damit ich die Kinder nicht mehr sehen darf. Damit sie mit ihrem Neuen einen auf heile Familie machen kann. Und diese Anwältin hat ihr dazu geraten.«

»Warum bekamen Sie trotzdem keine Erlaubnis, Ihre Kinder zu sehen?«

»Weil ich gewaltbereit bin.« Belling parodierte einen besorgten Tonfall. »Und weil zu dem Zeitpunkt schon zu viel Zeit ohne Kontakt vergangen war. Es wäre nicht gut für die Kinder gewesen, wenn wir uns nach der ganzen Sache und in der angespannten Situation mit meiner Ex wieder gesehen hätten. Das Kindeswohl. So nennen die das.«

»Und Sie haben die beiden Mädchen nicht mehr gesehen, seitdem?«

Adrian nahm das Mitleid in Aminas Stimme wahr.

»Wenn ich die Wahrheit sage, buchten Sie mich wahrscheinlich wieder ein. Ist auch egal. Ich gehe ab und zu zum Kindergarten und beobachte sie. Von weitem. Wie sie im Garten spielen. Ich kann nicht anders.«

»Und Sie beobachten, wie sie abgeholt werden?«, fragte Schrader.

»Um Himmels willen! Wenn ich den Macker meiner Ex mit den Mädchen sehen würde. Ich könnte für nichts garantieren. Meinen Sie, ich will, dass meine Kinder mitansehen, wie ich den Typen vermöble? Die halten mich wahrscheinlich eh schon für eine Bestie.«

Adrian bemerkte Aminas kurzes Zögern, bevor sie sich neben ihn setzte. Das erste Mal, dass wir nebeneinander sitzen, fiel ihm auf. Er spürte eine leichte Irritation. Eine Spannung. Es fühlte sich gut an.

Schrader, der neben Kurt saß, deutete auf die Wanduhr. Es war fünfzehn Uhr achtundfünfzig.

»Gleich geht die Tür auf«, sagte er schmunzelnd. Und kaum hatte er es ausgesprochen, kam Turner herein und setzte sich an das Kopfende des Tisches.

»Wir haben heute einen Gast«, begann er. »Sie haben die Befragung mitverfolgt, Doktor Sur. Welche Erkenntnisse haben Sie gewonnen? Haben Sie ein Profil des Verdächtigen erstellt?«

Adrian fühlte ein Unbehagen. Nun hatte er sich in eine Situation gebracht, in der er das Urteil anderer über einen Menschen beeinflussen würde. Ob er es wollte oder nicht. Er legte eine Hand auf die Akte, die vor ihm auf dem Tisch lag. »Das Erstellen von Profilen ist nicht mein Metier. Und ob man von Erkenntnissen sprechen kann, weiß ich nicht. Aber ich kann versuchen, Ihnen einige Eindrücke mitzuteilen, die ich während der Befragung und der Lektüre der Akte von Herrn Belling gewonnen habe.«

»Wir sind gespannt.«

Adrian wusste Turners Lächeln nicht zu deuten. War es Ironie? Zustimmung? »Vielleicht ist es am besten, wenn ich zunächst die lebensgeschichtlichen Umstände zusammenfasse und sie dann mit den Eindrücken aus der Vernehmung in Beziehung setze.«

Turner öffnete die Hände in Adrians Richtung. »Tun Sie das!«

»Heinz Belling ist das älteste von vier Kindern«, begann Adrian. »Der Vater war selbständiger Klempnermeister, selten zu Hause. Er neigte zu Alkoholexzessen. Wenn er getrunken hatte, war er unberechenbar und oft gewalttätig. Dann verprügelte er seine Frau und die Kinder. Belling scheint am meisten abbekommen zu haben, weil er versuchte, seine Mutter und die Geschwister zu schützen. Zum Teil muss es so zugegangen sein, dass Nachbarn das Jugendamt verständigten. Es gibt eine Jugendamtsakte, aus der hervorgeht, dass mehrere Besuche stattgefunden haben, sich aber keine Hinweise auf Kindesmisshandlung ergeben hätten. Aus Angst scheinen die Mutter und die Kinder die Gewaltausbrüche heruntergespielt zu haben. In der Akte werden Verletzungen bei Belling festgestellt, die aber als

Folgen von Prügeleien unter Gleichaltrigen eingestuft wurden. Dabei hätten die Hämatome stutzig machen müssen. Sie waren unterschiedlichen Alters, was bei einem zehnjährigen Kind in der Regel darauf hinweist dass es über lange Zeit immer wieder geschlagen wird. Und die kreisförmigen Narben auf den Unteramen und am Körper sind Anzeichen von Verbrennungen mit Zigaretten. Vielleicht ist Ihnen eine solche Narbe auch unter Bellings linkem Auge aufgefallen.«

»Sie meinen, sein Vater drückte ihm Zigaretten auf der Haut aus?«, fragte Schrader.

Adrian hatte bemerkt, wie Schrader während seiner Ausführungen unruhig mit den Fingern trommelte.

»In einem Jugendamtsprotokoll wird Belling zitiert. Auf die Frage, woher die Narbe unter seinem Auge kommt, soll er gesagt haben: ›Mein Alter ist starker Raucher.‹ Man braucht viel Phantasie, um die Botschaft nicht zu verstehen.«

Ungläubig schüttelte Turner den Kopf.

»Und die anderen Narben auf den Unterarmen?«, fragte Amina.

»Die wurden in den Jungendamtsberichten noch nicht erwähnt«, sagte Adrian, »sind aber auf den späteren Polizeifotos zu sehen. Die Narben sind charakteristisch für Selbstverletzungen. Oberflächliche Schnitte mit Rasierklingen, Scherben oder ähnlichem. Das hat häufig die Funktion, unerträgliche Spannungszustände zu beenden. Vermutlich hat er im Jugendalter damit begonnen.«

Schrader stand auf und öffnete das Fenster, als Adrian fortfuhr: »Den Besuch eines Gymnasiums verhinderte der Vater, obwohl Belling in der Grundschule gute Zensuren hatte. Er sollte schnell in die Lehre, um später den Betrieb des Vaters zu übernehmen. In der Jugend scheint Belling sich dann allem verweigert zu haben. Er hat die Schule geschwänzt, hat sich herumgetrieben und hat angefangen Alkohol zu trinken. Da fingen dann auch die Schlägereien an. Mit fünfzehn Jahren wurde er zum ersten Mal wegen Körperverletzung angezeigt. Er hatte einen Lehrer geschlagen, der ihn vor der Klasse scharf kritisiert hatte.«

»Das heißt, er ist gewaltbereit und könnte die Anwältin umgebracht haben«, stellte Turner fest.

»Ich bin die Berichte über seine registrierten Gewalttaten durchgegangen«, sagte Schrader. »In allen fünf Fällen waren es Schlägereien mit Männern. Der erste Fall war die Sache mit dem Lehrer. Einmal ist er einen Ausbildungsleiter angegangen, bevor er eine Schreinerlehre hingeschmissen hat. Die drei restlichen Fälle waren Kneipenschlägereien unter Alkoholeinfluss ...«

»Ihr Eifer in allen Ehren, Herr Schrader.« Turner blickte Schrader herablassend an. »Aber ich wüsste nicht, welche Zusatzinformation uns das bringen soll.«

Adrian sah, wie Schrader stockte, wie ein Zug, der in voller Fahrt einen Prellbock gerammt hatte. »Mit Verlaub«, sprang er in die Bresche, »ich finde Herrn Schraders Hinweise ausgesprochen relevant.« Und mit Blick auf Schrader: »Wie waren die Abläufe der Schlägereien und welche Verletzungen hat er den Opfern beigebracht?«

Schrader schaute in seine Notizen. »Er fühlte sich provoziert und gedemütigt. Das waren seine Aussagen und die von Zeugen. Zuerst kam es zu Wortwechseln. Dann wurde er wütend und schlug zu. Die Opfer trugen Prellungen und Rippenbrüche durch Fausthiebe und Tritte davon.«

»Danke. Das sind wichtige Details, die sich mit meinem Eindruck decken.« Adrian nickte Schrader zu. »Belling wurde als Kind von seinem Vater erniedrigt und sadistisch gequält. Der Vater war unberechenbar. Die Familie war in ständiger Angst. In welcher Stimmung würde er heute nach Hause kommen? Die Mutter konnte ihm nichts entgegensetzen, war selbst eingeschüchtert. Belling als ältestes Kind fühlte sich für die Mutter und seine Geschwister verantwortlich, war dem despotischen Vater jedoch hilflos ausgeliefert. Außerdem ließ ihm der Vater keine Freiheit, seine eigenen Talente zu entwickeln. Er durfte nicht aufs Gymnasium, sollte werden, was der Vater war, durfte keinesfalls mehr werden als er. Belling trug eine ohnmächtige Wut in sich. Das tut er noch heute. Seine einzige Waffe war die Verweigerung. In der Schule und später in verschiedenen Ausbildungsberufen. Alles abgebrochen. Meist nach Konflikten mit Vorgesetzten. Da wiederholte sich, was er mit seinem Vater erlebt hatte. In zweifacher Hinsicht. Auf der einen Seite fühlte er sich gedemütigt und hilflos. Auf der anderen übernahm er die impulsive Art des Vaters. Wir nennen das Identifikation mit dem Aggressor. Er handelte so, wie er selbst behandelt wurde.« Adrian schaute in die Runde. »In den Berichten fällt auf, dass er immer impulsiv gehandelt hat. Von einem Moment zum nächsten steigert sich die Anspannung, und es kommt zu einem anfallsartigen Wutausbruch. Manchmal aus nichtigen Anlässen, dann wenn ein wunder Punkt berührt wurde. Bei Belling könnte man den wunden Punkt ›ohnmächtiges Ausgeliefertsein‹ nennen.«

»So muss er sich auch in der Vernehmung heute gefühlt haben«, dachte Schrader laut nach.

»Und als wir ihn zuhause aufsuchten«, sagte Amina.

»Ja, Sie sind in seinen Bereich eingedrungen als Vertreterin der Macht, die ihm den Umgang mit seinen Kindern verboten hatte. So hat er es vermutlich erlebt.«

»Und das war auch sein Motiv, die Anwältin umzubringen«, unterbrach Turner. »Er hatte ihr schließlich die Schuld dafür gegeben. Und, Herr Doktor Sur, eine schwierige Kindheit entschuldigt nicht Mord und Totschlag.«

Adrian sah Turner an. »Meine Aufgabe ist es nicht, zu be- oder entschuldigen. Ich versuche, mich in Belling einzufühlen und die Beweggründe für sein Verhalten nachzuvollziehen. Erklären ist nicht dasselbe wie Entschuldigen. Für seine gewalttätigen Übergriffe war er selbstverständlich verantwortlich.«

Turner räusperte sich kleinlaut.

»Was das Motiv angeht«, fuhr Adrian fort, »so haben Sie recht. Er glaubt, Frau Moor habe seine Ex-Frau angestachelt, ihn eines Vergehens zu beschuldigen, das mit großer Wahrscheinlichkeit zu einem Entzug des Umgangsrechts mit seinen Kindern führen würde. Ob er mit seiner Vermutung recht hat, wissen wir nicht. Was mich allerdings an seiner Schuld zweifeln lässt, ist die Art und Weise, wie Frau Moor getötet wurde. Dem Obduktionsbericht nach wurde ihr gezielt das Genick gebrochen. So wie es Nahkampfexperten oder Kampfkünstler lernen. Sie hatte sonst keinerlei Verletzungen. Belling hätte vermutlich in einem Wutanfall mehrfach zugeschlagen. Vielleicht wäre das Opfer dann auch gestorben. Aber eher an den Folgen der Schläge, zum Beispiel an einer Hirnblutung oder anderen inneren Verletzungen. Außerdem wurde Frau Moor nicht am Fundort getötet. Im Bericht steht, dass die Leiche dort abgelegt wurde. So wie ich Belling einschätze, wäre er nach seiner Impulshandlung davongerannt. Und da ist noch ein letzter Punkt. In der

Vernehmung hat er gesagt, er habe es vermieden, dem neuen Lebensgefährten seiner Ex-Frau zu begegnen, da er befürchtet habe, seine Wut nicht kontrollieren zu können. Soweit ich weiß, hatte er keinen Kontakt zu Frau Moor. Ich kann mir nicht vorstellen, dass er ein Zusammentreffen mit ihr gezielt herbeigeführt hat. Und dass er sie zufällig getroffen hat, ist möglich, aber wenig wahrscheinlich.«

Turner schaute wieder auf seine Armbanduhr. »Also kein dringender Tatverdacht.« Er richtete sich an Amina: »Aber behalten Sie ihn im Auge. Er bleibt verdächtig. Und dann haben wir noch den Kollegen des Opfers. Mommsen. Schauen Sie sich den auch noch mal genauer an.« Dann stand er auf. Abrupt, wie ein Soldat auf Befehl. »Vielen Dank, Herr Doktor Sur. Ihre Ausführungen waren erhellend.« Beim Hinausgehen nickte er Schrader zu. »Machen Sie weiter so!«

Amina zog ihre Laufschuhe an der Wohnungstür aus. Es regnete in Strömen, und an den Sohlen hing die halbe Hasenheide in nassen Klumpen. Kein Wetter konnte Amina vom Laufen abhalten. Mit einem Handtuch wischte sie sich Schweiß und Regen aus dem Gesicht und ging in die Küche, um ein Glas Wasser zu trinken. Auf dem Tisch lag aufgeschlagen Sibylle Moors Tagebuch. Amina hatte darin gelesen, dann jedoch das dringende Bedürfnis verspürt, sich die Anspannung, die dabei entstanden war, von der Seele zu laufen.

Geduscht und in Ralfs gestreiften Frotteebademantel gehüllt saß sie wenig später wieder am Küchentisch. Die Knie angezogen, die Füße auf dem Stuhl las sie weiter.

Tag

N. M. hat es auf mich abgesehen. Ständig streicht er um mich herum. Wie eine Katze. Beim Mittagessen sitzt er »zufällig« immer neben mir. Eigentlich ist es ja süß, wie er sich um mich bemüht. Aber er ist so gar nicht mein Fall. Er ist nicht dumm, und seine Ansichten sind auch okay. Aber so leicht zu verunsichern ist er. Ganz anders als Kling. Dem macht es Spaß, sich Wortgefechte mit mir zu liefern. Ich glaube, N. M. hat mindestens genau so viel auf dem Kasten wie Kling. Aber der spielt seine Souveränität auf seine schnöselige Art aus. N. M. zuckt sofort zurück, wenn er Widerworte bekommt.

In den letzten Tagen ist es mir nicht ganz so schlecht gegangen. Dass ich den Fall R. gewonnen habe, hat mir gut getan, vor allem weil Sernow vorher so skeptisch war. Sein »gut gemacht« war eine warme Dusche. Mehr an Lob ist von ihm ja nicht zu erwarten.

Morgen wieder zu Sur. Was ziehe ich an?

SaU

Ein Hain, uralte Eichen, Blätter in goldenem Licht, in der Mitte auf einer Marmorsäule Sur, wie eine Statue, in schneeweißer Tunika, breitet die Arme aus, ich soll zu ihm kommen, die Säule ist hoch, ich reiche nicht einmal bis zu seinen Füßen, schaue nach oben. Er schaut auf mich herab, kalt, ohne Gefühl. »Zieh dich aus!« Ich will nicht, aber ich will ihn, tue es, stehe nackt vor ihm, will, dass er zu mir herunterkommt, dass er mich anfasst. Er bleibt stehen, starrt nur, ich spüre seine Augen auf mir, sie tasten mich ab, ganz langsam, noch langsamer, meine Brüste, meinen Schritt. Sein Schwanz richtet sich auf, beult die Tunika aus, ich zerfließe und bekomme Angst, will und will nicht. Er verzieht sein Gesicht, lacht leise, dann immer lauter, lacht mich aus, wiehernd, dreht mir den Rücken zu, macht sich an sich zu schaffen, ich schäme mich, will weg, kann nicht, muss zuschauen …

Tag

Warum weist er mich zurück? Nicht als Patientin. Er ist wie ein Vater zu mir. Nicht wie mein Vater, sondern wie einer, den ich mir gewünscht hätte. Wie ich ihn gebraucht hätte. Er ist natürlich viel zu jung, um mein Vater sein zu können. Vielleicht Mitte 40. Bei ihm fühle ich mich sicher, angenommen. Aber gleichzeitig fühle ich mich zurückgewiesen. Als Frau! Ich stelle mir vor, wie er mit anderen Patientinnen Sex hat. Dass er ihnen nicht widerstehen kann. Therapeutische Haltung hin oder her. Dass sie ihn so anmachen, dass er nicht anders kann. So wie Vater Sylvie nicht widerstehen konnte. Mein Gott, was schreibe ich da?

Amina stand auf und ging zum Fenster. Es hatte aufgehört zu regnen. Die dichte, tiefgraue Wolkendecke war aufgebrochen, und diffuses Sonnenlicht legte einen goldgelben Schleier auf die nasse Urbanstraße. Bei aller Schwere, die während des Lesens entstanden war, fühlte sich Amina leicht. Erleichtert. Sie nahm ihr Telefon – und zögerte, bevor sie Adrians Nummer wählte.

»Sorry, ich habe vergessen, mein Handy auszuschalten.« Adrian schaute verstohlen auf das Display, als er den Ton stummschaltete.

»Das ist Ihnen noch nie passiert«, bemerkte Gossler. »Erwarten Sie einen Anruf?«

»Eigentlich nicht«, antwortete Adrian. Vielleicht aber doch, dachte er und fragte sich, was Amina Reshad um diese Zeit von ihm wollte. Der Versuchung, den Anruf mitten in der Supervisionssitzung anzunehmen, widerstand er. Er würde sie danach zurückrufen.

»Wo waren wir stehengeblieben?« Gosslers Frage holte ihn zurück in den Behandlungsraum.

»Wir sprachen über Sylvies Tod. Frau Moor hatte den Tod ihrer Schwester bereits bei der Erhebung der Krankengeschichte erwähnt. Allerdings nur als Information. Schon damals hatte ich den Eindruck, dass es sich um ein prägendes Lebensereignis gehandelt habe musste. Ich spürte jedoch, dass sie noch nicht bereit war, ausführlich darüber zu sprechen. Das konnte sie erst, nachdem sie von dem sexuellen Missbrauch erzählt hatte.«

»Direkt danach?«, fragte Gossler.

Adrian dachte nach. »Es muss in der nächsten oder übernächsten Sitzung gewesen sein. Kurz davor hatte sie mir über den Traum mit der brennenden Scheune berichtet.«

»Ich erinnere mich an den Traum.« Gossler nickte. »Der Elefant in Flammen. Dramatisches Bild.«

»Unmittelbar danach kam sie auf ihre Schwester zu sprechen. Sylvie vergiftete sich im Alter von siebzehn Jahren. Mit Tabletten und Alkohol. Frau Moor war damals fünfzehn. Der Suizid kam unerwartet für sie. Sylvie hatte gerade ihren ersten Freund, war frisch verliebt. Sie war von einem dreitägigen Turnwettkampf in Budapest zurückgekehrt, auf dem auch ihr Freund war. Er war auch Turner. Wie immer habe der Vater interessiert nachgefragt. Aber Sylvie habe bedrückt gewirkt und nur einsilbig geantwortet. Am Tag darauf brachte sie sich um. Später erfuhr Frau Moor, dass Sylvie den Wettkampf gewonnen hatte.«

»Gab es eine Erklärung für den Suizid?«, fragte der alte Mann.

»Einen Abschiedsbrief gab es nicht. Sylvies Freund sei am Boden zerstört gewesen. Nach der Beerdigung habe sie ihn für lange Zeit nicht mehr gesehen. Bis sie sich Jahre später zufällig an der Uni in der Mensa getroffen hätten. Dort habe er sie um ein Gespräch gebeten und erzählt, er sei nach Sylvies Tod in eine depressive Krise geraten. Er habe sich für Sylvies Tod verantwortlich gefühlt.«

»Etwas, das in Budapest passierte?«

»Sie seien sehr verliebt gewesen und hätten miteinander schlafen wollen. In Budapest habe sich in der Nacht vor der Rückreise eine Gelegenheit ergeben. Es sei für beide das erste Mal gewesen. Am Anfang sei es sehr schön gewesen. Aber plötzlich habe Sylvie geschrien und um sich geschlagen. Dann sei sie weggelaufen und habe nicht mehr mit ihm gesprochen. Cem – so hieß der Junge – habe gedacht, er habe etwas falsch gemacht, sie dazu gedrängt, obwohl es beide gewollt hätten. Sylvie hatte sogar Kondome besorgt und sich darüber lustig gemacht, weil es ihm peinlich gewesen war, selbst welche zu kaufen.«

»Möglicherweise hat die intime Situation mit dem Jungen Gefühle ausgelöst, die in Zusammenhang mit den Übergriffen durch den Vater standen.« Gossler nahm seine Brille ab und blies Staubkörner von den Gläsern. »Liebe, Nähe, sexuelle Erregung, in Verbindung mit Angst vor dem ersten Mal mit einem Gleichaltrigen. Das muss sie verwirrt haben. Vielleicht spürte sie, dass sie sich nicht ganz hingeben konnte und bekam Angst, die Erfahrungen mit dem Vater könnten etwas in ihr zerstört haben. Vielleicht fühlte sie sich im Moment der Hingabe auch ohnmächtig, ausgeliefert und geriet in Panik.«

»Oder sie hatte das Gefühl, ihren Vater zu betrügen, und fürchtete, dadurch seine Liebe zu verlieren«, warf Adrian ein.

»In fataler Loyalität an ihn gefesselt. Auch das ist möglich. Oder eine Mischung aus allem. Über die genauen Zusammenhänge können wir nur spekulieren. In Behandlung war sie nicht?«

Adrian schüttelte den Kopf. »Frau Moor berichtete, wie verwirrt sie nach Sylvies Tod war. Entsetzt und voller Schmerz. Und sie fühlte sich schuldig, dass sie zugleich erleichtert war und dass sogar ein Hoffnungsfunke aufkam, nun etwas von der Liebe des Vaters zu bekommen. Ihre Schuldgefühle beschäftigten uns viele Sitzungen lang.«

»Und wie reagierte der Vater auf den Tod seiner Tochter?«, fragte Gossler.

»Es muss grauenhaft gewesen sein. Er sei laut schluchzend durch die Wohnung gelaufen, habe sich die Stirn an der Wand blutig gestoßen. Tagelang. Frau Moor versuchte, ihn zu trösten. Und erhoffte sich Trost von ihm. Aber er stieß sie von sich weg. Und er sagte, er wünschte, dass sie an Sylvies Stelle gestorben wäre. Das zog ihr den Boden unter den Füßen weg. In dieser Zeit begannen die depressiven Einbrüche und die heimlichen Selbstverletzungen.«

»Und die Mutter?«, fragte Gossler. »Mir fällt auf, dass sie in Ihren Berichten nicht vorkommt. Wie ging es ihr nach Sylvies Tod?«

»Sie war zu der Zeit in der Klinik. Sie hatte wieder einen Schub und benötigte Kortisoninfusionen. Als sie zurückkam, war die Behinderung noch weiter vorangeschritten. Sie musste schon lange zuvor im Bett gepflegt werden. Ihrer Tochter war sie keine Hilfe. Sie war selbst schwer depressiv und führte seit Jahren ein Schattendasein in der Familie.«

Gossler sann nach. »Starb sie nicht, als Ihre Patientin sechzehn Jahre alt war?«

»Ja, von dem Schub erholte sie sich nicht mehr. Sie war fast vollständig gelähmt. Durch die Bewegungsunfähigkeit lag sie sich wund und bekam Hautgeschwüre, die sich infizierten. Und eine Lungenentzündung jagte die nächste. Der Vater weigerte sich jedoch, sie in einem Pflegeheim unterzubringen. Sie starb schließlich an der soundsovielten Pneumonie. Kurz nach dem ersten Jahrestag von Sylvies Tod.«

»All dies macht verständlich, warum sich Ihre Patientin so abgrundtief einsam fühlte.«

An Gosslers Blick erkannte Adrian wieder das Mitgefühl, das sein Lehrer aufbringen konnte. Die Fähigkeit, ganz in das Erleben des Anderen einzutauchen, tiefes Verstehen zu vermitteln, ohne gleichzeitig von Emotionswogen überrollt zu werden.

Mit »Wir müssen für heute schließen« beendete Gossler die Sitzung. »Wir sehen uns in vier Wochen wieder.«

Adrian zuckte zusammen. Mit Schrecken fiel ihm ein, dass Gossler zur Frühjahrstagung der internationalen Analytikervereinigung fahren würde. Dieses Jahr fand sie in Montreal statt.

»Sollte ich vergessen haben, Sie zu informieren?«, fragte Gossler besorgt.

»Nein, nein«, beschwichtigte Adrian.

Selbstverständlich hatte er seine Abwesenheit bereits vor Wochen angekündigt.

»Aber ich hatte es wohl verdrängt.« Gerade jetzt hätte er Gossler gerne in der Nähe gehabt.

Als Adrian eintrat, sah er sie an einem Tisch in der hintersten Ecke des Lokals sitzen. Noch vor Gosslers Haus hatte er Amina zurückgerufen, und sie hatten sich in einer Pizzeria in Kreuzberg verabredet. Adrian bestellte sich ein Glas Merlot und eine Pizza. Amina bestellte Pasta und blieb bei dem Wasser, das vor ihr stand.

Sie reichte Adrian einen Umschlag. »Das ist alles, was wir über Mommsen in Erfahrung bringen konnten. Nicht viel. Außer ein paar Punkten in Flensburg wegen Geschwindigkeitsübertretung ist er erkennungsdienstlich ein unbeschriebenes Blatt.«

»Da sind die Pferdestärken mit ihm durchgegangen«, sagte Adrian.

»Gut, dass Sie morgen dabei sind. Er kommt um elf Uhr zur Anhörung.«

Adrian schaute in den Umschlag und fragte sich, was der eigentliche Grund für Aminas Vorschlag war, sich zu treffen. Die wenigen Seiten darin hätte er auch kurz vor der Vernehmung durchgehen können. »Dann kann ich mich ja vorbereiten«, sagte er, als er den Umschlag weglegte.

Amina drehte wieder ihren Ring. Adrian kannte die Geste bereits. Der Ober brachte den Wein. »Ich habe weiter in Sibylle Moors Tagebuch gelesen«, begann sie schließlich.

»Nicht leicht auszuhalten.« Adrian nahm einen Schluck.

»Und nicht immer verständlich«, sagte Amina. »Zum Beispiel ist mir unklar, was genau sich in dieser Familie abgespielt hat. Die Mutter ist nur in Nebensätzen erwähnt. Hat der Vater auch Sibylle sexuell missbraucht? Und was hat das alles mit ihrem Tod zu tun?«

Adrian war froh, dass das Essen kam, was ihm einige Minuten Bedenkzeit gewährte. »Ihre Mutter erkrankte kurz nach Sibylles Geburt an Multipler Sklerose. Dabei kommt es zu Entzündungen des Gehirns und des Rückenmarks. Die Erkrankung verläuft meist schubförmig. Und je nachdem, welche Bereiche betroffen sind, treten neurologische Symptome auf: Lähmungen, Sehstörungen, Bewegungsstörungen und anderes. Manchmal bilden sich die Beeinträchtigungen wieder zurück. Häufig kommt es aber zu fortschreitender Behinderung. So war es bei Sibylles Mutter. Sie wurde zunehmend pflegebedürftig. Dazu kam, dass sie depressiv wurde.«

»Das kann ich mir vorstellen«, sagte Amina. »Zwei kleine Kinder und so eine Krankheit.«

»Ja, und die Medikamente, die weitere Schübe verhindern sollten, können zusätzlich Depressionen begünstigen.«

»Das muss auch für den Vater eine Riesenbelastung gewesen sein. Hatte er Unterstützung?«

»Anfangs konnte sich die Mutter noch um die Kinder kümmern. Später versorgte er Frau und Kinder. Er war Übersetzer für elektrotechnische Fachbücher und arbeitete zuletzt zu Hause.«

»Warum hat er sich keine Hilfe geholt?«, fragte Amina.

»Er war schon vorher ein Eigenbrötler gewesen. Pflegte keine Freundschaften. ›Wir sind eine Familie, und wir halten zusammen‹, sei seine Losung gewesen.«

»Und die Kinder?«

»Die mussten funktionieren. Und haben funktioniert, waren früh selbständig, gute Schülerinnen. Von der immer kränker werdenden Mutter hielt der Vater sie fern. Die Pflege übernahm er ganz allein. Wies sogar die Unterstützung durch eine Sozialstation zurück.«

»Warum lehnte er Sibylle so ab?«, fragte Amina und legte die Gabel weg. Ihre Pasta hatte sie kaum angerührt.

»Er gab ihr die Schuld an der Krankheit ihrer Mutter.«

Amina zog die Augenbrauen zusammen.

»Sie hatte ihren ersten erkennbaren Krankheitsschub nach der Entbindung. Eine Schwangerschaft ist nicht die Ursache einer MS. Aber starke Hormonschwankungen können einen Schub auslösen«, fuhr Adrian fort.

»Das heißt, sie trug die Erkrankung bereits in sich«, murmelte Amina.

»Zumindest die Gefährdung zu erkranken«, ergänzte Adrian. »Vielleicht hatte sie bereits kleinere Schübe durchgemacht, die nicht als solche erkannt worden waren. Aber für den Vater war Sibylle schuld.« Adrian schaute sich um. Das Lokal war fast leer. Keine Gefahr, dass jemand mithören konnte. »Sibylle erzählte mir, dass ihr Vater sie bestenfalls ignorierte und schlimmstenfalls beschimpfte. Beides fand sie unerträglich. Er bevorzugte ihre Schwester Sylvie. Es scheint so, als hätte er in ihr den einzigen Lichtblick in seinem Leben gesehen. Die Erinnerung an die Zeit, als alles noch gut war.«

»Er hat sie missbraucht.« Amina nahm das Wasserglas vom Tisch.

»Ja, er hat sie benutzt. Benutzt für seine eigenen Bedürfnisse.«

»Für seine sexuelle Befriedigung.«

»Das auch. Vor allem aber für sein seelisches Gleichgewicht. Er lebte völlig zurückgezogen. Sein Kosmos bestand aus der Wohnung, aus seinem Computer und seiner schwerkranken Frau. Die wenigen Außenaktivitäten bestanden in gelegentlichen Besprechungen im Verlag, in Einkäufen und Sylvies Turnwettkämpfen. Ihre Erfolge waren seine Erfolge. Sie war seine Prinzessin.«

Abrupt stellte Amina das Glas auf den Tisch und überkreuzte die Arme.

»In den sexuellen Handlungen mit ihr phantasierte er sich in die Rolle des Prinzen«, fuhr Adrian fort. »Es war eine Flucht. Heraus aus der Misere seines Daseins, hinein in eine Traumwelt. Er wurde ein Anderer.«

Die Fragezeichen in Aminas Blick wurden größer. »Damit rechtfertigen Sie den sexuellen Missbrauch an seiner Tochter.«

»Ich rechtfertige nicht«, entgegnete Adrian. »Ich versuche zu erklären. Was er getan hat, kann nicht entschuldigt werden. Und der emotionale Missbrauch war hierbei nicht minder problematisch als der sexuelle.« Adrian konnte förmlich hören, wie Aminas Herzschlag sich wieder etwas beruhigte.

»Hätte sie eine Chance gehabt, sich zu wehren?«, fragte Amina.

»Sie befand sich in einer ausweglosen Situation«, sagte Adrian. »Sie musste befürchten, dass ihr Vater zusammenbricht, wenn sie sich ihm verweigert. Dass alles zusammenbricht.«

»Die ganze heile Familie«, sagte Amina angewidert.

»Und sie musste Angst haben, die Liebe ihres Vaters zu verlieren«, sagte Adrian.

»Liebe? Das ist pervers.« Mit einer unwirschen Bewegung strich sich Amina eine Strähne aus dem Gesicht.

Adrian blieb betont ruhig. »Das perfide ist, dass dies die einzige Art war, in der er Zuwendung und Liebe zeigen konnte. Anfangs können es Kinder nicht als Grenzverletzungen erkennen, obwohl sie oft ein ungutes Gefühl haben. Etwas stimmt nicht. Aber was stimmte schon in dieser Familie. Und wenn die sexuellen Handlungen keine brutalen Vergewaltigungen sind, sondern im Gewand liebevoller Nähe daherkommen, wird es besonders verwirrend. Angst, Scham, Ekel vermischen sich mit Neugier, Nähe und sexueller Erregung. Das kann zu erheblichen Schuldgefühlen führen. Ich nehme an, dass sich Sylvie verantwortlich fühlte. Für den Vater und für ihre Schwester.«

»Hat er Sibylle auch sexuell missbraucht?«, fragte Amina.

»Nein, soweit ich es beurteilen kann.«

»Dann hat Sylvie sich für sie geopfert? Hat es über sich ergehen lassen, damit er die Finger von Sibylle lässt?«

»So könnte man es sehen.« Adrian spürte, dass er seine Worte jetzt wohl wählen musste. »Sibylle litt aber auch darunter«, sagte er vorsichtig.

Aminas Körper straffte sich. »Dass sie nicht sexuell misshandelt wurde?«

»Dass sie aus dieser« – Adrian machte Anführungszeichen in die Luft – »besonderen Beziehung ausgeschlossen wurde.«

»Wollen Sie damit sagen, es wäre ihr lieber gewesen, er hätte sich auch an ihr vergangen?«

Adrian schwieg.

Mit einem Ruck stand Amina auf. »Wir sehen uns morgen.« Sie warf einen Geldschein auf den Tisch, griff Rucksack und Lederjacke und stürmte nach draußen.

Amina! Bitte bleib! Lass mich erklären! Aufspringen, hinterherlaufen, sie aufhalten. Festhalten. Halten. Das alles wollte er. Indes blieb er sitzen. Starrte auf Aminas Teller. Die fast unberührte Pasta.

Nach einigen Minuten bezahlte er und verließ das Lokal, den mitleidigen Blick des Obers im Rücken, der annehmen musste, dass es sich um einen Beziehungsstreit gehandelt hatte. War es das nicht? Irgendwie?

Vor der Tür schlug er den Mantelkragen hoch. Es war kalt geworden. Als er sich eine Zigarette anzündete, sah er Amina in einiger

Entfernung stehen. An eine Hauswand gelehnt, den Blick ins Leere. Langsam ging er auf sie zu. Wollte sie das? Er wollte es.

Sie schaute ihn an. »Ich möchte es verstehen.«

»Die Nüsse gehen aufs Haus, schöne Frau«, sagte der Barmann, als er eine Flasche Pils und ein Schälchen mit Erdnüssen auf den Tresen stellte. Aminas grimmiger Blick ließ sein Grinsen gefrieren. An anderen Tagen hätte sie einen solchen Kommentar mit einem – etwas geistreicheren – Wortspiel gekontert. Aber jetzt war sie ganz und gar nicht in der Stimmung für Anzüglichkeiten. Sie setzte sich an einen der vielen freien Tische. Die Bar war fast leer. Früher war sie oft mit Ralf hierhergekommen. Nach dem Kino oder wenn sie bis spät arbeiten musste und noch zu aufgewühlt war. Sie konnte entspannen, wenn Ralf ihr von seinem Arbeitstag erzählte. Von alten Damen etwa, die »einen spannenden Roman« zum Geburtstag ihrer Enkelin suchten. »Aber bitte nichts Schmutziges.«

Seit seinem Tod war sie nicht mehr hier gewesen. Viel hatte sich nicht verändert. Das schummrige Licht, die Musik fernab vom Mainstream. Schwer ließ sie sich in das durchgesessene Polster des Plüschsofas sinken. Am liebsten hätte sie ihre Schuhe ausgezogen und die kalten Füße gewärmt.

Über eine Stunde war sie mit Adrian durch die Straßen gelaufen. Vielleicht ließ sich das, was sie zu besprechen hatten, nicht in einem geschlossenen Raum besprechen. Sie hatte es in dem Restaurant nicht mehr ausgehalten. Musste ins Freie. Eine Mordswut war in ihr hochgekommen. Auf Sibylles Vater. Und auf Adrian. Sie hatte ihn sagen hören, es wäre besser für Sibylle gewesen, wenn auch sie von ihrem Vater sexuell missbraucht worden wäre. Das war ihr zu viel geworden. Dieses verständnisvolle Psychologengeschwätz! Dem Impuls, mit dem Merlot sein schneeweißes Hemd zu beflecken, konnte sie nur mit Mühe widerstehen.

Draußen schlug ihr die kalte Abendluft ins Gesicht, und sie fragte sich, ob sie wirklich gehört hatte, was er sagte.

Minutenlang waren sie dann schweigend nebeneinander hergegangen, bevor Adrian begann. Während er sprach, gingen sie weiter und weiter. Zuerst langsam, dann schneller, dann ganz langsam. Und näher beieinander. Sie wusste nicht mehr, wo sie entlanggelaufen waren. Aber sie erinnerte sich an jedes Wort, das Adrian gesagt hatte. Und sie war ihm dankbar dafür, wie er sagte, was er sagte. Froh über die Behutsamkeit des Therapeuten. Auch wenn eine andere Seite in ihr sich mehr von dem Menschen gewünscht hätte und obgleich er wohl mehr offenbart hatte als ihm lieb war. Von Sibylle und von sich.

Am Ende, als sie sich vor der Bar verabschiedeten, glaubte sie, ein wenig mehr zu verstehen. Doch jetzt schwirrte ihr der Kopf. Sie versuchte zu ordnen, was sie gehört hatte. Versuchte, die Mosaiksteine, die vor ihr lagen, zu einem klaren Bild zusammenzulegen. Es gelang ihr nicht. Ihr Verlangen nach Eindeutigkeit blieb ungestillt.

Sibylle fühlte sich schuldig an der Erkrankung ihrer Mutter. Sie tat ihr leid. Und sie hasste sie, weil sie sie nicht schützte. Und weil sie starb, sie verließ. Sie hasste ihren Vater, weil er sie ablehnte. Weil er sich an ihrer Schwester verging. Und sie wollte nichts mehr, als von ihm geliebt zu werden. Sie fühlte sich schuldig, weil ihre Schwester und nicht sie selbst von ihrem Vater missbraucht wurde. Und sie hasste ihre Schwester, weil sie eine alles und jeden ausschließende Nähe mit ihrem Vater erleben durfte. Sie litt am Tod ihrer Schwester. Und sie hoffte, dadurch die Liebe ihres Vaters zu erhalten. Und sie fühlte sich schuldig, dass sie so empfand. Sibylle fühlte sich schuldig, dass sie geboren wurde. Und schuldig, dass sie noch lebte. Wertlos. Hassenswert. Kein Erfolg konnte ihr Wert vermitteln, keine Zuneigung Liebe. Und doch blieb sie ihr Leben lang auf der verzweifelten Suche. Nach Liebe.

Jeder Mosaikstein konnte an einem anderen Teil des Bildes das Gegenteil bedeuten. Amina musste aufgeben. Musste es lassen. Geschehen lassen. Zulassen, dass es kein eindeutiges Richtig oder Falsch gab. Sie musste akzeptieren, dass Sibylle so empfinden musste. Und sie konnte erkennen, dass Adrian nicht geurteilt, sondern versucht hatte, ihr dieses komplizierte Mosaik, das Sibylles Elend darstellte, vor Augen zu führen.

»*I hope that I don't fall in love with you.*« Amina erkannte Tom Waits' tabak- und whiskeygegerbte Stimme. Sie prostete dem Lautsprecher zu und sagte leise: »So do I.«

Traum

Ein Stadtschloss inmitten einer Wohnsiedlung, es zieht mich an wie ein Magnet, ich klopfe an die Tür, nichts rührt sich, warte, nichts, klopfe noch einmal, wieder nichts, drücke die Klinke nach unten, öffne die Tür, gehe hinein, vorsichtig, das Vestibül im Halbdunkel, alte Gemälde an den Wänden, mit weißen Laken verhangene Sessel, eine Treppe, von oben kommt leise Musik. Ich gehe hinauf, einen langen Gang entlang, in Richtung der Musik, am Ende eine zweiflügelige Tür, dahinter die Musik und Gelächter, traue mich nicht, die Tür zu öffnen, hebe die Hand, lasse sie fallen, die Tür geht von selbst auf, innen ein majestätischer Saal, Kronleuchter, venezianische Spiegel, an Tischen sitzen Leute, essen, trinken, plaudern, am Ende des Raumes ein Orchester, spielt Barockmusik und Paare tanzen Menuett, Frauen in prachtvollen Kleidern im Rokoko-Stil, Männer in Weste, Kniehose und Rock, gepuderte Perücken. Ich schaue mich um, links neben dem Orchester steht Sur, ein Glas Rotwein in der Hand, in Alltagskleidung. Vorne sitzt N. M. an einem Tisch, er sieht mich, steht auf, kommt zögernd zu mir herüber, ich lasse ihn stehen, möchte auf Sur zugehen, traue mich nicht, er sieht mich, hebt die Hand, lächelt, dreht die Handfläche zu mir, er will nicht, dass ich näherkomme. Rechts neben dem Orchester ein anderer Mann, auch in moderner Kleidung, schwarze Hose, rotes Hemd, schaut mich an, grinst. Was will er? Er nimmt einem Pagen zwei Gläser vom Tablett, hält mir eines davon entgegen, etwas an ihm fasziniert mich, aber Sur soll uns nicht zusammen sehen, schaue mich nach ihm um, er redet mit einer anderen Frau, den Rücken zu mir. Soll ich die Einladung des Fremden annehmen? Der kommt zu mir, lobt den Champagner, ob ich nicht ein Glas versuchen möchte. Ich trinke, er nimmt mir das Glas aus der Hand, stellt es weg, zieht mich auf die Tanzfläche, nimmt mich in den Arm und tanzt, nicht zum Takt der Musik, wirbelt mich herum, im Walzertakt, mir wird schwindelig. Wo ist Sur? Kann ihn nicht entdecken, er ist gegangen, ich reiße mich von dem Fremden los, laufe quer über die Tanzfläche, will den Saal verlassen, die Tür ist verschlossen.

Es war der letzte Eintrag in Sibylles Tagebuch. Die etwa fünf Zeilen danach waren bis zur Unleserlichkeit durchgestrichen.

Adrian setzte sich auf die Vorderkante seines Lesesessels, stützte die Ellenbogen auf die Oberschenkel und knetete sein Kinn. Als er von dem Gespräch mit Amina nach Hause gekommen war, hatte er nicht abschalten können. Wie unter Zwang musste er in Sibylles Aufzeichnungen weiterlesen.

Was war ihr so peinlich? Was konnte sie ihm nicht sagen? Wer war der Fremde? Ein schattenhafter Teil seiner selbst? Mommsen? Irgendetwas passte nicht. Mommsen traute sie sich zurückzuweisen. Und von Adrian fühlte sie sich zurückgewiesen. In den Gesprächen mit Gossler war ihm noch einmal deutlich geworden, dass er Sibylle keine doppelten Botschaften gegeben hatte. Er hatte sich ihr gegenüber eindeutig verhalten, hatte ihr vermittelt, dass sie eine liebens- und begehrenswerte Frau war, dass er sie jedoch als Frau nicht begehrte. Nein, er begehrte sie nicht. Nicht nur, weil er sie nicht begehren durfte, sondern weil er in ihr das bedürftige kleine Mädchen erkannte. Sie hatte in ihm eine väterliche Saite zum Klingen gebracht, vielmehr als die eines Liebhabers.

Und dennoch! Hatte er sie – und sich – zu früh in Sicherheit gewähnt? Hatte er Sibylles Entwicklung zu optimistisch eingeschätzt? Nach den Monaten harter Arbeit hatte ihr Selbsthass etwas abgenommen, hatte sie sogar ein verstecktes Lob ihres Chefs als Wertschätzung erkennen können. Die Enttäuschungstränen schienen getrocknet und die Wutstürme an Adrian vorbeigezogen. Es schien, als hätte sie zu erkennen begonnen, dass die Zurückweisung ihrer erotischen Wünsche nicht Ablehnung bedeutete. Ihr Traum mit dem Schloss konnte darauf hinweisen, dass sie sich zu einem anderen Mann hingezogen fühlte. Das wäre gut gewesen. Aber in der Traumszene deutete sich etwas Bedrohliches an, das Adrian nicht einzuschätzen wusste. Und dass sie nicht mit ihm darüber hatte sprechen können, war ein Zeichen, dass die Gefahr, auf ihrer verzweifelten Suche nach Liebe in selbstzerstörerische Situationen zu geraten, nicht gebannt war. Hatte seine Fehleinschätzung Sibylle das Leben gekostet?

Schrader öffnete die Tür und trat zur Seite. Nicht nur an dieser Geste nahm Adrian die Veränderung in Schraders Verhalten wahr. Die Gegnerschaft war einem vorsichtigen Wohlwollen gewichen. Vielleicht sogar einer heimlichen Bewunderung. Amina hatte sich mit Turner in der Kantine verabredet, um ihm von Mommsens Befragung zu berichten. So hatte Schrader Adrian den indischen Imbiss vorgeschlagen. Mit einem Hauch von Peinlichkeit nahm Adrian die Einladung an und trat als Erster ein. Es roch nach Koriander und heißem Öl. Sie bestellten an der Theke und warteten auf das Essen.

»Was halten Sie von Mommsen?«, fragte Schrader, als sie auf Barhockern mit Sicht auf die Straße Platz genommen hatten.

»Auf den ersten Blick wirkt er harmlos, eher unsicher«, antwortete Adrian und wickelte sein Besteck aus der Serviette. »Nicht wie jemand, der einen Menschen verletzen könnte.«

»Und auf den zweiten Blick?«

»Was meinen Sie? Was sagt Ihre Erfahrung? Könnte hinter dieser schüchternen Fassade ein Mörder stecken?«

Schrader stutzte. Er schien überrascht, dass Adrian ihm Kompetenz zuschrieb. »Er ist nicht so ein Haudrauf wie Belling. Das ist offensichtlich.« Schrader unterbrach seine Überlegungen und beobachtete mit großen Augen, wie Adrian sich einen vollen Löffel Chilipaste in den Reis mischte. »Vielleicht war er eifersüchtig. Er war in sie verliebt. Und sie hatte ihm einen Korb gegeben. Da kann so einer schon mal brutal werden.«

Adrian sann nach. »Wir wissen wenig über ihn. Er hat sich sehr bedeckt gehalten.«

Die Befragung hatte zwei Stunden gedauert. Und wieder hatte Adrian sie durch die Einwegscheibe verfolgt. Der junge Anwalt schwitzte, beantwortete Aminas und Schraders Fragen oft nach langem Zögern und zunehmend gereizt. Ja, er sei in Sibylle Moor verliebt gewesen. Und ja, ihr offensichtliches Desinteresse habe ihn gekränkt. Aber deshalb bringe man doch niemanden um. Nein, einer Durchsuchung seiner Wohnung und seines Laptops stimme er nicht zu. Wozu auch. Er habe sich nichts zuschulden kommen lassen. Könne er jetzt gehen?

»Warum ist er so unkooperativ?«, fragte Schrader. »Wenn er doch nichts zu verbergen hat?«

»Vielleicht hat er etwas zu verbergen«, sagte Adrian.

Auf dem Gehweg vor dem Fenster schubste eine Gruppe Teenager einen schmächtigen Jungen mit »Hey, du Opfer« hin und her. Der Drangsalierte schaute stumm auf den Boden. Die Stöße wurden härter, und der Junge stürzte. Während Adrian überlegte, ob er seinem Impuls, einzugreifen, folgen sollte, war Schrader bereits aufgesprungen und vor die Tür getreten. Mit ausladenden Schritten trat er mitten unter die Jugendlichen und entriss dem Anführer das Handy, mit dem der das Opfer filmte. Das Handy fiel auf das Kopfsteinpflaster, und Schrader kickte es auf die Straße, wo es von einem vorbeifahrenden LKW überrollt wurde. Der Anführer stand mit offenem Mund wie angewurzelt vor Schrader. Bevor die Anderen auf ihn losgehen konnten, hielt Schrader seinen Dienstausweis in die Höhe. Dabei schob er wie zufällig seine Jacke so zur Seite, dass seine Waffe im Holster hervorschaute. Die Jugendlichen hielten inne. Adrian konnte durch die Fensterscheibe nicht verstehen, was Schrader sagte. Aber er beobachtete, wie der Anführer die Schultasche des Opfers aufhob und sie diesem zurückgab. Mit einer gebieterischen Geste schickte Schrader die Angreifer fort, nachdem er sich ihre Ausweise hatte zeigen lassen. Dem schmächtigen Jungen gab er seine Visitenkarte und klopfte ihm ermutigend auf die Schulter. Adrian empfand klammheimliche – war es klammheimliche? – Genugtuung. Und Scham.

»Sorry, ich habe Sie unterbrochen«, sagte Schrader, als er sich wieder neben Adrian setzte und einen Schluck Cola nahm. Das feinschlägige Zittern seiner Hand widersprach dem betont lässigen Tonfall, mit dem er zur Theke hinüberrief und zwei Kaffee bestellte.

»Sie nehmen doch auch einen«, sagte er zu Adrian gewandt.

Der nickte und fügte nach einer kurzen Pause hinzu: »Danke.«

»Wofür?«, fragte Schrader.

»Für den Kaffee.« Und nach einer weiteren Pause: »Und für Ihren Mut.«

Schrader zuckte mit den Schultern. »Die paar Halbstarken waren nicht gerade eine Herausforderung. Und ich kann da einfach nicht zusehen. Früher haben wir uns auch auf dem Schulhof gekloppt. Aber dieses Mobbing geht mir auf die Nerven. Diese Demütigung Schwächerer.«

Es war nicht der Mut, sich mit einigen Jugendlichen anzulegen, der Adrian beeindruckt hatte. Es war der Mut, die Gefahr einzugehen, sich aus spontanem Unrechtsempfinden selbst ins Unrecht zu setzen. Schrader sah nicht aus wie einer, der gemobbt wurde. Welche Demütigungen hatte er erlebt?

Als hätte er Adrians stumme Frage gehört, begann Schrader: »Mein Vater ist ein Selfmademan. Hat sich hochgearbeitet, aus ärmlichen Verhältnissen. Ich glaube, er hat sich dafür geschämt. Wollte es besser machen als sein eigener Vater. Besser haben. Er hatte drei jüngere Geschwister. Zum Studieren war kein Geld da. Nach der Realschule hat er eine kaufmännische Ausbildung gemacht und in einer Firma angefangen. Metallverarbeitung. Wurde Prokurist und hat den Laden dann übernommen.«

Im Zeitlupentempo ließ Adrian den Löffel in seiner Tasse kreisen. Er wusste, er durfte Schrader jetzt nicht anblicken. »Ist er noch berufstätig?«

Gallig lacht Schrader auf. »Der Alte kann nicht loslassen. Wüsste auch sonst nichts mit sich anzufangen. Mit seinen siebzig Jahren und seinen Rückenschmerzen ist und bleibt er ruhelos. Er war auch früher nie zuhause.«

»Und Ihre Mutter?«

»Die saß daheim und wartete. Das Essen wurde kalt. Und sie saß da. Wenn er wieder einmal ungemein Wichtiges erledigen musste oder mit der Belegschaft feierte. Oder im Tennisclub die zehnte Runde schmiss. ›Er schafft uns ein gutes Leben‹, sagte sie, wenn ich mich beklagte.«

»Haben Sie Geschwister?«, fragte Adrian.

»Nein. Meine Mutter hätte gern eine große Familie gehabt. Aber er wollte nicht. ›Die Firma, das sind meine Kinder‹, sagte er immer.«

»Hat Sie das nicht verletzt?«

Schrader stieß wieder sein bitteres Lachen aus. »Ich war der missratene Sohn. Habe nicht so funktioniert, wie er es sich vorgestellt hatte. Im Tennis habe ich es nicht in die Auswahlmannschaft geschafft. Er hat mich so runtergemacht, dass ich wieder aufgehört habe. In der Schule war ich in den falschen Fächern gut. Ständig hat er mir gezeigt, dass ich es nicht bringe. Und ich wollte es bringen. Aber irgendwie lag da ein Fluch drauf. Es war verrückt. Ich habe Fußball gespielt. War natürlich nicht so fein wie sein Tennis. Ich war gar nicht so schlecht. Offensives Mittelfeld. Aber wenn er mal zugeschaut hat – was selten genug vorkam –, hat nichts geklappt. Dabei habe ich mich so angestrengt. Ich weiß noch, wie ich einmal einen Elfer verschossen habe. Sein angewiderter Blick. Ich konnte machen, was ich wollte.«

»Sie haben es zu etwas gebracht, auf das Ihr Vater stolz sein kann. Sie sind ein guter Polizist.«

Schrader schaute Adrian überrascht an. »Woher wollen Sie das wissen? Ich bin zu impulsiv. Ich mache Fehler. Hat man ja bei Ihnen gesehen.«

Adrian schmunzelte. »Heißt das, Sie haben mich aus Ihrer Liste der Verdächtigen gestrichen?«

Schrader grinste zurück: »Wir bleiben auf der Hut«, wurde jedoch sofort wieder ernst. »Amina ist eine gute Polizistin. Sie hat die richtige Mischung. Sie ist klug, und sie hat Instinkt.«

»Sie haben doch auch einen scharfen Verstand«, sagte Adrian.

»Sagen Sie das mal Turner.«

»Der zeigt Ihnen auch, dass Sie es nicht bringen?«

Schraders Blick verriet, dass Adrians Einwurf getroffen hatte.

»Und Sie scheinen ein guter Therapeut zu sein.«

Adrian fühlte sich ertappt.

»Mit achtzehn bin ich weg«, fuhr Schrader fort. »Nach Berlin. Musste mich freischwimmen. Raus aus der Kleinstadt und dem Bannkreis meines Vaters.«

»Haben Sie noch Kontakt?«

»Anrufe zum Geburtstag. Zu seinem. Zu meinem ruft Mutter an, und er lässt grüßen. Zuletzt habe ich ihn auf der Beerdigung meines Großvaters gesehen. Vor ungefähr sechs Jahren. Mit meiner Mutter telefoniere ich ab und zu. Sie lädt mich ein. Aber ich kann es nicht über mich bringen hinzufahren. Und sie traut sich nicht alleine nach Berlin. Er weigert sich, den Sündenpfuhl zu betreten.«

Schrader schlürfte den letzten Schluck Kaffee und fuhr nach kurzem Zögern fort: »Ich glaube, er verachtet mich, weil ich …« Sein Handy klingelte. Er schien froh zu sein, dass das Gespräch an diesem Punkt zu einem Ende kam. »Kurt, was gibt es? Das ist gut. Weiß Amina Bescheid? Okay, ich komme.« Schrader steckte das Handy in die Tasche und stand auf. »Kurt hat das Password von Sibylle Moors privatem Laptop geknackt. Kommen Sie mit?«

Amina schaute auf, als Adrian und Schrader den Raum betraten. Sie stand hinter Kurt, der an einem Laptop saß und angestrengt auf den Monitor blickte.

»Schon etwas gefunden?«, fragte Schrader.

»Sind noch am Sichten«, antwortete Kurt. »Geschäftliche Korrespondenz. Mit dem Vermieter, Internetanbieter und so. In den persönlichen Dokumenten sind einige private Briefe abgespeichert. Einer an Mommsen, in dem sie ihn bittet, ihr nicht auf die Pelle zu rücken.«

»Hat er sie also doch gestalkt?« Schrader blickte Adrian an. Der zuckte mit den Achseln.

Amina nahm deutlich den vertrauteren, fast freundschaftlichen Ton zwischen den Beiden wahr. Sie empfand eine leise Eifersucht. Auf wen?

»Der Brief liest sich ziemlich schroff«, sagte sie. »In der Befragung hat Mommsen nichts davon erwähnt.«

»Wenn er ihn je erhalten hat«, sagte Adrian. »Wenn sie ihn überhaupt ausgedruckt und abgeschickt hat.«

»Wir müssen Turner dazu bringen, einen Durchsuchungsbefehl für Mommsens Wohnung zu beantragen. Mich würde brennend interessieren, was der auf seinem Computer hat«, sagte Schrader.

»Keine Chance«, entgegnete Amina. »Keine ausreichenden Verdachtsmomente. Du kennst ihn doch.«

»Geben die E-Mails etwas her? War sie bei Facebook?«, fragte Schrader.

»Kein Facebook-Account«, sagte Kurt, ohne vom Bildschirm aufzublicken.

Amina drehte sich zu ihm. »Hast Du bei den E-Mails etwas gefunden?«

»Auf den ersten Blick ist mir nichts Besonderes aufgefallen. Außer einer Mail von Mommsen, in der er sie fragt, ob sie auch zu einer bestimmten Fortbildung für Juristen geht. Und einer Mail von einem Therapeuten.«

»Hatten Sie Konkurrenz?«, fragte Schrader mit ironischem Unterton.

Adrian merkte auf. »Darf ich das mal sehen?«

Amina fiel der angestrengte Ausdruck in Adrians Gesicht auf, als er laut las: »Liebe Sibylle, es hat Spaß gemacht, dich im Seminar zu haben. Deine intelligenten Beiträge haben das Niveau des Kurses gehoben. Leider kann man sich seine Teilnehmer nicht immer aussuchen. Dich würde ich aber gerne öfter dabei haben. Kai.«

»Ist das ein Kollege aus ihrem Institut?«, fragte sie.

Adrian schüttelte den Kopf. »Kai Rost. Kenne ich nicht. Da ist ein Link auf seine Homepage. Können wir die aufrufen?«

Kurt klickte auf den Link. Eine exklusiv wirkende Homepage öffnete sich. In nachtblauer Schrift auf marmoriertem Hintergrund las Amina: »Institut für Persönlichkeitsentwicklung. Direktor: Kai Rost. Therapeut und Coach. Seminare, Workshops, Beratung.«

Das obere Viertel der Seite wurde von einem dunkelroten Logo beherrscht. Ein von einer Schlange umwundener Stab. Amina war der Äskulap-Stab vertraut. Bereits in ihrer Kindheit hatte sie das Symbol der Ärzte und Heiler fasziniert, benannt nach dem griechischen Gott der Heilkunst. Regelmäßig hatte ihr Vater Zeitschriften und Briefe erhalten, die mit dem Zeichen versehen waren. An diesem Design war jedoch etwas anders. Was war es? Dass der Stab nicht senkrecht stand, sondern schräg von unten nach oben führte? Dass er nicht gerade war, sondern geschwungen?

»Ich schlage vor, wir werten den gesamten Inhalt des Computers aus«, sagte sie. »Vielleicht sind wir morgen schlauer.«

Adrian hielt an und schaltete den Motor aus. Amina öffnete den Sicherheitsgurt und sah Adrian an. »Vielen Dank fürs Mitnehmen«, sagte sie.

In ihrer Stimme klang Unentschlossenheit. Sie blieb sitzen.

»Keine Ursache.« Adrian war unsicher. Etwas in ihm wollte jetzt nicht einfach weiterfahren. Hätte er sonst den Motor abgestellt?

Nein, geplant hatte er es nicht.

»Eine Tasse Tee wäre prima«, sagte er schließlich in die Stille hinein, die vielleicht zehn Sekunden gedauert haben mochte, ihm jedoch wie Minuten vorkam.

Amina lachte auf. »Ich dachte, es sei ein Klischee, dass Therapeuten Gedanken lesen können.« Und ernster fügte sie hinzu: »Sorry, dass ich die Einladung nicht laut ausgesprochen habe.«

Adrian schaute sich um, während Amina in der Küche den Wasserkocher einschaltete. Die typische Kreuzberger Wohnung – renovierter Altbau, weiß gekalkte Wände und Stuckdecken – war geschmackvoll eingerichtet. Halogenstrahler beleuchteten die Reproduktion eines Rothkos am Ende der schlauchartigen Diele und brachten dessen Flächen aus Gelb und Blau zum Leuchten. Die Diele wirkte dadurch noch länger. Adrian fühlte sich in die Tiefe der Farben und des Raumes gezogen. Er gab sich dem Sog für einen Moment hin, bis ihn das Klappern der Teetassen in der Küche zurückholte. Interessiert sah er sich in dem geräumigen Wohnzimmer um. Das Eichenparkett hatte schon einige Stiletto-Heels zu spüren bekommen. Überrascht nahm er die Regale wahr. Der Raum glich einer Bibliothek. Bücher bis an die Decke. Langsam ging Adrian an den Regalen vorbei und las die Titel auf den Buchrücken. Er hatte die Angewohnheit, in fremden Wohnungen zuerst die Bücher anzuschauen. Sie vermittelten ihm den besten Eindruck von den Personen, die dort lebten. Hier fand er vorwiegend englische und deutsche Literatur. Klassische und zeitgenössische. Und die meisten Bücher sahen gelesen aus. Sein Blick fiel auf ein Foto, das in einem Holzrahmen an der Wand hing. An dieser Stelle reichte das Regal nur bis auf Hüfthöhe und trug eine altmodische Stereoanlage mit Plattenspieler. Darunter, etwa hundert Schallplatten. Die Wand darüber war leer. Bis auf dieses eine Foto. Es zeigte einen Mann – vielleicht dreißig, schmächtig, in Jeans und grauem Pullover – vor einem Büchertisch an einer Uferpromenade. Lächelnd hielt er ein abgegriffenes Taschenbuch in blassblauem Einband in die Kamera.

Adrian hatte das Gefühl, einen intimen Bereich betreten zu haben, der ihm so geheimnisvoll wie vertraut war. Einen Bereich, der ihm ebenso verboten war wie er ihn magisch anzog. Er setzte sich auf die dunkelblaue Couch, die mit zwei mit demselben groben Leinenstoff bezogenen Sesseln eine Sitzgruppe in der Mitte des Raumes bildete, und lehnte sich zurück.

Aus dem Nebenraum kommt Amina auf ihn zu. Langsam, ganz langsam. Bleibt vor ihm stehen. Schaut ihn an. Mit einem fast unmerklichen Kreisen ihrer Schultern lässt sie das geöffnete Hemd zu Boden gleiten. Das schneeweiße Tank-Top gibt drahtige Arme frei. Adrians Blick gleitet abwärts. Von den Schultern hinab zu feingliedrigen und zugleich kräftigen Händen. Wie in Zeitlupe lässt sie sich auf seinen Schoß sinken. Rittlings. Er spürt den Druck ihrer Schenkel auf seinen. Versinkt im Blau ihrer Augen, als sie über sein Gesicht streift. Mit sanften, modellierenden Fingern. Den Händen einer Töpferin, die tastend die entstehende Form erspürt. Daumen zeichnen seine Augenbrauen nach, berühren sie kaum, zu den Wangenknochen, unter den Augen zur Mitte, über die Nase abwärts. Forschende Finger berühren seinen Mund, behutsam eindringend. Eine Woge droht ihn fortzureißen, als Aminas Gesicht sich seinem nähert, ihre Lippen sich seinen …

»Nehmen Sie ihren Tee mit Milch und Zucker?«

Adrian schreckte hoch. In der Tür stand Amina mit einem Tablett in den Händen. »Ah, sorry. Ich war in Gedanken. Nur Milch bitte.«

Amina stellte das Tablett auf einen niedrigen Holztisch in der Mitte der Sitzgruppe. Mit angezogenen Beinen setzte sie sich in einen Sessel und nahm einen der beiden Teebecher.

Stumm nahm Adrian den Anderen. Er brauchte etwas Zeit, wieder im Hier und Jetzt anzukommen. »Sie scheinen viel Zeit zum Lesen zu haben«, sagte er schließlich verlegen.

»Mir ist seit längerem nicht nach Lesen zumute«, antwortete Amina.

Warum? Und was macht Sie so traurig, wollte Adrian fragen, als er ihren Blick sah. Aber er wagte es nicht. Er lachte auf, als er das Motiv auf seinem Teebecher anschaute. Auf einem traditionellen englischen Pub-Schild stand *The Queen's Head*. Der Schriftzug umspielte ein Portrait von Freddy Mercury.

»Es gab einen Pub …«, begann er.

»… in Covent Garden«, ergänzte Amina. »Ich glaube, es gibt ihn immer noch. Aber ich weiß nicht, ob das Schild noch dort hängt.«

»Sie kennen sich in London aus?«

»Ich bin dort aufgewachsen«, antwortete sie.

Wieder fühlte Adrian Vertrautheit und Faszination. So als rollte unter ruhiger Oberfläche eine Riesenwelle an. Er nahm einen großen Schluck aus dem The-Queen's-Head-Becher, um die Woge vorbeiziehen zu lassen.

»Wo sind Sie geboren?«, fragte er. Und verbrannte sich die Zunge. Am Tee und an der Frage.

»Weil ich nicht *British* aussehe?«, fragte Amina. Dabei artikulierte sie *British* im Tonfall eines englischen Snobs und wackelte mit dem Kopf.

Adrian hatte selbst lange genug in London gelebt, um zu wissen, dass die britische Gesellschaft seit langem nicht mehr nur weiß und protestantisch war. Und dass es besser so war. Mit seiner Frage hatte er einen wunden Punkt bei Amina berührt. »In welchem Teil Londons, meinte ich«, rettete er sich und die Situation.

Amina stutzte, kräuselte die Augenbrauen und lachte. »Sorry. Bei solchen Fragen ...«

»Sie haben da sicher immer wieder einiges auszuhalten«, unterbrach Adrian.

Amina nickte: »Dort und hier.«

Nach einer Pause fuhr sie fort: »Ich wurde im Südosten Londons geboren. Mein Vater war damals Chirurg im Lewisham Hospital. Er stammt aus Indien und kam als Zehnjähriger nach London. Mit seinen Eltern und seinem Bruder. Meine Mutter ist in Hamburg geboren und aufgewachsen. Sie ist Hebamme und kam nach ihrer Ausbildung nach London. Ich glaube, sie brauchte Abstand von ihrer Familie. In der Klinik haben meine Eltern sich kennengelernt.«

»Haben Sie Geschwister?«, fragte Adrian, als Amina verstummte. Er wollte nicht, dass sie aufhörte zu reden. Wollte mehr erfahren. Wollte sie und ihre Geschichte kennenlernen.

»Drei«, fuhr sie fort. »Zwei Brüder und eine Schwester. Ein Bruder ist vier Jahre älter als ich. Er ist auch Arzt und lebt mit seinem Lebensgefährten in Brighton. Meine Schwester ist zwei Jahre älter als ich. Sie ist Literaturwissenschaftlerin und arbeitet als Dozentin in Cambridge. Mein zweiter Bruder ist zwei Jahre jünger als ich. Er ist verheiratet, hat zwei Kinder und ist Schauspieler in der Shakespeare Company.«

»Was hat Sie nach Berlin verschlagen?«, fragte Adrian weiter.

»Wollen Sie das wirklich alles wissen? Ist eine lange Geschichte.«

»Und eine traurige?«

»Auch«, entgegnete Amina. Sie schwieg einige Sekunden lang, bevor sie fortfuhr: »Nach der Schule studierte ich Politikwissenschaften an der University of London. Nach dem MA bekam ich ein PhD-Stipendium.«

»Wollten Sie nach der Promotion Professorin werden?«, fragte Adrian dazwischen.

»Das war reizvoll. Aber ich wollte es nicht meiner Schwester gleichtun. Sie hatte damals bereits eine wissenschaftliche Laufbahn eingeschlagen. Außerdem wollte ich etwas bewirken. Praktisch. Raus aus dem Elfenbeinturm. Schon als Studentin hatte ich begonnen, mich politisch zu engagieren. Für Menschenrechte und gegen Rassismus. Ich sah mich nach NGOs um, bei denen ich arbeiten könnte. Hatte ein oder zwei Vorstellungsgespräche. Und dann passierte etwas, das alles ändern sollte. Ich war spätabends mit einer Freundin unterwegs, im East End. Es war ein Samstag, und eine Menge junger Leute war auf der Straße. Viele tranken Bier vor den Pubs. Da kam es zu einem Wortgefecht zwischen einem schwarzen Jugendlichen und einer Gruppe Skinheads, die ihn rassistisch beschimpften. Er wehrte sich zuerst verbal, merkte dann aber offensichtlich, dass die Situation gefährlich zu werden drohte. Er verstummte und entfernte sich von ihnen. Die Umstehenden nahmen kaum Notiz. Ich beobachtete, was vor sich ging. Die Skinheads folgten dem Jungen und umringten ihn. Ich bekam Angst um ihn – und um mich. Denn mir wurde klar, dass ich selbst in Gefahr kommen würde, wenn ich mich einmischte. Also sprach ich Leute an und machte sie auf die Situation aufmerksam. Ich flehte sie an, etwas zu unternehmen, um den Jungen zu schützen. Aber ich bekam nur abweisende Antworten. Einige reagierten belustigt und meinten, eine Abreibung täte dem ›Nigger‹ gut. Andere sagten, dass sie selbst Angst vor Übergriffen hätten. Ich wusste nicht, was ich machen sollte. Fühlte mich so hilflos, ohnmächtig. In meiner politischen Arbeit hatte ich mich von handgreiflichen Auseinandersetzungen immer ferngehalten. Was sollte ich tun? Meiner Freundin ging es nicht anders. Da sah ich am Ende der Straße zwei Polizisten auf Streife. Ich lief hin und erklärte ihnen die Situation. Der eine, durchtrainiert, groß, mit roten Haaren, reagierte gleichgültig. Er sagte zu seinem Partner: ›Immer diese Schwierigkeiten mit den Schwarzen. Müssen die unsere Leute immer so provozieren? Und dann ist der Jammer groß, wenn sie eins auf die Mütze bekommen.‹

Der Andere, ein älterer, etwas untersetzter Polizist, wurde ärgerlich und sagte seinem jungen Kollegen, er solle nicht so einen Unsinn reden. Er bewegte sich in Richtung des Streits, während der Andere ihm langsam folgte und mit seinem Funkgerät Unterstützung anforderte. Ich lief ihnen hinterher. Als wir bei den Streitenden ankamen, hatten die Skinheads den Jungen vollständig eingekreist und stießen ihn umher. Er hatte große Angst. Der ältere Polizist ging langsam dazwischen und bat, den Jungen in Ruhe zu lassen. Die Skinheads drehten sich um und gingen bedrohlich auf ihn zu, während sie ihn beschimpften, er solle seinen Job im Dienste der weißen Rasse tun und so weiter. Der Polizist versuchte, mit ruhiger, fester Stimme auf die Gruppe einzuwirken. Mir war klar, dass er die Situation deeskalieren wollte. Seine Art beeindruckte mich. Er wirkte wie ein gütiger, aber strenger Vater, der seine Kinder mochte, ohne ihnen alles durchgehen zu lassen. Sie wurden ruhiger und hörten auf, sich bedrohlich zu gebärden. Es schien, als könnte alles zu einem guten Ende kommen. In der Ferne hörte ich Polizeisirenen. In diesem Moment kam der junge Polizist aus dem Hinterhalt und redete in aggressivem Befehlston auf die Skins ein. Sie würden verhaftet, sollten sich auf den Boden legen. Dabei fasste er einige hart an den Schultern an und riss sie herum. Ich kam mir vor wie in einem schlechten amerikanischen Krimi. Es kam zu einem Handgemenge. Der schwarze Junge rannte davon, die Skins rangelten mit den Polizisten. Dabei zog einer ein Messer und stach auf den Älteren ein. Der brach zusammen. Die Skinheads rannten davon. Es ging alles so schnell! Es müssen Sekunden gewesen sein. Ich war wie in Trance. Nahm alles um mich herum wie durch einen Schleier wahr. Das Chaos. Niemand tat etwas Sinnvolles. Der junge Polizist erbrach sich auf den Bürgersteig. Ich weiß noch, dass ich jemanden anschrie, er solle den Notarzt rufen. Ich kümmerte mich um den Verletzten, versuchte, die Blutung aus seinem Bauch zu stoppen. Es gelang mir nicht. Er sah mich mit sterbenden Augen an. Ich nahm seine Hand. Hielt sie. Bevor der Notarzt eintraf, war er tot. Verblutet. Es war ein Alptraum! Noch nie hatte ich eine solch brutale Szene gesehen. Und noch nie war ich Zeugin eines sinnloseren Todes geworden. In mir war nur noch Wut. Auf die Skins, den jungen Polizisten – und auf mich. Ich hatte ihn um Hilfe gebeten. Und hatte ihm nicht helfen können.«

Adrian sah, wie die Venen an Aminas Schläfen hervortraten.

»Ich war wie gelähmt. Konnte mit niemandem darüber reden. Wochenlang saß ich in meinem Zimmer und starrte aus dem Fenster. Wenn ich überhaupt schlafen konnte, wiederholte sich dieses furchtbare Erlebnis in meinen Träumen. Wieder und wieder war ich gefangen in einer Endlosschleife aus Sinnlosigkeit und Ohnmacht. Der Geruch von Blut und Erbrochenem klebte in meiner Nase. Ich konnte nichts essen. Es dauerte Wochen, bis ich meine Wohnung verlassen konnte. Die Tage verbrachte ich an der Themse, meistens am South Bank, in der Nähe des National Theatre. Dieser hässliche Betonklotz gab mir eine Ruhe, die ich sonst nirgends finden konnte. Die ruhige Geschäftigkeit mit den Musikevents, Ausstellungen und vor allem den Menschen, die einfach nur für ihre Theatertickets anstanden, gaben mir ein Gefühl von Normalität. Ich hörte den Musikern zu und stöberte durch die Second-hand-Buchläden.«

Amina trank aus ihrer Tasse und schaute auf das Foto an der Wand. »Eines Nachmittags begegnete ich Ralf.« Ihr Blick wurde weich, und ein Lächeln umspielte ihren Mund. »Zuerst fiel er mir auf, als ich ein kleines Matinee-Konzert im Foyer des National Theatre anhörte. Ein ungarisches Kammerensemble spielte Streichquartette von Bartok. Er schien ebenso ergriffen zu sein wie ich. Später, an einem Büchertisch, griffen wir gleichzeitig nach einer Taschenbuchausgabe von Arnold Weskers *Love Letters on Blue Paper.* Ich hatte lange danach gesucht, aber Ralf war den Bruchteil einer Sekunde schneller. Er erkannte sofort, dass ich es auch auf das Buch abgesehen hatte, und lächelte mich an. ›Kennst du Wesker?‹, frage er. Ich war seit langem auf der Suche nach einer Ausgabe der Short Stories. Vor Jahren hatte ich sie gelesen und grandios gefunden. Leider hatte ich das Buch damals verliehen und nie wieder zurückerhalten. Und jetzt war es vergriffen. Das alles erzählte ich ihm. ›Ich kann es dir ja ausleihen‹, sagte er mit einem verschmitzten Lächeln. Sein Englisch war ausgesprochen gut. Den deutschen Akzent konnte ich kaum heraushören. Obwohl ich damals allergisch auf Männeranmache reagierte, gefiel mir seine Art. Er war zugleich zerbrechlich und selbstsicher. Wir kamen ins Gespräch, über Literatur, und es stellte sich heraus, dass er Buchhändler in Berlin war. Er machte Urlaub in London, wohnte bei Freunden. Wir saßen stundenlang in einem Café an der Themse und unterhielten uns. Zum ersten Mal seit dem grauenhaften Ereignis im East End fühlte ich mich leicht. Ich lachte über seinen trockenen Humor und fand seine Gedanken zu Literatur, Theater und Film sehr interessant. Nein, ich fand meine eigenen Gedanken in seinen wieder. Wir trafen uns täglich. Und ich verliebte mich in Ralf. Als er zurück nach Berlin flog, war mir schnell klar, dass ich mit ihm zusammen sein wollte. Bereits wenige Wochen später reiste ich nach Berlin, um ihn zu besuchen. Das war 1995. Wie sich herausstellte, waren meine Gefühle für ihn kein Urlaubsstrohfeuer. Und auch er hatte sich in mich verliebt. Wir machten Pläne. Nach den Vorfällen in London stand über meiner Zukunft ohnehin ein großes Fragezeichen. Was wollte ich mit meinem Leben anfangen? Wie wollte und konnte ich meinem Wunsch gerecht werden, etwas für eine – sie malte Anführungszeichen in die Luft – ›bessere Welt‹ zu tun? Irgendwie war in mir ein Gefühl entstanden, dass ich es dem toten Polizisten schuldig war, seine – wieder malte sie Anführungszeichen – ›Mission‹ fortzuführen. Das klingt reichlich verrückt. Aber vor meinem inneren Auge war das Bild eines Menschen entstanden, der auf dem Boden der alltäglichen Arbeit seinen Teil dazu beiträgt, das Zusammenleben menschlicher zu gestalten. Keine spektakulären Politaktionen, keine großartigen Veröffentlichungen. Nein. Alltägliche Arbeit. Nach meiner Zeit in politischen Gruppen war es für mich schwierig, diese Vorstellung zuzulassen. Denn die Polizei und der Staat standen schließlich auf der anderen Seite. Ralfs nicht-ideologische Betrachtungsweise, jeden noch so abwegigen Einfall zuzulassen und ernst zu nehmen, erleichterte es mir, mich damit auseinanderzusetzen. Und schließlich reifte die Idee, zur Polizei zu gehen. Da ich bei Ralf sein wollte und Abstand von London brauchte, bewarb ich mich für eine Ausbildung bei der Polizei. Ich wurde genommen und besuchte die Polizeihochschule. Nach der Ausbildung bekam ich eine Stelle bei der Berliner Kriminalpolizei. Die brauchten wohl gerade eine Quotentürkin. Und da keine türkische Bewerberin zur Verfügung stand, nahmen sie mich. Mit Ralf war ich glücklich. Seine ausgeglichene Art und sein so ganz anderes Leben als Buchhändler halfen mir, meinen Job auszuhalten.« Amina zog die Beine näher an sich heran und umarmte ihre Knie. »Bis er krank wurde. Ohne Vorwarnung. Bei einer Routineuntersuchung wurde Pankreaskrebs diagnostiziert. Äußerst ungewöhnlich in seinem Alter, nicht?«

Adrian nickte ernst.

»Mein Vater wollte, dass Ralf nach England kommt und dort behandelt wird. Er machte uns aber behutsam klar, dass es keine Heilung geben würde, dass die beste Behandlung lediglich die Lebenszeit um Monate, vielleicht nur um Wochen verlängern konnte. Wir entschieden uns, in Berlin zu bleiben. Nach einigen Chemotherapie-Zyklen, die unglaublich belastend für Ralf waren, und einer Phase scheinbarer Stabilisierung kam es gehäuft zu Beinvenenthrombosen, und Ralfs Zustand verschlechterte sich. Binnen weniger Monate magerte er total ab. Als Arzt wissen Sie ja, wie diese Erkrankung verläuft. Es war furchtbar! Anfangs arbeitete ich noch. Aber der Gefühlsspagat zwischen meinem Job und der Sorge um Ralf war nicht zu schaffen. Ich nahm Urlaub, um ihn zu pflegen und auf seinem Weg zu begleiten.« Sie wischte sich eine Träne aus dem Auge. »Er war so tapfer! Immer wieder versuchte er, mich mit seinem Humor aufzuheitern, was ihm das eine oder andere Mal sogar gelang. Und gleichzeitig war er offen für den Schmerz. Seinen und meinen. Wir sprachen viel über den Tod, seinen Tod und mein Überleben ohne ihn. In dieser Zeit kamen wir uns noch näher als wir es ohnehin schon waren. Und dann ist er gestorben. Mein lieber Ralf. Das ist jetzt fünf Jahre her.«

Tiefe Traurigkeit lag in ihrem Blick. Ihre Mundwinkel zuckten. Adrian wollte aufstehen. Zu ihr hinübergehen. Sie in den Arm nehmen. Wollte sie trösten. Er zögerte. Und ließ es.

»In der Zeit danach wusste ich nichts mit mir anzufangen. Ich stürzte mich in die Arbeit. Wie besessen. Ich konnte den Verlust nicht akzeptieren. Und jetzt?«

»Und jetzt?«, echote Adrian leise.

Amina zuckte mit den Schultern. »Jetzt bin ich Kriminalhauptkommissarin.«

Nach minutenlangem Schweigen sagte Adrian: »Sie sind eine bemerkenswerte Frau.« Und wusste, dass er damit nicht im Geringsten auszudrücken vermochte, was er gerade empfand. Was war es, das er empfand? Was war es, das sie empfand? Ihren langen Blick vermochte er nicht zu deuten. »Möchten Sie noch einen Tee? Oder ein Glas Wein?«, fragte sie schließlich.

Adrian stand zögernd auf. »Es ist spät geworden. Ich sollte gehen.«

An der Tür standen sie sich gegenüber. Er wollte bleiben. Bei ihr. Aber etwas in ihm sagte, dass er gehen musste. Jetzt. Er reichte Amina die Hand. »Gute Nacht.«

»Danke«, entgegnete sie. »Bis nächste Woche.«

Als er sich auf dem Treppenabsatz umdrehte, stand sie noch da, an den Türrahmen gelehnt, die Arme um sich geschlungen.

Im Auto stellte er das Radio an. Es wurden alte Hits gespielt. Hazel O'Conner sang: »*Or will you just politely say good-night?*« Adrian lächelte. Seit Jahren hatte er das Lied nicht mehr gehört. Das Saxophon-Solo begleitete ihn bis fast nach Hause.

Er konnte nicht schlafen. Der Abend bei Amina lief vor seinen offenen Augen ab, wie ein Film, in dem er zugleich Hauptdarsteller und Zuschauer war. Er stand auf und zog seinen Morgenmantel an. Mit einem Glas Wein und einer Zigarette stellte er sich an das offene Fenster im Arbeitszimmer. Zusammengerollt auf einem Sessel lag Frodo. Wie oft war Adrian Zeuge ergreifender Schilderungen geworden! Meistens war es ihm gelungen, sich in den Schmerz und die Verzweiflung seiner Patienten einzufühlen. Über die Jahre hatte er ein Gespür entwickelt, wann es angebracht war, zu schweigen, und wann, etwas zu sagen. Und was. An diesem Abend war es anders. Ja, er fühlte ihren Schmerz. Aber was fühlte er selbst? Mitgefühl? Eifersucht? Begehren? Faszination? Alles auf einmal? Er war Amina zu nah und sich zu fern. Sich selbst und seinen Gefühlen. Die professionelle Distanz zu seinen Patienten erlaubte es ihm, sich seinen und ihren Empfindungen zu öffnen. Angstfrei. Nicht in Gefahr, selbst mitgerissen zu werden. So hatte er es von Gossler gelernt. Doch war das gut genug? Ja, es schützte die Patienten und ihn selbst, war Voraussetzung einer jeden seriösen Therapie. Aber verhinderte es nicht zugleich etwas? Begegnung? Konnte die Gratwanderung zwischen therapeutischer Distanz und wahrhaftiger Begegnung gelingen? Zum Wohle der Patienten?

Adrian nahm einen tiefen Zug und blies den Rauch langsam in die kalte Nachtluft. Amina war nicht seine Patientin. Sie war nicht einmal eine Kollegin. Das hätte es einfacher machen können, machte es aber gerade deshalb so schwierig. Für ihn.

Der schwarze Kater hob den Kopf und gähnte ihn an. »Ich sollte wohl mal eine Therapie machen, Frodo«, sagte Adrian lächelnd. Frodo streckte sich und schlief weiter. Adrian schloss das Fenster und klappte seinen Laptop auf. Er rief die Homepage des Instituts für Persönlichkeitsentwicklung auf. Eigenwillig, dachte er, als er das Logo betrachtete. Der Äskulap-Stab erinnerte an ein Samurai-Schwert. Er klickte einzelne Seiten der Homepage an. Ein vielfältiges Seminar- und Beratungsangebot für Firmen, Gruppen und Einzelpersonen verhieß Selbstsicherheit, Durchsetzungsvermögen, Glück, Erfolg. Während das Institut nur aus Kai Rost zu bestehen schien, wurden die Seminare neben ihm von einer Reihe von Gastdozenten geleitet. Von Manchen hatte Adrian schon einmal gehört. Coaches und Berater aus der Selbsthilfebranche. Die Suchmaschine, die Adrian auf Kai Rost ansetzte, führte ihn auf Seiten von anderen Beratungsinstituten. Rost war dort als Dozent aufgelistet. Ein Foto zeigte einen großgewachsenen, sportlichen, kahlrasierten Mann, der auf einer Bühne einen Vortrag hielt. »Erfolgscoach Kai Rost lehrt Bank-Manager den Weg der Samurai«, stand unter dem Bild. Was hatte Sibylle damit zu tun? Adrian dachte an die E-Mail von Rost. Sibylle musste an einem seiner Seminare teilgenommen haben. Darüber hatte sie in den Therapiesitzungen nie gesprochen. War es das, was sie verheimlicht hatte? Die E-Mail hatte einen persönlichen, fast freundschaftlichen Ton. Kannten sie sich näher? Adrian zündete sich noch eine Zigarette an und verstieß damit erneut gegen sein selbstauferlegtes Verbot, in der Wohnung zu rauchen. Noch einmal klickte er sich auf Rosts Homepage und las: »Geh Deinen Weg! Das Ziel ist das Ziel! Wochenendseminar. Noch Plätze frei.«

Morgen! Das Seminar begann am nächsten Tag! Adrian wusste, dass Turner nie zustimmen würde, gegen Rost zu ermitteln. Ohne handfeste Hinweise. Nur aufgrund einer Ahnung. Er war sich auch nicht sicher, ob Amina zu solch einem Vorgehen bereit wäre. Eine verdeckte Ermittlung. So hieß das wohl in Polizeikreisen. Er fasste einen Entschluss.

Warum musste er jetzt an Gossler denken?

Schneeweiß strahlte die Fassade im grellen Sonnenlicht hinter dem noch winterlichen Gezweig uralter Bäume hervor. Im Sommer musste die Stadtvilla aus der Gründerzeit fast vollständig verborgen sein. Ein Teil des parkartigen, nachlässig gepflegten Gartens war betoniert. Auf der Fläche standen mehrere Autos, einige davon teuer. Adrian parkte an der Straße. Auf den Weg nach Nikolassee hatte er Amina eine SMS geschickt, um sie zu informieren. Anrufen wollte er nicht. Er wollte sie nicht in Teufels Küche bringen. Und er wollte sich nicht umstimmen lassen.

Adrian betrat einen geräumigen Vorraum. An Bistrotischen standen etwa zwanzig Leute, Kaffeetassen und Gebäck in der Hand und unterhielten sich. Die meisten waren im Alter zwischen dreißig und vierzig, gut gekleidet. Zwei Drittel waren Frauen. Auf dem Schild neben einer offenen Tür las Adrian »Anmeldung«. Er näherte sich dem Raum, blieb jedoch am Eingang stehen. Vor einem Schreibtisch in der Größe einer Tischtennisplatte stand ein Mann. Adrian sah ihn nur von Hinten, aber seine Körperhaltung verriet Anspannung.

»Und warum nicht?«, fragte der Mann.

»Ich vergebe meine Plätze nach Sympathie«, antwortete eine Tenorstimme.

Abrupt drehte sich der Mann um und stürmte laut schimpfend an Adrian vorbei. Und gab den Blick auf den Mann frei, den Adrian auf den Fotos im Internet gesehen hatte. Der saß lässig zurückgelehnt auf einem ausladenden Schreibtischstuhl.

»Herr Rost?«, fragte Adrian.

»In Person.« Der Kahlköpfige richtete sich auf und schaute Adrian durchdringend an.

Adrian fühlte sich taxiert. Er wusste, dass sein Gegenüber jetzt nichts mehr sagen würde. Adrian war an der Reihe.

»Ich wollte fragen, ob in Ihrem Seminar noch ein Platz frei ist.« Und fügte hinzu: »Und ob sie bereit wären, mich teilnehmen zu lassen.«

In Rosts Mimik nahm Adrian den Hauch von Überraschung wahr. Ein kurzes Innehalten. Für Sekundenbruchteile. Die Stirn unmerklich hochgezogen. Dann die Idee eines Lächelns.

Rost musste in Adrians Alter sein. Sein sportlich schlanker Körper war in dunkelblaue Hosen und ein weißes Hemd gekleidet. Armani.

Nach kurzem Zögern schaute er in eine Liste vor sich. »Ja, ein Platz ist noch frei. Sie können teilnehmen. Kennen Sie die Bedingungen?«

»Habe ich auf Ihrer Homepage nachgelesen.« Adrian war erleichtert und angespannt zugleich. Nachdem er das Anmeldeformular ausgefüllt und die Teilnahmegebühr bezahlt hatte, gesellte er sich zu den anderen Teilnehmern im Vorraum. Er wollte sich gerade einer kleinen Gruppe nähern, als sich die Haustür öffnete. Fast verschüttete er seinen Kaffee, als Amina eintrat. Sie schaute sich um. Adrian fühlte sich ertappt, als ihre Blicke sich trafen. Er stand da wie gelähmt. Sie würde ihm Vorwürfe machen und ihn zwingen, sein Vorhaben aufzugeben. Vielleicht hatte sie Recht. Es war ja auch eine Schnapsidee.

Amina hatte gerade ihre Laufschuhe angezogen, als ihr Handy Andrians SMS ankündigte. Sie hatte noch überlegt, ob die Nachricht bis später warten könnte. Die Nacht war unruhig gewesen, mit aufwühlenden Träumen, die sie nicht genau erinnern konnte. In einem Traum war sie Adrian sehr nahe gewesen. Und in Gefahr. Sie musste sich die Nacht aus den Poren laufen. Dennoch warf sie einen Blick auf die SMS. »For goodness' sake«, entfuhr es ihr laut. Sie wählte sofort Adrians Nummer, landete jedoch auf seiner Mailbox.

Wenige Minuten später saß sie im Auto. Auf der Fahrt versuchte sie, Schrader zu erreichen. Vergeblich. Auf seinem Anrufbeantworter hinterließ sie eine Nachricht. Sur verfolge eigenmächtig eine Spur. Er sei zu Rost gefahren. Sie folge ihm und werde sich spätestens am Abend wieder melden. Schrader solle in Bereitschaft bleiben.

Ohne Hast ging sie auf Adrian zu. Blieb vor ihm stehen. Bevor er etwas sagen konnte, lächelte sie ihn an. Unverbindlich. »Entschuldigen Sie, können Sie mir sagen, wo ich mich zu dem Seminar anmelden kann?«

Adrian hatte Mühe, Haltung zu bewahren. Sollte er laut loslachen? Konspirativ mit dem Auge zwinkern? Er kam sich vor wie in einem Agentenfilm. »Äh, ja, dort, in dem Zimmer mit der offenen Tür.«

»Vielen Dank.«

Als sie sich abwandte, fügte er hinzu: »Ich weiß aber nicht, ob noch Plätze frei sind.«

Strenge blitzte in ihren Augen auf, als sie sich noch einmal umdrehte, um sofort wieder nonchalant zu lächeln. »Wir werden sehen.«

Wenige Minuten später erschien sie wieder. Ohne Adrian anzuschauen, ging sie an einen der Nachbartische und schenkte sich Kaffee ein. Kaum stand sie da, wurde sie von einem der anderen Teilnehmer angesprochen. Freundlich distanziert unterhielt sie sich mit ihm. Adrian schnappte Satzfetzen auf. Ja, sie sei das erst Mal dabei. Sie sei bei der Stadt beschäftigt. Nein, sie sei keine Türkin.

Adrian wusste nicht, was er tun sollte. Er hatte sich – und Amina – in diese Situation gebracht. Jetzt konnte er nur dem Lauf des Wassers folgen.

Zwei Stunden später nahm Adrian einen tiefen Zug. Beide, die Zigarette und die kalte Luft im Garten, waren wohltuend nach der ersten Sitzung. Die Teilnehmer hatten sich in einem hellen Raum zusammengefunden. Rost hatte sich als letzter in den Kreis gesetzt, auf einen Stuhl, den er durch sein Klemmbrett markiert hatte. Das Licht, das durch das Fenster in seinem Rücken strahlte, ließ ihn als dunkle Kontur mit Aura erscheinen. Nach mehrminütigem Schweigen stellte er sich vor. Die Liste seiner Qualifikationen schien endlos. Und die Bedeutungen ihrer Abkürzungen waren Adrian so wenig bekannt wie die Maler der großflächigen Bilder an den Wänden. Am Ende wusste Adrian nicht, welchen Grundberuf Rost hatte und welcher Therapierichtung er angehörte. Danach hatten sich reihum die Teilnehmer vorzustellen. Die Meisten waren im unteren und mittleren Management beschäftigt, mit Hoffnung auf eine Karriere. Einige hatten bereits an Rosts Seminaren teilgenommen. Amina stellte sich als Sachbearbeiterin im Ordnungsamt vor. Ob ihr das einer abnimmt, fragte sich Adrian. Er selbst erklärte, er sei Arzt für Allgemeinmedizin, was Rost mit »ein Schulmediziner« quittierte. Formulierung und Tonfall machten deutlich, dass er von Ärzten wenig hielt. Nachdem jeder zu seinen Erwartungen an den Workshop befragt wurde, erklärte Rost das Programm. Kurzvorträge, Gesprächsrunden und – vor allem – Selbsterfahrung. Ziel sei es, sich über seine Ziele klar zu werden und Möglichkeiten zu entwickeln, sich nicht vom Weg abbringen zu lassen. Es folgte eine Einführung in die Welt der Samurai. Ein historischer Überblick, dann Erläuterungen des philosophischen Hintergrundes. Beides war Adrian sehr vereinfacht vorgekommen. Samurai light.

Amina trat neben Adrian. Die Hände in den Taschen ihrer Lederjacke hüpfte sie einige Male auf und ab, um sich aufzuwärmen. Trotz des Sonnenscheins war es kalt.

»My name isch Bond, Jamesch Bond«, raunte Adrian, Sean Connery imitierend.

Amina grinste, wurde aber sofort wieder ernst. Sehr ernst. »Sind Sie noch zu retten?«, zischte sie.

»Es tut mir leid. Ich dachte …«

»Gedacht haben können Sie nicht viel«, fiel sie Adrian ins Wort.

Gossler wäre stolz auf mich, dachte Adrian. Einmal nicht zu viel gedacht. »Ich konnte nicht anders«, sagte er. Obgleich er schuldbewusst geklungen haben mochte, fühlte es sich richtig an. »Ich habe ein Gefühl, dass der Schlüssel zu Sibylles Tod hier« – mit den Augen deutete er auf das Haus – »zu finden ist.«

»Das ist eine vage Vermutung«, erwiderte Amina. »Sie verdächtigen Rost?«

»Ich bin nicht sicher. Es könnte auch mit einem Teilnehmer zu tun haben.«

»Wenn es so wäre. Woher wollen Sie wissen, dass er heute hier ist?«

»Ich weiß es nicht.«

Die Tür ging auf, und ein blondgelockter Kopf erschien. »Es geht weiter«, forderte die dazugehörige Frauenstimme auf.

Die Gruppe versammelte sich wieder. Diesmal in einem Raum im Untergeschoss der Villa. Vor der Tür standen die Schuhe der Teilnehmer aufgereiht. Amina zog ihre Stiefel aus und stellte sie zu den anderen.

»Warten sie eine Minute«, flüsterte sie, bevor sie die Tür öffnete.

Sie fand sich in einem Raum, der zwei Drittel der Grundfläche der Villa einnehmen mochte. Der Fußboden war mit rechteckigen Matten aus gelbgrünem Stroh ausgelegt. In Adrians Nebengebäude hatte sie ähnliche gesehen, nur etwas dunkler gefärbt. An den Wänden hingen Waffen. Holzschwerter, kurze und lange Bambusstöcke. Vor der Wand am Ende des Raums stand eine Art Altar. Darauf, eingerahmt von Bildern mit japanischen Schriftzeichen, prunkte eigens von der Decke angestrahlt auf einem Holzständer ein Samurai-Schwert. Auf dem Boden davor standen zwei kniehohe Statuen. Eine stellte einen grimmigen Krieger mit erhobenem Schwert dar, die andere einen lachenden Buddha. Nun betrat auch Adrian den Raum, schaute sich um und stellte sich zu den anderen Teilnehmern. Als Letzter kam Rost.

»Bilden Sie bitte Zweiergruppen! Jede Gruppe nimmt sich ein Holzschwert!«, befahl er.

Amina lächelte der Frau neben ihr zu, die die Einladung annahm. Nachdem sich die Gruppen gebildet und bewaffnet hatten, erklärte Rost: »Derjenige ohne Schwert geht nun auf den Anderen zu. Und der versucht, ihn mit dem Schwert auf Distanz zu halten.«

Verunsichert schauten sich die Teilnehmer um.

»Na los, macht einfach!«

Langsam bewegte sich Aminas Partnerin auf sie zu. Unsicher hielt ihr Amina das Schwert entgegen, wich zurück. Bis sie an der Wand stand. Die Andere näherte sich weiter, berührte das Schwert mit dem Brustbein. Amina spürte den Druck, gab nach. Schon war die Andere ihr viel dichter als es ihr lieb war. Und kam noch näher. Aminas Arm war bereits soweit eingeknickt, dass das Schwert beinahe ihre eigene Brust berührte. Sollte sie zustoßen? Schließlich ließ sie das Schwert sinken. Ihr Lachen sollte die Peinlichkeit kaschieren, die sie empfand. Sie schaute in die Runde. Offensichtlich hatten die anderen Paare ähnliche Probleme. Amina mochte diese Spielchen nicht. Ringelpiez mit Anfassen. Sie reichte ihrer Partnerin das Schwert. Doch bevor sie die Übung mit verkehrten Rollen von neuem beginnen konnten, klatschte Rost energisch in die Hände.

»Stopp! Alle mal herschauen! Wie habt ihr es erlebt?«

So schnell kommt man vom Sie auf das Du, dachte Amina.

Eine Teilnehmerin beschrieb ihre Schwierigkeiten, den Anderen von sich fernzuhalten.

»Was genau war schwierig?«, fragte Rost.

»Er kam einfach immer näher.«

»Wann ist er dir zu dicht gekommen? Erst als er dir fast auf den Füßen stand?«

»Nein, vielleicht ab einem Meter Abstand.«

»Und warum hast du ihn näher kommen lassen?«

»Naja, ich hätte zustoßen müssen und ihn vielleicht verletzt.«

»Hättest du das?« Rost schaute sich um. »Hätte sie den Anderen verletzen müssen?«

Ein schmächtiger Mann hob den Arm, beflissen wie ein Schüler.

»Ne, lass mal!«, winkte Rost ab. »Du warst beim letzten Seminar dabei und kennst die Antwort. Lass die Anderen arbeiten!«

Offensichtlich will er die Lösung selbst präsentieren, dachte Amina.

Rost deutete auf Adrian. »Komm doch mal her!«

Adrian trat vor und stellte sich Rost gegenüber. Der ging zu dem Altar und kam mit dem Samurai-Schwert im Gürtel zurück.

»Jetzt komm auf mich zu!«

Adrian machte einen Schritt nach vorn. Doch bevor er einen zweiten machen konnte, hatte Rost ebenfalls einen Schritt nach vorn gemacht und das Schwert gezogen. Blitzschnell in einer fließenden Bewegung. In Schrittstellung und aufrechter Haltung stand er da, den Arm ausgestreckt. Die Schwertspitze berührte fast Adrians Kehle.

Rost schaute in die Runde. »Und? Was würde passieren, wenn er mir noch näher kommen würde?«

»Er würde sich verletzen«, beeilte sich der Schmächtige zu sagen.

»Richtig! Nicht ich würde ihn verletzen. Er würde sich an meinem Katana verletzen. Das ist das Wesentliche.« In Rosts Stimme schwang Triumpf. »Ich habe ihm unmissverständlich gezeigt: bis hierher und nicht weiter. An der Schwertspitze ist die Grenze. Wenn du mir weiter auf die Pelle rücken willst, tust du dir weh. Du dir selbst!«

Er ließ den Arm etwas sinken, und die Spannung wich aus seinem Körper.

»Und was habt ihr gemacht?«

Er winkte Adrian zu sich her. »Jetzt komm näher!«

Adrian machte einen vorsichtigen Schritt. Dann noch einen. Rost gab immer weiter nach. Bis er mit theatralisch verdrehtem Arm dastand und Adrian mit der freien Hand anzuhalten gebot. Der blieb stehen.

Rost blickte wieder in die Runde. »So war es bei euch. Er ist viel zu dicht gekommen. Wenn ich ihn jetzt auf Distanz bringen will. Was muss ich tun?«

»Zustoßen«, kam aus der Teilnehmergruppe.

»Genau!« Er deutete eine Stoßbewegung an. »Ich muss ihn zurückstoßen. Zustechen. Und damit verletze ich ihn.«

Amina schaute sich um. Die Teilnehmer nickten zustimmend. Auch sie selbst war ins Nachdenken gekommen. Hatte sie sich nicht immer wieder in Situationen befunden, in denen ihr erst spät – manchmal zu spät – klar geworden war, dass sie jemanden zu nahe an sich herangelassen hatte? Aus Höflichkeit und Furcht ihn zu kränken? Und hatte sie sich nicht abermals aus der Affäre gezogen? Mit Ausreden oder insgeheimem Rückzug? Und hatte sie dadurch nicht genau das getan, was sie hatte verhindern wollen? Zu verletzen?

Auf der anderen Seite: Verhinderte ihre Berührungsangst nicht ebenso häufig Freundschaft und ersehnte Nähe? Weil sie ihrer Zuneigung zu spät gewahr wurde? Und weil sie sich zu spät erlaubte zu begehren?

Rost ließ das Schwert sinken und drehte sich von Adrian weg, kehrte ihm den Rücken zu. »Wenn ihr den Anderen näher kommen lasst als euch lieb ist, müsst ihr ihn wegstoßen. Und dann verletzt ihr ihn. Es geht darum, von vorneherein eine klare Haltung zu zeigen.«

Unvermittelt drehte er sich um die eigene Achse, auf Adrian zu, wirbelte das Schwert über seinen kahlen Schädel, bevor er es einige Millimeter neben Adrians Hals zum Stillstand brachte.

Im Raum, Totenstille.

Amina stockte der Atem. Regungslos stand Adrian vor Rost, das Schwert noch immer dicht an seiner Halsschlagader. Wie konnte er so gelassen sein? War er so gelassen?

»Mit Schwert ist es natürlich einfacher«, sagte Rost schließlich mit einem Augenzwinkern. Und fügte in ernsthafterem Tonfall hinzu: »Es geht aber auch ohne. Und wie ihr euch im Alltag mit klarer Haltung für eure Ziele einsetzen könnt, besprechen wir heute Nachmittag.« Und zu Adrian: »Nichts für ungut.«

»Der Kai macht das schon super.« Der blasse Mittdreißiger mit schütterem rotblondem Haar schien bemüht, Vertrautheit zu Rost durchblicken zu lassen.

Die Teilnehmer hatten sich für die Mittagspause in Grüppchen auf Restaurants in der Umgebung verteilt. Adrian hatte sich gezielt zu der Gruppe gesellt, in der auch der Schmächtige war, der bereits an einem Seminar teilgenommen hatte und der sich als Jens Dahl vorgestellt hatte.

»Kennst du ihn näher?«, fragte Adrian. Er hatte sich rechts neben ihn gesetzt.

»Von den Seminaren eben. Ich bin jetzt das dritte Mal dabei.«

Adrian horchte auf. »Auch neulich? Anfang des Monats?«

»Wieso?«

Mist, dachte Adrian. Das war zu eindringlich. »Äh, ich wollte auch teilnehmen. Es kam aber kurzfristig etwas dazwischen.«

»Ja, ich war da. War echt klasse. Ich bin immer wieder hin und weg, wie der Kai einem klar macht, wie man sich für seine Ziele einsetzen kann. Bin gerade dabei, das im Job umzusetzen.«

Hoffentlich hat er noch keinem den Kopf abgeschlagen, dachte Adrian und beugte sich konspirativ zu ihm. »Hilft das auch bei den Frauen?«, raunte er augenzwinkernd.

Dahl grinste. »Naja, ich versuche schon, mir einiges von Kai abzugucken. Er hat ja offensichtlich Erfolg. Die Frauen himmeln ihn an.«

Adrian erfuhr, dass außer Dahl keiner der Anwesenden an dem Seminar Anfang März teilgenommen hatte. Alle seien bis zum Ende dabei geblieben. Nach Abschluss seien einige zusammen in eine Bar gegangen. Ohne Dahl. Adrian hörte heraus, dass er gerne mitgegangen wäre, jedoch von niemandem gefragt worden war und sich nicht getraut hatte, sich der Gruppe aktiv anzuschließen. Während Adrian noch überlegte, wie er unauffällig fragen konnte, ob Sibylle an dem Seminar teilgenommen hatte, wandte Dahl sich ab und versuchte, mit den Teilnehmerinnen zu seiner Linken ins Gespräch zu kommen. Mit bemühten Scherzen, über die er mit scheppernder Stimme selbst am lautesten lachte, schaltete er sich in deren Unterhaltung ein, um sofort wieder außen vor zu sein. In Adrian entstand das Bild eines Jungen, der versucht, auf ein Karussell mit lachenden Kindern aufzuspringen, und immer wieder von den Fliehkräften hinauskatapultiert wird. Dahl tat ihm leid.

Während des restlichen Essens und auf dem Rückweg zu Rosts Haus hörte Adrian den Gesprächen der Anderen zu. Er gewann den Eindruck, dass Dahl zum Teil recht hatte. Aber nur zum Teil. Unter den Teilnehmerinnen waren die Meinungen gespalten. Einige waren beeindruckt von Rosts selbstsicherem Auftreten und seiner Ironie. Andere hingegen hielten ihn für eitel und selbstverliebt. Manche machten kein Hehl daraus, dass sie ihn anziehend fanden.

In der Sitzung nach der Mittagspause dozierte Rost über Selbstsicherheit und Zielsetzung. Sein Power-Point verstärkter Vortrag mit einem Potpourri von – aus dem Zusammenhang gerissenen – Merksätzen aus den unterschiedlichsten Bereichen mündete in der Aussage: »Du erreichst dein Ziel, wenn du hart genug daran arbeitest und dich von niemandem abbringen lässt.«

Adrian erkannte Aussagen aus verschiedenen Therapierichtungen neben Weisheiten aus den östlichen Philosophien. Sätze von Watzlawick, Lao Tse, Suzuki, Nitobe, Musashi und natürlich aus dem *Hagakure,* dem Buch der Samurai von Tsunetomo Yamamoto. Allerdings verstand Adrian deren Aussagen anders, zumindest weniger eindeutig als Rost sie präsentierte. Doch trotz ihres seichten Inhalts war er von Rosts Darbietung beeindruckt. Wie in einer wohldurchdachten Choreographie tanzte der von Punkt zu Punkt. Scheinbar mühelos. Immer wieder unterbrach er seinen Vortrag, um eine Frage zu stellen, auf die er eine bestimmte Antwort erwartete und die ihn wie zufällig zum nächsten Thema führte.

Amina beteiligte sich rege an dem Frage-Antwort-Spiel. In einer Art, die Adrian überraschte. Engagiert, fast eifrig, jedoch nicht zu strebsam. Um richtige Antworten bemüht, auch hinterfragend, ohne Rost offen infrage zu stellen. Die kritisch mitdenkende Klassenbeste, dachte Adrian. War dies eine ihm noch unbekannte Seite Aminas? Er konnte sie sich als Schülerin vorstellen. Bei engagierten Lehrern beliebt, bei autoritären verhasst.

Rost schien es zu gefallen. Wiederholt hob er die Differenziertheit ihrer Nachfragen hervor. Auch schien er ihr gefallen zu wollen. Häufiger als allen anderen warf er ihr Blicke zu. Nach besonders eindrücklichen Aussagen oder Pointen, viele auf Kosten anderer – vor allem männlicher – Teilnehmer. So als wollte er vor ihr brillieren und sich mit ihr verbünden.

Von Aminas Auftritt war Adrian nicht weniger fasziniert als von Rosts. Die Gratwanderung gelang ihr. Scheinbar ging sie auf Rosts Annäherungen ein, lächelte verhalten zurück oder verschwiegen in sich hinein, ohne sich offen zur Komplizin in der Entwertung anderer zu machen. Plötzlich fiel Adrian die E-Mail ein, die Rost Sibylle geschrieben hatte. Auch sie hatte er gegenüber anderen Teilnehmern hervorgehoben. Jetzt erkannte Adrian den Sinn ihrer Inszenierung. Amina war in das Spiel eingestiegen.

Die Sitzung endete mit einer Zusammenfassung der wichtigsten Merksätze, per Power-Point an die Wand plakatiert und von Rost mit »Ihr müsst«-Sätzen regelrecht eingepeitscht. Fasziniert und erschlagen, so schien es, klappten die Teilnehmer ihre College-Blöcke zu und gingen in die letzte Kaffee-Pause.

Gerade als Adrian sich unauffällig auf Amina zubewegte, schoss Dahl an ihm vorbei und stellte sich, einen Teller mit Keksen in der Hand, zu ihr. Adrian drehte ab und beobachtete das Geschehen. Ihm war, als stünden die meisten Seminarteilnehmer aufrechter und strahlten mehr Selbstvertrauen aus als zu Beginn. Die Gespräche an den Bistrotischen wirkten zugleich angeregter und gelöster. War es ein spontaner Lerneffekt, oder lag es daran, dass der Workshop fast zu Ende war? Beides kannte Adrian von unzähligen Seminaren, die er im Rahmen seiner Weiterbildungen besucht und später selbst geleitet hatte. Neue Erkenntnisse schienen fast unmittelbar Wirkung zu zeigen. Leider verpufften diese Blitzeffekte häufig rasch, wenn die Erfahrungen nicht in einem längeren Prozess verinnerlicht wurden. Auch war ihm das Verbundenheitsgefühl nach einem gemeinsam verbrachten Seminartag ebenso vertraut wie die Erleichterung, dass er bald vorüber war.

Dahl hingegen wirkte weniger entspannt. Wild gestikulierend redete er auf Amina ein, hielt ihr den Keksteller unter die Nase. Die lehnte ab und nickte Interesse vortäuschend. Adrian konnte ihr Unbehagen förmlich spüren. Sehen konnte er es an dem diskreten Zucken um die Mundwinkel und der fast unmerklichen Rückwärtsneigung ihres Oberkörpers, mit der sie Distanz zu schaffen suchte. Very British, dachte Adrian und hätte ihr ein Schwert gewünscht. Erlöst wurde sie jedoch durch den Gong, der die letzte Sitzung einläutete.

Die Abschlusssitzung verlief auf die übliche Art. In der Feedbackrunde wurden begeisterte bis wohlwollende Rückmeldungen abgegeben. Rost machte Werbung für Folgeveranstaltungen und seine Seminare auf DVD. Am Ende standen die Teilnehmer im Eingangsbereich, unterhielten sich und tauschten Visitenkarten und Handynummern. Einige beschlossen, zusammen auf ein Getränk in eine nahe gelegene Bar zu gehen. Adrian versuchte, das Geschehen im Auge zu behalten. In dem regen Treiben verlor er jedoch den Überblick. Besorgt schaute er sich um. Wurde von einer Teilnehmerin angesprochen. Wie fand er das Seminar? Wolle er noch mit den Anderen in die Bar mitkommen? Aus dem Augenwinkel sah er Amina nach draußen verschwinden, gefolgt von Dahl. Er sagte, er wolle in die Bar nachkommen, müsse noch kurz etwas erledigen. Bis gleich. Drängte sich durch die Umherstehenden zum Ausgang.

Zuerst konnte er in der Dunkelheit niemanden sehen. Dann, vor dem Grundstück erkannte er Dahl, wie er die Beifahrertür seines Wagens schloss und selbst auf der Fahrerseite einstieg. War er dabei, mit Amina wegzufahren? Adrian lief zur Straße. Dahl fuhr los. In innerem Aufruhr rannte Adrian zu seinem Wagen. Er musste wenden, verlor kostbare Zeit. Glücklicherweise schien Dahl es nicht eilig zu haben, sodass Adrian ihn nicht aus den Augen verlor und mit diskretem Abstand folgen konnte. Seine Überlegungen rasten um die Wette mit seinem Puls. Hatte er sich getäuscht? Er hatte Rost verdächtigt. Die E-Mail an Sibylle, sein Auftreten. Seine Gier nach Bewunderung, vor allem von Frauen. Aber natürlich. Einiges sprach genauso gut für Dahl. Auch er bemühte sich um Anerkennung. Anders als Rost wirkte er unsicher, tollpatschig im Umgang. Er war gewissermaßen das Kontrastprogramm zu Rost. Und deshalb womöglich umso gefährlicher, wenn er zurückgewiesen wurde.

Was sollte er jetzt machen? Dahl stoppen? Aber dann wäre alles umsonst gewesen. Schließlich hatte sich Amina auf das Spiel eingelassen. Sie war eine kompetente Polizistin. Adrian selbst hatte keinerlei Erfahrung in diesen Angelegenheiten. Zuwarten. Die Dinge sich entwickeln lassen. Das konnte er. Doch war dies hier und jetzt geboten? Ratlos folgte er Dahl. Der fuhr unbeirrt über das feuchte Kopfsteinpflaster, gestikulierte mit der rechten Hand. Plötzlich bremste er, bog ab. In eine kleine Straße ohne Beleuchtung. Hielt an. Adrian stoppte in einigen Metern Abstand. Schaltete den Motor aus. Wartete. Sprungbereit. Dahl gestikulierte weiter. Drehte sich nach rechts. Nickte. Die Beifahrertür öffnete sich, und ein Kopf erschien. Blond! Es war nicht Amina! Eine andere Seminarteilnehmerin stieg aus, winkte Dahl verbindlich lächelnd zu und verschwand in einem Hauseingang. Dahl winkte zurück und fuhr los.

Verdammt! Verdammt! Der Rücksitz war leer. Dahl hatte niemanden mehr im Wagen. Adrian hatte den Falschen verfolgt. Hätte er doch auf seine Intuition vertraut! Er wendete und raste zurück.

Welcher Spur sollte sie folgen? Dieser Rotblonde mit der feuchten Aussprache suchte eindeutig ihre Nähe. Schon in der Kaffeepause war er Amina auf den Leib gerückt. Mit seinem »Der Kai dies, der Kais das« und seinen unbeholfenen Scherzen. Arme Socke. Oder ein Mörder?

»Gehst du mit den Anderen in die Bar?«, hatte er nach Seminarende gefragt. Sie hatte frische Luft gebraucht und nebenbei gehofft, sich heimlich mit Adrian absprechen zu können, wie sie weiter vorgehen wollten. Doch der war im Gespräch mit einer Teilnehmerin. Nicht er war ihr gefolgt, sondern Dahl. Amina überlegte. Sie musste Zeit gewinnen.

Adrian hatte Rost im Visier. Und auch sie fand ihn verdächtig. Aber dieser Jens war ihr auch suspekt. Da Adrian sicher Rost im Auge behalten würde, könnte sie auf Dahls Fährte bleiben.

»Nein«, sagte sie. »Da ist mir zu viel Trubel. Ich denke, ich gehe nach Hause.«

»Geht mir auch so. Bist du mit dem eigenen Wagen da? Oder soll ich dich irgendwo absetzen?«

»Wenn du mich zur U-Bahn mitnehmen könntest. Das wäre super. Ich muss nur noch schnell meinen Rucksack aus dem Haus holen.«

Amina ging ins Haus. Im Eingangsbereich drängten sich noch immer die Teilnehmer. Sie suchte Adrian. Sah ihn in Richtung Ausgang drängen.

»Und? Wie fandst du's?« Rost stand neben ihr. Plötzlich. »In der Feedbackrunde hast du gar nichts gesagt.«

»Ich musste es erst mal sacken lassen.« Und nach einer Pause sagte sie: »Faszinierend.«

»Mich würde interessieren, was dich am meisten fasziniert hat. Vielleicht können wir uns darüber unterhalten, wenn hier ein wenig Ruhe eingekehrt ist.«

»Okay. Gerne.« Noch während sie dies sagte, fragte sie sich, warum sie so spontan zustimmte und ihren Plan so jäh über den Haufen werfen ließ. Sicher, Rosts Vorschlag kam eher einer Forderung gleich als einer Frage. Aber das war es nicht. Es war eine Ahnung. Als hätte etwas in ihr gesagt: »Ganz heiß.«

Als er die Villa erreichte, war alles still. War auch Amina fort? Er kannte ihren Wagen nicht. Die Haustür war verschlossen. Durch das in die Tür eingelassene Milchglasfenster schimmerte Licht. Adrians Finger berührte bereits den Klingelknopf. Doch er hielt inne. Ging um das Gebäude. Der Seminarraum auf der Rückseite war erleuchtet. Ein Fenster stand offen. Adrian lauschte. Nichts zu vernehmen. Mit einem Sprung erreichte Adrian den Fenstersims. Der raue Sandstein schnitt ihm in die Hände. Er zog sich hoch. Der Raum war leer. Mit Mühe gelang es ihm, auf den Sims und hinein zu klettern. Auf Zehenspitzen schlich er zur Tür. Sie war angelehnt. Behutsam zog er sie auf. Der Vorraum war verwaist. Er schaute sich um. Auf den Tischen standen leere Gläser und Tassen. An der Garderobe hing ein Rucksack. Aminas Rucksack! Leise ging Adrian zu Rosts Büro. Es war leer. Er wagte es kaum zu atmen. Plötzlich! Er fuhr zusammen: Sein Handy summte. Er schaute auf das Display. Schrader. In wenigen Sätzen informierte Adrian ihn und bat ihn zu kommen. Da schreckte ihn erneut ein Geräusch auf.

Aminas Herz schlug bis zum Hals. Wie konnte sie so dumm sein! Sich mit einem Mordverdächtigen in eine solche Situation zu bringen. Undercover. Ohne offiziellen Auftrag. Und ohne Waffe. Die steckte in ihrem Rucksack in der Garderobe. Dort hatte sie wohl auch ihren Verstand abgegeben. Turner würde sie grillen. Aber das war wohl jetzt ihr kleinstes Problem. Doch sie hatte keine Wahl, nachdem Adrian so eigenmächtig gehandelt hatte.

Und jetzt. Der Tanz war eröffnet. Rost stand vor ihr. So dicht, dass sie seinen Atem spüren konnte. Riechen konnte. *Spearmint.*

»Hast du mich zu nahe kommen lassen?«, reizte Rost.

Angstschweiß bildete feine Rinnsale unter ihren Achseln. Sie presste den Kopf an die Wand in ihrem Rücken. Einzelne Haare verfingen sich in den Fugen der Holzpaneele. Keine Furcht zeigen, befahl sie sich. Klare Haltung! »Etwas mehr Abstand wäre mir lieber«, versuchte sie es so ungerührt wie möglich.

»Oder bin ich dir nicht nahe genug?« Rost grinste herausfordernd, als hätte er Amina nicht verstanden, noch ihre Angst wahrgenommen. Er griff ihre Hände. Presste die eine gegen die Wand, die andere gegen die Ausbeulung in seiner Hose. »Du wolltest doch mein Schwert anfassen.«

»Ich meinte das Samuraischwert.«

»Ach, komm schon! Ich hab doch gesehen, wie du mich angeschaut hast. Gib doch zu, dass du mich toll findest! Musst hier nicht die verklemmte Muslima spielen. Bist doch eine?« Rost rieb ihre Hand an sich.

Ekel kroch in Amina empor. Ihr Mund wurde trocken.

»Du müsstest dankbar sein, dass ich dich erwählt habe. Da wären einige scharf auf mich gewesen. Aber ich mag nun mal schöne und intelligente Frauen. Und du willst es doch auch.« Er sog tief Luft durch die Nase und verdrehte die Augen. »Ich kann es schon riechen, wie feucht du bist.«

»Hören Sie! Lassen Sie mich sofort los! Ich bin Polizistin.«

Vergeblich versuchte Amina, ihre Hand zurückzuziehen. Rosts Griff war wie ein Schraubstock, sein Blick eigentümlich entrückt. Sein Gesicht näherte sich ihrem, und er leckte ihre Lippen mit seiner *Spearmint*-Zunge.

Amina wurde übel. Da gab sie nach, presste ihre Hand noch fester gegen ihn. Und packte zu. Alles, was sie zu fassen kriegte. Rost heulte auf. Sein Griff lockerte sich. Amina drückte noch energischer zu und zog ihn mit einer reißenden Bewegung zu sich her. Mit der anderen Hand, die er im Schmerz losgelassen hatte, stieß sie gegen seine Schulter und drehte sich um die eigene Achse. Rost wurde herumgewirbelt und donnerte gegen die Wand. Mit solcher Wucht, dass einige der Holzschwerter zu Boden fielen. Mit dem Knie stieß Amina ihm in den Unterleib. Rost sackte in sich zusammen.

Amina machte einige Schritte zurück. Sie musst ihn in Schach halten und Verstärkung anfordern. Ohne Rost aus den Augen zu lassen, fingerte sie ihr Handy aus der Jackentasche. Kein Netz! Raus hier, schoss es ihr durch den Kopf. Sie musste Rost hier einschließen, bis Schrader mit dem MEK kam. Sie rannte los. Aus dem Augenwinkel sah sie etwas auf sich zufliegen. In diesem Moment durchzuckte sie ein dumpfer Schmerz.

Das Poltern musste aus dem Untergeschoss gekommen sein. Adrian rannte die Treppe hinunter. Vor dem Raum, in dem die Schwertübung stattgefunden hatte, standen zwei Paar Schuhe. Er riss die Tür auf. In der Mitte des Raumes lag Amina, daneben ein Holzschwert. Aus ihrem Hinterkopf sickerte Blut. Am fernen Ende lehnte Rost an der Wand, die Hände auf die Oberschenkel gestützt. Auf seinem Schädel glitzerten Schweißperlen. Mit einigen tiefen Atemzügen richtete er sich auf und starrte Adrian an.

»Wie kommst du hierher?«

Adrian lief auf Amina zu. Kniete sich neben sie. Sie atmete. Er nahm ihr Handgelenk. Fühlte einen regelmäßigen und kräftigen Puls.

Unvermittelt traf ihn ein Tritt gegen die Brust. Adrian stürzte nach hinten. Die Luft blieb ihm weg. Wie durch Watte hörte er Rosts Stimme: »Diese Weiber. Zuerst machen sie dich heiß. Geben dir das Gefühl, ganz wichtig zu sein. Der Beste. Der Einzige. Und dann: das Huch auf der Bettkante.«

Benommen rappelte Adrian sich auf. Rost stand zwischen ihm und Amina, die noch immer reglos dalag.

»Nicht alle. Nein. Die meisten kann ich haben.« Rost sprach wie zu sich selbst. »Aber das sind nicht die, die ich haben will. Die Geistreichen. Die wirklich zu mir passen.«

»So wie Sibylle Moor?« Adrian rang noch immer nach Luft.

»Die Anwältin? Die war noch schlimmer als diese Fotze hier.« Abfällig deutete er auf Amina. »Die hat sich von mir einladen lassen. Hat mir schöne Augen gemacht.« Sein Blick verfinsterte sich. »Ich habe mich ihr geöffnet. Gezeigt. Habe ihr gesagt, wie sehr sie mich anzieht. Wie sehr ich sie will. Und dann. Dann fängt sie von ihrem Therapeuten an. Mister Wunderbar. Auf dessen Couch sie stundenlang herumgelegen hat. Und nichts als geredet. In den sie eigentlich verliebt ist. Der aber nichts von ihr wissen will. Als Frau. Und ich? Das sei alles nicht so gemeint gewesen. Sie habe sich geirrt. Sei nicht bereit für eine Beziehung.«

»Das gibt Ihnen nicht das Recht, sich etwas zu erzwingen.«

»Wer A sagt, muss auch B sagen«, erwiderte Rost maliziös.

»Nicht in Gefühlsdingen. Wer A sagt, muss nicht B sagen. Das müssten Sie als Therapeut wissen. Jeder hat das Recht, zu jedem Zeitpunkt Stopp zu sagen.«

Rost ballte die Fäuste. »Sie hat mich missbraucht!« Unbändige Wut trieb ihm Tränen in die Augen.

»Jemand anderes hat Sie missbraucht. Lange bevor Sie Sibylle begegnet sind.« Adrian bemühte sich trotz seiner Angst und Sorge um Amina um einen ruhigen Tonfall.

Rost zögerte. »Wieso willst du das wissen? Woher kennst du eigentlich die Anwältin? Bist du auch Bulle. Wie die hier?«

Sollte Adrian ihm sagen, dass er Mister Wunderbar war? »Nein, ich bin Psychoanalytiker. Und ich glaube, jemand hat Sie sehr gekränkt. Und Ihre Liebe ausgenutzt. Sibylle Moor hatte damit nichts zu tun. Die Enttäuschung über die Zurückweisung hat Sie daran erinnert.«

»Jetzt kommt wieder die alte Leier. Mutter ist an allem Schuld. Ich weiß schon, warum ich kein Analytiker geworden bin. Dieses Gejammer!«

»Mutter?«, fragte Adrian behutsam.

»Ich war ihr Prinz. Meistens jedenfalls. Mich kann niemand kränken!« Rost klang wie ein trotziger Vierjähriger.

Amina regte sich.

»Hören Sie, wir müssen den Notarzt rufen. Sie hat eine schwere Kopfverletzung.« Adrian bewegte sich vorsichtig auf Amina zu.

Rost trat einen Schritt zurück und hob die Arme zur Körpermitte. In Kampfstellung.

Adrian stand auf. Er musste Amina helfen.

»Dann musst du um sie kämpfen«, provozierte Rost.

»Ich will nicht kämpfen. Ich will, dass diese Frau Hilfe bekommt.«

»Du willst nicht kämpfen?« Rost nickte geringschätzig. »Du siehst mir aus wie einer dieser Schnösel aus betuchtem Hause. Du musstest nie kämpfen!«

Hatte Adrian wirklich nie kämpfen müssen? Vielleicht hatte er auf andere Weise kämpfen müssen. Auf einem anderen Schlachtfeld.

»Ich musste kämpfen. Mein Leben lang«, sagte Rost im Ton eines Feldherren. »Mir hat keiner was geschenkt.«

Adrian wusste, dass etwas geschehen musste, wollte er, dass Amina bald Hilfe bekam. »Auch nicht Ihre Mutter?«, provozierte er.

Hasserfüllt spannte sich Rost an und sprang auf Adrian zu. Blitzschnell. Der Tritt verfehlte Adrians Kopf um Haaresbreite. Rost hielt inne. Offensichtlich hatte Adrians Ausweichmanöver ihn überrascht. Mit Tritten und Schlägen bedrängte er Adrian. Der drehte sich, wehrte ab, duckte sich, ließ Rost ins Leere laufen. »Komm schon! Stell dich! Auf Leben und Tod.« Rosts Angriffe wurden schneller, härter, sein Blick hasserfüllter. Adrian erinnerte sich an seinen Mitschüler Peter. Und was Gossler gesagt hatte. Dass er ihn mit seiner Weigerung zu kämpfen zu einem Paria gemacht hatte. Im Kampf war Rost ihm sicher nicht unterlegen. Er war unglaublich schnell. Adrian kam außer Atem. Und wich weiter aus. Da ließ Rost nach. Langsam ging er auf Amina zu, die leise stöhnend den Kopf drehte. Er hob das Bokutō neben ihr auf und taxierte Amina. »Was meinst du? Was hält so ein Schädel aus?« Adrian erstarrte. Rost legte das Schwert an Aminas Kopf an und schwang es auf und ab wie ein Golfspieler vor dem Schlag.

»Okay!« Adrian hob die Hände. »Auf Leben und Tod«. Aminas Schläfen pochten. Nur mit Mühe konnte sie die Haare aus dem Gesicht streifen und sah verschwommen, wie Adrian zur Wand ging und ein Holzschwert vom Haken nahm. Die beiden Männer standen sich gegenüber wie zwei Samurai. Belauerten sich. Ansatzlos griff Rost an, schwang das Schwert über den Kopf. Adrian machte einen Schritt zur Seite. Rosts Schwert flog ins Leere. Adrian schlug zu. Rost drehte sich, wehrte ab und griff erneut an. Wie Hammer auf Amboss dröhnte das Aufeinanderschlagen der Schwerter in Aminas Kopf. Ihr war schwindelig. Sie konnte sich nicht bewegen, war dem Schauspiel ausgeliefert. Wieder und wieder. Innehalten. Belauern. Angriff. Parade. Gegenangriff. Wie eine Ewigkeit kam es ihr vor, bis Rost mit einem Schrei sein Schwert fallen ließ. Adrian hatte einen Angriff pariert und ihm auf das Handgelenk geschlagen. Adrian ließ sein Schwert sinken. »Lassen Sie es gut sein!« Rost drehte sich weg und ging langsam zu dem Altar. Dort stand er, mit dem Rücken zu Adrian als bete er. »Es ist vorbei.« Adrians Stimme klang erschöpft. Langsam ging er auf Rost zu. Plötzlich hörte Amina ein metallenes Geräusch. Rost wirbelte herum, das Samurai-Schwert in der Hand, machte einen tiefen Ausfallschritt und schlug zu. Adrian stürzte zu Boden. Amina versuchte sich aufzurichten. Aus Adrians rechter Flanke quoll Blut. Rost ging auf ihn zu. Im Zeitlupentempo näherte er die Schwertspitze Adrians Kehle. Amina rappelte sich hoch. Ihr Kopf schien zu zerspringen. Mit aller Kraft warf sie sich gegen Rost und trat ihm in die Kniekehle. Mit einem Schrei knickte er ein. Doch bevor Amina ihren Körper wieder zu kontrollieren vermochte, spürte sie Rosts Schwertgriff in ihrem Solarplexus. Die Luft blieb ihr weg, und ihre Knie gaben nach.

Adrians Hüfte schmerzte, als hätte glühender Stahl ihn durchbohrt. Entkräftet lag er auf der Matte. Nichts mehr wollte er tun. Alles lassen. Sich dem Tod hingeben. Sein Atem wurde ruhig, und eine friedvolle Ruhe legte sich über ihn wie ein Schleier. Der von einem erstickten Schrei jäh wieder weggezogen wurde. Adrian stemmte sich hoch und sah Rost. Einem Scharfrichter gleich stand er über Amina, das Schwert hoch erhoben. Todesangst. Alles spannt sich. Krampft sich. Wie festgenagelt. Adrian. Blut auf seinem Hemd. Seine Augen. Nordseeblau. Ziehen mich in ihre Tiefe. Warmer Sog. Kein Widerstehen. Loslassen. Geschehen lassen. Alles fällt an seinen Ort.

Ihre Augen. Vertraut. Als hätte ich nie in andere geschaut. Meine Augen im Spiegel. Kein Abstand. Nichts als Nähe. Unbegrenztes Zutrauen. Vollkommenes Hingeben.

Doch Rosts Klinge. Blitzt auf. Senkt sich. Auf sie.

Mein Schwert. Führt meine Hand. Zieht mich. Kein Halten.

Leben! Sie muss leben!

Adrians Schwert. Schwingt heran. Flattert.

Rosts Schwert. Seine Hände. Seine Brust. Sein Hals. Seine Brust. Sein Hals. Sein Hals!

Das Katana fiel dicht neben Amina zu Boden. Rost fasste sich an den Hals, taumelte rückwärts und stürzte. Mit dem Knacken berstender Knochen blieb er liegen. Reglos. Adrian blickte von Amina zu Rost. Und auf das Bokutō, das seine Hände krampfartig umklammerten. Die Zeit schien still zu stehen. Kein Geräusch. Bewegungslos. Außer Kraft gesetzt.

Dröhnend riss ihn eine Woge stürmischer Aktivität aus seiner Erstarrung. Schrader, gefolgt von Männern in Kampfanzügen stürzte in den Raum. Adrian konnte nicht verstehen, was der ihn aufgeregt an den Schultern rüttelnd zu fragen schien. Schrader eilte zu Amina, zu Rost, gab Anweisungen. All dies nahm Adrian wahr wie unter Wasser. Ließ das Schwert fallen und sank zu Boden. Fasste an seine Hüfte. Warmes Blut mischte sich mit kalt verklebtem. Er fühlte keinen Schmerz. Alles war taub.

Taub wie an jenem verregneten Herbsttag, als er Lilien auf die beiden Särge warf. Als er, umgeben von unzähligen Menschen, von denen er nur wenige kannte, am Grab stand und in die Tiefe schaute. Wie durch dicke Wände hatte er die Musik gehört. Redner, die davon sprachen, wie ein tragisches Unglück das Paar jäh aus dem Leben gerissen, ein zwölfjähriges Kind zum Waisen gemacht hatte. »Tapferer Junge«, waren Worte die er zu hören bekam. Immer wieder.

Die Zeit schwang vor und zurück. Zu der Nachricht vom Tod der Eltern. Zu dem einschießenden Schmerz nach erstem Schock. Und zu dem Taubheitsgefühl, das ihn seitdem wie ein Schatten begleiten sollte. Das ihn schützte vor unerträglichem Leid und vor Einsamkeit. Und das ihn dadurch einsam machte. Im Internat. Im Studium. In Beziehungen, die nicht werden durften.

Mit einem Mal überschlug sich jetzt alles. Eine Flutwelle riss ihn fort. Hinaus auf einen Ozean aus Einsamkeit und Schmerz. Verzweiflung und Trostlosigkeit drangen in ihn ein wie Säure. Der Panzer schmolz. Adrian hörte sich schluchzen, spürte Tränen über sein Gesicht rinnen, schmeckte das Salz auf seiner Zunge, fühlte sich durchgeschüttelt von Weinkrämpfen. Und er hörte Aminas Stimme: »Adrian, es ist gut. Du lebst.« Er spürte ihre Arme, die ihn umschlossen. Er fühlte ihren Herzschlag. Er fühlte. Sich.

3

Adrian Sur zündete sich eine Zigarette an. Die Felsplatte, auf der er saß, war übersät mit Ammoniten, manche fingernagelgroß, andere mit einem Durchmesser von mehr als dreißig Zentimetern. Versteinerungen waren das Wahrzeichen der *Jurassic Coast*. Nach einem tiefen Zug entließ er den Rauch in die salzige Luft und schaute den träge ausrollenden Wellen zu. Seit Jahren kehrte er immer wieder nach Lyme Regis zurück, nachdem ihn sein Lieblingsautor in die alte Kleinstadt an der Südküste Englands geführt hatte. Wenn sein Alltag in Berlin besonders bewegt war, angefüllt mit Arbeit, wünschte er sich hierhin. Das Tempo aus dem Leben nehmen. Strandspaziergänge, Wanderungen durch das *Undercliff*, ein Pint im Pub. In seinen kühneren Träumen stellte er sich vor, eines Tages alles hinter sich zu lassen, um hier zu leben. Sich genussvoll seiner Melancholie und der Stille hinzugeben.

Jetzt war alles anders.

Adrian ließ die Kippe zwischen das Geröll fallen – nicht ohne schlechtes Gewissen – und schlenderte am Meeressaum in Richtung *Cobb*. Es begann zu nieseln.

Ganz anders. Bittersüß.

Vielleicht lag es daran, wie er sein altes Leben hinter sich gelassen hatte. Genau genommen hatte er es nicht verlassen, sondern es hatte ihn hinauskatapultiert. Mit Gewalt und lange vor der Zeit.

Früher hatte er seinen Abschied keinesfalls so dramatisch phantasiert. Nach einem erfolgreichen Berufsleben würde er sich mit dem Bedauern der geschätzten Kollegenschaft und unter den Tränen seiner Patienten aus dem Therapeutendasein zurückziehen, um sich seinen lang gehegten Wunsch zu erfüllen. Doch nun fühlte er sich – im Exil.

Einer steingewordenen Riesenschlange gleich lag *The Cobb* seit siebenhundert Jahren schützend vor der Stadt und barg landwärts den kleinen Tidehafen. Es war Ebbe, und wie gestrandete Wracks lagen die Fischerboote im Schlamm. Adrian bestieg die wuchtige Hafenmole und ließ sich den Regen und die Gischt ins Gesicht wehen. Er schmeckte das Salz, roch den Seetang, fühlte den noch kühlen Westwind. Er erinnerte sich nicht, all dies je so intensiv gefühlt zu haben.

Erbarmungslos hatten ihn die Ereignisse der vergangenen Wochen aus der Panzerung seines selbstbeschützten Lebens gerissen. Eine fest verschlossene Auster war er gewesen. Jetzt, mit gewaltsam aufgebrochener Schale, war er empfindlich, schutzlos, doch – gerade dadurch – empfindungsfähig. Und im rohen Fleisch spürte er den Fremdkörper, der in ihn eingedrungen war.

Der Regen wurde stärker. Raschen Schrittes ging Adrian über die Uferpromenade nach Hause. Er hatte Glück gehabt und ein Cottage direkt am Hang mit Blick auf den Hafen bekommen. Vor zehn Tagen war er angekommen. Nach den Vorfällen um den Mord an seiner Patientin brauchte er Abstand. Von allem und allen.

Zurück im Cottage machte er sich eine Tasse Tee und schaltete den Laptop ein, um nach E-Mails zu sehen, auch wenn er außer Werbung seit geraumer Zeit kaum noch welche erhielt. Jedenfalls keine, die er erhalten wollte. Nachdem alles angefangen hatte, hatten sich noch vereinzelt Kollegen gemeldet und sich nach ihm erkundigt. Aus anfänglichen Solidaritätsbekundungen war – zunächst unmerklich – Bedauern geworden und dann Rückzug, der auf Ressentiment schließen ließ.

Nachdem der Fall gelöst war, wurde er überflutet von Anfragen von Zeitungen und Fernsehsendern, für Interviews und Talkshows. Adrian lehnte alles ab. Er hatte nicht als »Held ein Monster zur Strecke gebracht«, wie eine Boulevardzeitung titelte. Noch hatte er »in irrsinniger Selbstjustiz blindwütig um sich geschlagen«, wie dasselbe Blatt danach schrieb. Oder doch?

Und Freunde? In den Jahren seines beruflichen Engagements war wenig Zeit für Freunde gewesen. So hatte er es sich immer erklärt. Letztlich hatte er sich nie ganz öffnen können. Dennoch hatte der gemeinsame Einsatz für die Psychotherapie vielen kollegialen Beziehungen ein Gefühl von Freundschaft verliehen. Nach den Ereignissen waren aus Freunden jedoch rasch wieder Kollegen geworden.

Mit dem Finger auf der Delete-Taste ging er die ungelesenen E-Mails durch, um die Werbemails zu löschen. Fast hätte er auch die beiden Nachrichten, die eine mit dem Betreff »Akte geschlossen!« und die andere mit »Unser Fall« gelöscht.

Die erste Mail war von Simon Holdenried. Als er den Namen seines Anwalts las, fühlte er Übelkeit in sich aufsteigen. Nicht wegen Holdenried. Der war im Verlauf der Ermittlungen fast ein Freund geworden. Anfangs schien es, als sei er der Einzige, der ihm glaubte. Und er hatte viel riskiert. Sehr viel. Nicht zuletzt seinen Ruf als junger, sozial engagierter Anwalt.

Diese E-Mail ließ Erinnerungen an die letzten Wochen vor Adrian aufblitzen. Er griff sich an die Hüfte. Die Wunde schmerzte. Nach dem Kampf war er mit Rost in die Klinik gebracht worden. Im selben Krankenwagen. Die Fahrt erinnerte er wie einen zu schnell geschnittenen Film. Die Notärztin, die Rost einen Tubus in den Hals schob, Sanitäter, die Spritzen aufzogen, knappe Kommandos im Schallschatten des Martinshorns. In der Klinik dann wurde Adrians Verletzung versorgt. Die Schnittwunde war tief, hatte jedoch keine Organe verletzt. Nach wenigen Tagen wurde er entlassen. Rost blieb. Im Koma.

Adrian nahm einen Schluck Tee – der war kalt und bitter geworden – und las:

Lieber Doktor Sur,
das Ermittlungsverfahren ist eingestellt. Die Staatsanwaltschaft konnte kein schuldhaftes Verhalten feststellen. Das heißt, sie wird keine öffentliche Klage gegen Sie erheben. Neben Ihren Angaben war vor allem Frau Reshads Aussage entscheidend. Und R. hat keinen Strafantrag gestellt. Die Akte wird geschlossen. Es ist ausgestanden. Ich freue mich für Sie und wünsche Ihnen eine erholsame Auszeit.
Mit besten Grüßen

Simon Holdenried

Dreimal las Adrian die E-Mail. Auf der Suche nach dem Haken. Aber es gab keinen. Er war entlastet. Mit einer Zigarette ging er zum Fenster. Unter sich hörte er das Anrollen der Wellen. Er nahm einen tiefen Zug. Ein Aufatmen. Sofort spürte er jedoch wieder die tonnenschwere Last. Eine andere Last als die, die ihn seit seiner Kindheit begleitet hatte. Die an jenem Abend in Rosts Villa zu akutem Schmerz geworden und von ihm abgefallen war, wie eine zu eng gewordene Bleirüstung. Seit er Berlin verlassen hatte, versuchte er dem Unterschied nachzufühlen. Worte zu finden. Schuld war das Wort, das sich an ihm festkrallte. Holdenried hatte ihm gerade mitgeteilt, dass er unschuldig war. Vor dem Strafgesetz. Indessen, hatte er nicht ein anderes Gesetz gebrochen? Ein universelles? Oder hatte er sich schuldig gemacht, eben weil er es befolgt hatte?

Die zweite E-Mail war von Amina. Noch in der Klinik hatte Amina ihn besucht. Sie trug einen Kopfverband. »Platzwunde und leichte Gehirnerschütterung«, sagte sie. »Die wollten mich vierundzwanzig Stunden zur Überwachung hierbehalten.«

»Wäre sinnvoll gewesen.«

Amina zuckte mit den Schultern. Sie war etwa einen Meter vor dem Bett stehengeblieben. »Wie geht es«, sie zögerte, »dir?«

»Nochmal davongekommen.« Doch war er das? Die Bilder ließen ihn nicht mehr los, kamen, wann sie wollten. Amina blutend auf dem Boden. Der Schwertkampf. Der Schmerz in der Hüfte. Rosts Sturz. Das Geräusch brechender Knochen. Und er war ergriffen, aus der Zeit genommen. Aufgespannt zwischen einer Realität, in der er sich all die Jahre heimisch zu machen versucht hatte, und einem Traum, in dem er gefangen war und zugleich auf fremdartige Weise wirksam.

Und er fühlte sich hingezogen. Zu ihr. Seine Hand wollte sich ihr entgegenheben. Blieb liegen. Vielleicht war es gut, dass ihm die schmerzende Wunde die Entscheidung abnahm. Es war wie am Morgen nach einer unerwarteten Liebesnacht mit der lange begehrten und unerreichbar geglaubten Frau. Wie sollte man sich jetzt begegnen? Nach der Vereinigung? Was würde folgen? Denn in der Nacht nach dem Kampf war ihm etwas widerfahren, wofür er nur die Metapher Durchbruch gelten lassen konnte. Aber Durchbruch wohin? Zu ihr? Zu sich selbst?

Amina trat an Adrians Bett und berührte sanft seine Schulter. »Du hast mir das Leben gerettet.«

»Und du – hast mir ein Leben geschenkt.« Durchbruch zum Leben! Das war es! Zu einem Leben, in dem er vorkam. Selbst. Mit allem, was dazugehörte. Angst. Schmerz. Liebe. Schuld. Und Tod.

Amina schaute ihn fragend an. Adrian schwieg. Schweigen hatte er gelernt. Und auszuhalten, dass das Gegenüber es aushalten musste. Doch was in seiner Arbeit Methode hatte, war jetzt Notwendigkeit. Er fürchtete zu zerreden, was noch unaussprechlich war.

»Und Rost?«, fragte Adrian in die Stille hinein.

»Er lebt. Liegt im Koma, ist aber stabil. Wir haben noch keine konkreten Informationen über seine Verletzungen.«

»Wirst du es mich wissen lassen, wenn ihr mehr habt?«

»Willst du es wissen?«

»Ich muss es wissen.«

Aminas E-Mail kam nicht von ihrer Dienstadresse, sondern von ihrer privaten.

Adrian,
Du warst verschwunden. Ich wollte Dir eine gute Reise wünschen. Aber Deine Nachbarin, die sich um die Katzen kümmert, sagte, Du seist schon gefahren. Nach allem, was Du in den vergangenen Wochen durchgemacht hast, kann ich das nur allzu gut verstehen.
R. hat sich aus der Reha-Klinik bei mir gemeldet. Er möchte Dich unbedingt sprechen. Ich habe ihm mitgeteilt, dass dies nicht vorgesehen ist und dass Du nicht im Land bist. Aber er hat nicht lockergelassen. Er sagte, das seist Du ihm schuldig. Was er damit meinte, wollte er nur Dir sagen.
Ich kann mir vorstellen, dass Dir das einen Schock versetzt. Aber ich musste es Dir mitteilen.
Juristisch hast Du keine Verpflichtung, Dich mit ihm in Verbindung zu setzen.
Bitte melde Dich, wenn Du darüber sprechen willst.
Amina

Die Schrift auf dem Bildschirm verschwamm. Alles drehte sich. Die Dielen unter ihm begannen zu schwanken wie in einem Sturm auf hoher See. Adrian hielt sich am Tisch fest, um nicht vom Stuhl zu fallen. Wie Blitze schossen ihm wieder die Bilder durch den Kopf. Er befahl sich, tief in den Bauch zu atmen. So wie er Patientinnen anleitete, wenn sie von traumatischen Erinnerungen überflutet wurden. Nur mühsam bekam er wieder festen Boden unter die Füße. Schwerfällig wankte er zum Küchenschrank. Der Vermieter hatte eine Flasche Single Malt als Begrüßungsgeschenk hinterlassen. Normalerweise trank Adrian nicht bei Stress. Aber was war hier schon normal? Er schenkte sich ein großes Glas ein. Adrian wusste: Es ist noch nicht zu Ende. Nichts war ausgestanden. Langsam leerte er das Glas. Dann begann er zu packen.

»Turner will dich sprechen.« Schrader hängte seine Jacke über die Stuhllehne und setzte sich an seinen Schreibtisch.

Amina klappte ihr Notebook zu. »Hat er gesagt, worum es geht?«

»Du glaubst doch nicht, er würde mich einweihen«, antwortete Schrader zynisch.

»Ich finde schon, dass er sich Dir gegenüber zugewandter verhält seit dem Moor-Fall.«

»Muss ich zugeben. Er hat sein Wohlwollen umverteilt. Aber, nein, er hat nicht gesagt, was er von dir will.«

»Setzen Sie sich, Frau Reshad!« Turners Geste war zugleich Einladung und Befehl. Amina glaubte, einen freundlichen Unterton herauszuhören. Seit den Ereignissen in Rosts Villa fand sie Turner noch unterkühlter als er ohnehin war. Das heißt, nach dem Donnerwetter, das er über ihr hatte niedergehen lassen. Einen derartigen Wutausbruch hatte sie ihm nicht zugetraut. Er hatte ihr vorgehalten, wie unprofessionell sie gehandelt habe. Wie sie sich und andere in Gefahr gebracht habe. Von einem Psychologen könne man ja keine Polizeiarbeit lege artis erwarten. Aber von einer sonst so kompetenten Kriminalistin schon. Und so weiter.

Amina hatte den Tornado schweigend über sich hinweg ziehen lassen. Schuldbewusst. Schließlich hatte er recht. Dankbar war sie, dass all dies unter vier Augen hinter verschlossenen Türen stattfand. Und mehr noch. Auf der Pressekonferenz verteidigte er sie gegen kritische Fragen und lobte ihren Spürsinn und Einsatz. »Außergewöhnliche Situationen erfordern bisweilen außergewöhnliche Maßnahmen.« Ihren Dank danach ignorierte er.

»Sie haben gehört, dass das Ermittlungsverfahren gegen Sur eingestellt ist?«

Amina nickte.

»Die Staatsanwältin möchte die Verhandlung gegen Rost vorbereiten. Ich will einen Deckel draufmachen und ihr die Unterlagen Ende der Woche übergeben. Haben Sie unsere Ergebnisse zusammengestellt? Alle Berichte geschrieben?«

»Ja. Sie haben sie morgen auf dem Tisch«, sagte Amina.

»Die Indizien sind ja eindeutig, und Rost ist geständig«, sagte Turner. Er schaute Amina an, als erkenne er, dass sie noch etwas zu sagen hatte.

»Da ist noch etwas«, begann sie vorsichtig. »Rost hat mich kontaktiert. Er drängt darauf, Sur zu sprechen.«

Turners Pupillen weiteten sich.

»Ich weiß nicht, warum«, fuhr Amina fort.

»Weiß Sur davon?«

»Ich habe ihn informiert. Er ist noch in England.«

Turner schaute auf seinen Kugelschreiber, den er langsam zwischen seinen Fingern drehte. »Bisher hat er keinen Strafantrag gegen Sur gestellt. Vielleicht will er einen Deal machen. Wir müssen abwarten. Aber lassen Sie sich in nichts hineinziehen! Und«, er hob einen Zeigefinger, »bitte …«

»Ja, ich halte Sie auf dem Laufenden!«

Die Luft war milder geworden, und es roch nach feuchter Erde. Pfützen machten Aminas gewohnte Laufstrecke zu einem Hindernisparcours. Keine Nachricht von Adrian. Ihre E-Mail hatte er nicht beantwortet. Immerhin hatte er eine Lesebestätigung gegeben. Doch die vergangenen Wochen hatten vieles durcheinander gebracht. Bis dahin hatte sie gewusst – oder hatte gedacht zu wissen –, was richtig war und was falsch. Wahrheit und Lüge. Recht und Unrecht. Sicher, mehr als einmal war es vorgekommen, dass ein Täter davongekommen war, weil man ihm die Tat nicht hatte nachweisen können. Und nicht jedes Mal war sie absolut sicher gewesen, den Richtigen gefasst zu haben. Aber immer hatte sie ihr Bestes getan. Zweifel hatte sie in ihren Berichten offengelegt.

Im Mordfall Moor war alles eindeutig. Rost hatte sie getötet. Und er hatte versucht, Amina zu töten. Doch was war dann geschehen im Kampf zwischen ihm und Adrian? Was hatte sie wahrgenommen? Im Angesicht des eigenen Todes. Wie in Zeitlupe war ihr erschienen, was weniger als ein Wimpernschlag gedauert haben musste: Wie Rost sein Schwert auf sie herabschwang, wie Adrians von der Seite herbeiflog.

Was genau hatte sie gesehen? Ein Flattern in Adrians Bewegung, kaum sichtbar? Adrian im Widerstreit mit sich? Hatte er eine Wahl, wo das Schwert traf? In der Anhörung hatte sie, Amina, keine Wahl. Adrian konnte nur so handeln, wie er gehandelt hatte, wollte er ihr Leben retten. Rosts Sturz und die Verletzung waren unvermeidlich. So hatte sie ausgesagt. Keine überzogene Nothilfe. Der gesunde Menschenverstand und die Staatsanwaltschaft mussten genauso entscheiden.

Doch war das die ganze Wahrheit? Sie hätte nichts anderes sagen können. Auch – und das machte es noch komplizierter –, weil sie sich Adrian in diesem Moment so nahe gefühlt hatte, wie sie sich noch niemandem nahe gefühlt hatte. Nicht seit Ralfs Tod. Und Rost hatte ihr Gewalt angetan. Hatte sie töten wollen, so wie er Sibylle Moor getötet hatte. Diese Bilder verfolgten sie: Nachts erwachte sie aus Ekel- und Angstträumen. Von einer bis dahin unbekannten Wut überwältigt, fühlte sie sich einem Hass ausgeliefert, der ihren Blick trübte.

»Fremd?«

»Seit ich zurück bin, fühle ich mich fremd.«

Lothar Gossler nickte. »Haben Sie sich nicht immer ein bisschen fremd gefühlt?«

»Ja, aber jetzt hat das eine andere Qualität.« Adrian betrachtete seine gefalteten Hände. Er hatte Gossler, der selbst erst seit wenigen Tagen wieder in der Stadt war, geschildert, was sich zugetragen hatte.

»Das war keine Urlaubsreise«, sagte Gossler. »Einmal Hölle und zurück.«

Adrian schwieg.

»Und Sie haben überlebt. Aber es hat Sie verändert.«

»Das verwirrende ist: Auf der einen Seite war es das letzte, das ich erleben wollte. Auf der anderen Seite möchte ich den Zustand davor nicht wieder zurückhaben.«

»Können Sie beschreiben, was sich verändert hat?«

Adrian schaute zum Fenster. Eine feine Schicht ersten Blütenstaubs hatte sich auf das Glas gelegt und ließ diffuses Sonnenlicht in den Raum. »Als ich gestern aus Lyme zurückkam, fühlte sich meine Wohnung nicht wie mein Zuhause an. Wie ein Besucher kam ich mir vor. Erst als die Katzen kamen und mich begrüßten, spürte ich so etwas wie Vertrautheit.«

»Wie haben Sie sich in England gefühlt?«

»Einsam. Ausgestoßen. Und gleichzeitig aufgehoben. Gefühle, die mir nicht neu waren. Aber ich habe sie viel intensiver erlebt. An einem Tag bin ich durch das *Undercliff* gewandert. Neben dem Pfad sah ich ein totes Rehkitz. Es musste sich den Vorderlauf gebrochen haben und war verendet. Wie es so dalag. Angefressen. Mit leerem Blick. Ich stand davor und weinte.«

»Sie hatten Mitgefühl mit dem Tier. Und Sie haben um sich selbst geweint.«

»Seit dem Tod meiner Eltern habe ich in einem Gefühlskokon gelebt. Ich konnte mich zwar in meine Patienten einfühlen. Wirklich mitfühlen konnte ich nicht.«

Gossler wiegte den Kopf. »Ich habe Sie als durchaus empathisch erlebt. Jedenfalls was Ihre Patienten anging. Der Zugang zu ihren eigenen Emotionen war allerdings ein wenig erschwert.«

»Kann man unter diesen Voraussetzungen ein hinreichend guter Therapeut sein?«

»Waren Sie das nicht?«

»Die professionelle Distanz. Ich weiß. Aber wenn mich das Schicksal meiner Patienten nicht«, Adrian deutete auf sein Herz, »da berührt, fühle ich dann wirklich mit?«

»Mitfühlen ist nicht gleich Mitleiden. Ihre Distanziertheit hat Sie geschützt. Und Ihre Patienten.« Gossler strich sich wieder über seinen Bart. Die vertraute Geste gab Adrian Sicherheit.

»Aber sie hat uns auf Abstand gehalten. Letztlich.«

»Alles hat seinen Preis. Je mehr Nähe, desto größer die Gefahr der Verstrickung. Das Wesentliche ist aber: Sie haben Ihr Bestes gegeben. Für Ihre Patienten und für sich selbst. Und das war bei Gott nicht das Schlechteste.«

Adrian fühlte einen Kloß im Hals anschwellen.

»Vielleicht wird Ihr Bestes nach Ihren jüngsten Erfahrungen ein anderes sein. Doch es wird Ihr Bestes sein. Dessen bin ich mir sicher.« Gossler beugte sich vor und goss Wasser aus einer Karaffe in ein Glas, das er Adrian reichte. »Im Fall von Frau Moor glaube ich nicht, dass Sie etwas hätten besser machen können. Es war ihre seelische Not, die Sehnsucht nach Liebe und Wertschätzung, die sie angreifbar machte. Sie konnten sie nicht schützen.«

In Adrian regten sich viele Ja-Abers. Hätte er nicht erkennen müssen, dass sie zwar akzeptiert hatte, dass eine private Beziehung zu ihm ausgeschlossen war, sie jedoch weiterhin geheime Wünsche an ihn hatte, die er nicht erfüllen konnte? Und dass diese unerfüllten Wünsche sie in die Arme eines anderen Mannes zu treiben drohten? Eines Mannes, der ihre Bedürftigkeit ausnutzte?

»Mir fällt Frau Moors Traum von dem Schloss ein«, sagte Gossler. »Wenn ich mich richtig erinnere, wird sie von einem Fremden zum Tanz aufgefordert. Ihr ist es vor Ihnen peinlich. Sie bekommt Angst und will fliehen. Ihre Patientin scheint eine unbewusste Ahnung gehabt zu haben. Vielleicht hatte sie Rost bereits privat getroffen. Ihnen konnte sie sich nicht mitteilen, da sie ja Sie wollte. Und sie musste das Gefühl haben, Ihnen untreu zu werden.«

Adrian fühlte sich zugleich erleichtert und von einer tonnenschweren Traurigkeit in den Sessel gedrückt.

»In gewisser Weise wurde sie es auch«, fuhr Gossler fort. »Sie flüchtete aus dem schwierigen therapeutischen Prozess hin zu einer scheinbar leichteren Lösung. Zu Rost, der ihr eine schnelle Wunderheilung versprach und – vor allem – Liebe.«

»In dem Traum klingen sowohl ihre Scham mir gegenüber an als auch ihre eigenen Zweifel«, sagte Adrian.

»Doch die Tür ist verschlossen. Sie sitzt in der Falle«, beendete Gossler Adrians Gedanken.

Gossler schlug ein Bein über das andere und faltete die Hände über seinem Bauch: »Wann fangen Sie wieder an zu arbeiten?«

»Ich weiß noch nicht. Ich habe meinen Urlaub um drei Wochen verlängert.«

»Ihre Patienten waren sicher begeistert«, schmunzelte der alte Mann.

Sofort meldete sich wieder Adrians schlechtes Gewissen. Noch nie hatte er seine Patienten so lange im Stich gelassen. »Ehrlich gesagt, hatte ich Phantasien, für immer in Lyme zu bleiben. Nach alldem.«

»Doch Sie sind zurückgekehrt.«

Adrian nickte.

»Werden Sie Rosts Bitte nachkommen?«

»Bitte? Das war eine Forderung! Zuerst muss ich Amina sehen.«

Als Adrian das Gartentor schloss, zögerte er. In seinen Schilderungen hatte er einige Details ausgeklammert. Sollte er zurückgehen und sich ganz offenbaren? Gegenüber Gossler und sich selbst? Nein! Dazu war er noch nicht bereit.

Amina schloss die Tür und folgte Adrian. »Sorry, dass ich mich jetzt erst melde«, sagte er, als sie sich mit angezogenen Beinen ans andere Ende ihres Sofas setzte. Ohne Ankündigung war er aufgetaucht, und Amina war hin- und hergerissen. Sollte sie ihm um den Hals fallen oder die Tür vor der Nase zuschlagen? Beides hatte sie unterlassen. Auch sagte sie ihm nicht, dass sie ihn vermisst hatte und dass sie wütend war auf ihn, weil er ohne Abschied verschwunden war, weil er jede Gelegenheit vermieden hatte zu sprechen. Über das, was sich zwischen ihnen ereignet hatte. Etwas, hinter das sie nicht mehr zurückgehen konnten. Adrians Vermeidung ließ auch kein getrenntes Voranschreiten zu. Nicht einmal eine Klärung der Standorte. Doch war sie selbst soweit? Insgeheim war sie froh, dass Adrian ihr das Vermeiden abnahm. Das musste sie sich eingestehen.

»Ich habe Zeit gebraucht«, begann Adrian, »konnte nicht einfach zur Tagesordnung übergehen. Ich weiß nicht, ob ich es überhaupt wieder kann.«

Amina nickte bedächtig.

»Wie hast du das geschafft?«, fragte er. »Nach dem, was passiert ist?«

»Das war meine Tagesordnung«, antwortete sie.

»War es das?«

Nein, war es nicht. Auch wenn es zu den Gefahren ihres Berufes zählte, gehörte es nicht zu ihrem Alltag, verletzt zu werden. Zu ihrem Alltag gehörte es, sich zu schützen, es gar nicht so weit kommen zu lassen, dass das eigene Leben in Gefahr kam. Und bisher war es ihr gelungen. Doch aus dem Nichts blitzte Rosts Gesicht vor ihr auf. Sein *Spearmint*-Atem breitete sich in ihrer Nase aus. Wie Phantomschmerzen. Übelkeit schwoll in ihr an. Wälzte sich aus der Tiefe ihres Bauches nach oben.

»Amina?« Adrians Stimme unterbrach den Horrorfilm in ihrem Kopf. »Möchtest du ein Glas Wasser?«, fragte er sanft.

»Ja bitte. Und frische Luft.« Adrian öffnete das Fenster und ging in die Küche. Amina hatte Mühe, ihren Blick scharf zu stellen.

»Du hast Flashbacks«, sagte Adrian, als er sich wieder zu ihr gesetzt hatte.

Das Wasser rann kühl durch ihre Kehle und vertrieb die Übelkeit. »Sorry, ich habe dir gar nichts zu trinken angeboten.«

»Wie oft treten sie auf?« Adrians Beharrlichkeit tat gut.

»Tagsüber kaum noch. Aber fast jeden Abend, wenn ich alleine bin. Und ich träume davon.«

»Hast du therapeutische Hilfe?«

»Ich glaube, ich schaffe das alleine.«

»Eine Frage der Ehre?«

»Ehre?«

»Polizistenehre. Harte Kerle brauchen keinen Seelenklempner.«

»Das ist Krimiklischee«, erwiderte Amina. »Wir haben Polizeipsychologen, die in solchen Fällen Gespräche führen.«

Adrians Schweigen verriet, dass er wenig überzeugt war.

»Ich hatte ein Gespräch. Und der Psychologe meinte, ich komme zurecht.«

»So wie du mit Ralfs Tod zurecht gekommen bist.« Ein Schmerz durchfuhr Amina. Scharf wie ein Messerstich. Adrian zuckte zusammen. »Entschuldige!« Er hatte eine offene Wunde berührt, und sie war ihm dankbar, dankbar, dass er sie, Amina, berührt hatte.

Adrian schüttelte den Kopf. »Das war unprofessionell. Und eine Grenzüberschreitung.«

»Und das ist gut so.« Amina lächelte.

Adrian lehnte sich zurück und schien angestrengt nachzusinnen.

»Du hast schon recht«, fuhr sie fort. »Wir bekommen Hilfe angeboten. Aber am Ende wollen alle hören, dass man den Einsatz ohne Macke überstanden hat. Obwohl, Turner hat ehrlich besorgt gewirkt.«

»Kann es sein, dass du generell dazu neigst, schwierige Situationen mit dir selbst auszumachen?«, fragte Adrian vorsichtig.

»Das war jetzt aber sehr professionell«, parodierte Amina. »Seit Ralf gestorben ist, habe ich mich etwas zurückgezogen. Sehr zurückgezogen, von den Menschen.«

»Aus Angst, ihm untreu zu werden?«

»Aus Angst, ihn ganz zu verlieren. Das Gedenken an ihn. Ich habe Angst, dass die Erinnerung an ihn verblasst. Überlagert wird, wie auf einem doppelbelichteten Foto.«

Tränen verschleierten ihren Blick auf Adrian, der sie achtsam anschaute. Es war anders als an jenem Abend in Rosts Haus. Dort war sie in Adrians Blick versunken, als hätten seine Augen sie in ihn hineingesogen. Als hätte sie sich aufgelöst. In ihm. Jetzt fühlte sie sich getrennt, aber aufgehoben. Sicher, neben ihm. Sicher aber auch vor ihm. Und vor sich selbst.

»Die Erinnerung an Ralf und die Zeit, die ihr teilen durftet, hat sich tief in deine Seele eingraviert. Hat dich geprägt. Ohne ihn wärst du nicht die, die du jetzt bist. Und das kann dir nichts und niemand nehmen. Was mit der Zeit verblasst, ist der Schmerz über den Verlust. Die Erinnerung und das, was er in dir hinterlassen hat, werden bleiben.«

Adrians Stimme hallte in ihr nach. Wenn er nur recht hatte! Wie sehr wollte sie sich wieder öffnen können. Ohne diese Angst und das unterschwellige Schuldgefühl. Ralf hätte nie gewollt, dass sie sich zurückzieht. Doch da gab es einen strengen Richter in ihr. Eine Hemmung, die sie allzu gerne in die Wüste geschickt hätte. »Danke«, sagte sie. Sie wusste nicht, wie lange sie schweigend dagesessen hatte. »Oh, ich habe dir immer noch nichts zu Trinken angeboten. Kaffee? Tee?«

»Ein Glas Wein wäre gut«, antwortete Adrian.

Als Amina mit einer Flasche Primitivo und zwei Gläsern aus der Küche kam, stand Adrian am offenen Fenster und blies Rauchschwaden in die Dunkelheit. »Ich war so frei«, sagte er entschuldigend. Amina zuckte mit den Schultern. Seit sie selbst vor Jahren ihre letzte Zigarette ausgedrückt hatte, mochte sie es, hin und wieder den Rauch zu schnuppern.

»Wie willst du mit Rost verfahren?«, fragte sie.

»Morgen gehe ich zu ihm. Ich muss herausfinden, was er von mir will.«

»Soll ich mitkommen?«

»Ich denke, es ist besser, wenn ich ihn alleine sehe. Obwohl es mir mit dir lieber wäre.«

Langsam schwenkte Amina das Glas in ihrer Hand und beobachtete die kreisende Weinwelle darin. Adrian hatte an seinem Glas nur genippt und sich dann höflich verabschiedet. Es war wohl besser so, obwohl es ihr anders lieber gewesen wäre.

»Sie können jetzt zu ihm. Er ist aus der Krankengymnastik zurück.« Adrian erhob sich und nickte dem Pfleger zu. Als er Zimmer 6.12 erreichte, öffnete sich die Tür von innen. »Ciao, bis morgen«, sagte die Frau, die herauskam und an Adrian vorbeiging. Abteilung für Physiotherapie, las er auf ihrem Namensschild. Er klopfte an die offene Tür und trat ein. Die Sonne strahlte ihm entgegen und blendete ihn, sodass er den Mann vor dem Fenster nur als Schatten erkennen konnte. Mit leisem Surren setzte sich der Rollstuhl in Bewegung und fuhr auf Adrian zu. Dabei streifte er einen Tisch.

»Das ist noch verbesserungsbedürftig«, sagte Rost, als er vor Adrian zum Stehen kam. Das Gesicht war von den Medikamenten aufgedunsen, die Haut glänzte fettig. Er trug einen grauen Jogginganzug. »Ich würde Ihnen gerne die Hand reichen. Aber in letzter Zeit fühle ich mich etwas kraftlos.«

»Wie geht es Ihnen?«, fragte Adrian. Nach Ironie war ihm nun wirklich nicht zumute.

»C5. Noch inkomplett. Aber die Ärzte sagen, das kann sich ändern. Und vielleicht spüre ich bald gar nichts mehr, unterhalb der Schultern. Immerhin kann ich selbständig atmen und den Rollstuhl mit den Händen bedienen. Ich hatte Glück, dass es nicht C4 war.«

Adrian fühlte sich schuldig. Immer wieder marterte ihn seit dem Kampf mit Rost die Frage, ob er etwas anders hätte machen können. Ob er Amina hätte retten können, ohne ihn so schwer zu verletzen. Und bisher hatte er sich nicht getraut, die Frage zu beantworten.

»Ist es nicht ironisch?«, fragte Rost. »Die sagen, ich sei rücklings auf den lachenden Buddha gefallen. Und dabei habe ich mir den Rücken gebrochen.«

Adrian merkte auf. Die Statue! Der Sturz auf die Statue hatte die Verletzung herbeigeführt. Sein Schwerthieb hatte lediglich den Sturz verursacht. Für einen Moment fühlte sich Adrian befreit. Ohne Schuld. Doch nur für einen Moment. Dann kam sie zurück.

Die Ungewissheit. Und das schlechte Gewissen. Er hatte zugeschlagen. Wohin hatte er gezielt? Hatte er gezielt?

Als hätte er Adrians Gedanken gelesen, sagte Rost: »Sie fragen sich, ob ich besser davongekommen wäre, wenn ich auf die Matte gefallen wäre? Ob Sie dann nicht dafür verantwortlich wären, dass ich jetzt Gemüse bin? Wer weiß? Vielleicht wären wir beide besser davongekommen.«

»Sie wollten mich sprechen«, sagte Adrian.

»Ich möchte, dass Sie mich begutachten.«

Ein blitzartig einschießender Schmerz ließ Adrian an seine Hüfte greifen. »Das kann ich nicht.«

»Weil Sie nicht neutral sind?«

»Das Gericht wird mich sicher nicht zum Gutachter bestellen. Ich war in Ihre Festnahme involviert.«

»Das ist mir auch klar«, entgegnete Rost unbeeindruckt. »Falls die ein Gutachten wollen, werden sie eine Koryphäe beauftragen. Und das sind Sie bestimmt nicht. Jedenfalls nicht in Sachen Forensik.«

»Was wollen Sie dann?« Das Kränkungsgefühl, das in ihm aufstieg, versuchte Adrian zu unterdrücken.

»Verstehen.«

»Verstehen?«

»Ich will verstehen, wie es dazu gekommen ist, dass ich jetzt hier sitze.«

»Wie soll ich Ihnen dabei helfen?«

»Indem Sie mir zuhören. Und mit mir reden. Über mich. Und über sich.«

Adrian erschauderte. »Ich soll mit Ihnen über mich reden? Als Ihr Gutachter?«

»Okay. Ist nicht ganz nach dem Lehrbuch. Sagen wir, Sie sind in einer Doppelrolle. Gutachter und Mitbegutachteter.«

Adrian konnte nicht glauben, was er da gehört hatte. Rost musste psychotisch geworden sein. Oder er verfolgte einen Plan, den Adrian nicht verstand.

»Und auch Sie könnten Antworten auf Fragen bekommen, die Sie quälen. Nicht erst seit unserer denkwürdigen« – Rost schaute an sich hinunter – »Begegnung.«

Ein Kälteschauer fegte über Adrians Rücken. »Was meinen Sie damit?«

»Ich habe da so eine Ahnung.« Und nach einer kryptischen Pause fuhr Rost fort: »Aber vielleicht reicht es Ihnen ja, etwas über den Mann zu erfahren, dem Sie das Kreuz gebrochen haben.«

Wieder das Schuldgefühl.

»Und auch ich hoffe, dadurch etwas über den Mann zu erfahren, dem Sie das Kreuz gebrochen haben.«

»Sie können sich vorstellen, dass mein Kopf Achterbahn gefahren ist.«

»Eine höchst ungewöhnliche Idee.« Gossler nickte.

Adrian hatte ihn unmittelbar nach dem Besuch bei Rost aufgesucht. Ohne Termin. Auch das war ungewöhnlich. Doch er musste mit seinem Lehrer darüber sprechen, was er gerade erlebt hatte. Und der hatte verstanden. In Arbeitshosen saß er ihm gegenüber und verströmte den Duft von feuchter Gartenerde.

»Und dann hat er von ›Ich und Du‹ angefangen. Sagte, ich würde doch die These vertreten, dass sich das Ich im Du erkennt. Und darin das Ewige.«

»Er hat recherchiert und ist auf Ihren Artikel über Buber gestoßen.«

»Offensichtlich. Er hat auch durchblicken lassen, dass er über meine Arbeit im Institut Bescheid weiß.«

»Was mag er damit gemeint haben?«, fragte Gossler. »Mit der Anspielung auf Buber?«

Adrian schwieg.

»Haben Sie eine Phantasie, von welcher Ahnung er gesprochen hat?«

»Er deutete Gemeinsamkeiten zwischen ihm und mir an.«

»So scheint es. Was löst das bei Ihnen aus?«

»Angst. Verdammte Angst.«

»Angst wovor?«

»Davor, etwas in mir zu erkennen, das ich lieber unentdeckt ließe.«

Nachdenklich ließ Gossler seine Daumen in den gefalteten Händen umeinander kreisen. »Es wäre auch eine Chance …«

»Könnte aber auch nach hinten losgehen«, warf Adrian ein.

»... wenn Sie bereit dafür sind.«

War er das? Diese Frage vermochte er nicht zu beantworten. Gossler nicht und sich selbst nicht.

»Geben Sie sich Zeit«, sagte Gossler. »Diese Situation ist so weit von den Regeln der Kunst entfernt, dass Sie sie besser nicht nach professionellen Kriterien bewerten.« Und das von einem Lehranalytiker, der Standardwerke über psychoanalytische Technik und Behandlungsfehler geschrieben hatte! »Falls Sie sich auf das Abenteuer einlassen sollten, würden Sie es ja sicher nicht als offizieller Gutachter oder gar Therapeut machen. Es wären private Gespräche.«

»Ja. Rost besteht darauf, dass die Gespräche nicht dokumentiert werden. Keine Aufzeichnung, kein Protokoll.«

Gossler runzelte die Stirn. »Was hat er vor?«

»Was ist, wenn doch etwas an die Öffentlichkeit kommt? Der Fall hat für Schlagzeilen gesorgt.«

»Das könnte in der Tat Aufsehen erregen.«

»Auch im Institut«, sagte Adrian.

»Auch im Institut«, echote Gossler. »Jedenfalls bei einigen Mitgliedern. Das muss Ihnen bewusst sein. Wie ist eigentlich Ihr derzeitiger Stand?«

»Ich werde meine Ämter bis auf weiteres ruhen lassen. Ob und wie ich weitermache, weiß ich noch nicht.«

»Haben Sie sich im Stich gelassen gefühlt?«

»Besonders loyal hat sich das Institut nicht verhalten.«

»Das Institut besteht eben auch nur aus Menschen«, sagte Gossler. »Mit Licht- und Schattenseiten.« Und fügte nach einer Pause hinzu: »Wie ich und du.«

»Frau Moor! Sibylle!«

Er lässt die schmerzenden Hände sinken. Seine Schläge an die Eisentür verhallen. Stille. Verwesungsgeruch liegt in der Luft. Panik schießt ein, zwingt ihn, die Fäuste erneut zu ballen und mit Gewalt an die andere Tür zu hämmern. Auch das massive Eichenholz gibt keinen Millimeter nach.

»Amina!«

Schwer atmend lauscht er. Hört Schritte. Dem Geräusch folgend hetzt er den Gang entlang. Zurück zur Treppe. Dort angelangt bleibt er stehen. Lauscht. Hört oben gedämpfte Pianomusik und Gelächter. Rechts, am Ende eines weiteren Ganges wieder Schritte. Er eilt weiter. Getrieben. Schneller und schneller. Tritt jäh ins Leere. Stürzt. Rudert mit den Armen. Landet hart auf feuchtem Felsboden. Er will aufstehen. Stützt sich auf die Hände und blickt in den Abgrund, der sich vor ihm auftut. Rund in Stein gefasst. Wie ein Jahrtausende alter Brunnen. Mondlicht glitzert silbern in der Tiefe. Über bodenlosem Grund reflektiert ein glatter Wasserspiegel sein Gesicht, das in Aminas verschwimmt. In Rosts. Wieder in seins.

Der Toast schmeckte verbrannt. Nachdenklich kaute Adrian, während er den Traum vor seinem geistigen Auge ablaufen ließ. Zum wiederholten Mal. Und immer hinterließ er ein imperatives Gefühl: Du musst! Doch was musste er? Musste er sich wieder in den Schutz seines geordneten Lebens begeben? Darin verbarrikadieren? Oder musste er sich erneut auf den Weg machen? Auf eine Reise, deren Ausgang so unvorhersehbar war wie die letzte. Das Beunruhigende war, dass er die Antwort kannte. Er wusste, dass er nicht zurück konnte. Dass er nicht zurück wollte. Und dass das eine ohne das andere nicht zu haben war. Adrian ging in seinen Übungsraum. Zum ersten Mal seit seiner Rückkehr. Mit leeren Händen machte er eine Bewegungsform. Das Schwert konnte er noch nicht wieder anfassen. Bevor er den Raum verließ, fiel sein Blick auf das Wandbild *Mut zur Wandlung*. Er schmunzelte, als ihm das Schild an Gosslers Garteneinfahrt in den Sinn kam. *Freiheit aushalten* stand dort, schwarz auf gelbem Hintergrund.

»Sie haben das Wort.« Adrian breitete einladend die Hände aus.

»Was wollen Sie hören? Wie ich sie umgebracht habe? Und warum?«

Sie saßen in Rosts Zimmer.

»Dazu werde wir sicher noch kommen. Im Augenblick würde mich interessieren, wie sie sich entwickelt haben. Wie sind Sie zur Psychologie gekommen?«

Rost zögerte. Offensichtlich war er irritiert. »Nun, ich habe eine Ausbildung zum Coach gemacht. Und dann habe ich mein Institut gegründet. Vor zwei Jahren.«

»Zum Coach. Wo haben Sie die Ausbildung gemacht?«, fragte Adrian.

»War ein privates Institut.«

Sehr einsilbig, dachte Adrian. »Und vor der Ausbildung zum Coach? Haben Sie Psychologie studiert?«

Rost schaute zur Seite. Ein leiser Triumpf verband sich in Adrian mit Scham. Er spürte Rosts Scham. Und seine eigene. Er wusste, dass er ihn mit dieser Frage beschämen würde, wusste er doch genau, dass Rost nicht studiert hatte. Hatte er das nötig?

»Nach der Schule habe ich einiges ausprobiert. Nichts hat so richtig gepasst. Am Ende habe ich eine Ausbildung zum Bankkaufmann gemacht. Investmentbanking. Irgendwann habe ich an einem Wochenendseminar teilgenommen.«

»So eines, wie sie dann selbst angeboten haben?«

»So ähnlich. Hat mich beeindruckt. Und der Coach fand mich wohl auch ganz gut. So habe ich die Ausbildung an seinem Institut gemacht. Und nebenbei Ergänzungsqualifikationen bei anderen.«

»Und die Verbindung zum Schwertkampf?«

»Das war meine eigene Idee. Seit meiner Jugend betreibe ich Kampfsport.«

»Sie sind gut«, sagte Adrian und meinte es so.

»Straßentauglich«, fuhr Rost fort. »Ich hatte es nicht immer leicht. Musste lernen, mich durchzusetzen.«

»Und das wollten Sie in Ihren Seminaren vermitteln.«

»Genau. Darin kenne ich mich aus. Und ich hatte Erfolg. Auch wenn ich nicht Psychologie studiert habe.« Nach einer Pause fuhr Rost fort: »Sie schauen so skeptisch. Die geradlinigen Wege sind nicht immer die besten. Auch wenn Leute wie Sie das denken.«

»Wie kommen Sie darauf, dass ich so denke?«, fragte Adrian.

»Sie sind doch davon überzeugt, dass man Medizin oder Psychologie studieren und dann eine jahrelange Ausbildung absolvieren muss, um psychotherapeutisch arbeiten zu können. Alles andere ist in Ihren Augen Quacksalberei.«

»Ja und nein«, antwortete Adrian. »In der Tat bin ich der Meinung, dass man als Psychotherapeut eine große Verantwortung trägt. Und dass dies eine fundierte Ausbildung erfordert. Ob das nun unbedingt nur mit einem Psychologie- oder Medizinstudium und nachfolgender Spezialausbildung möglich ist, weiß ich nicht. Auf jeden Fall sollte man seine Grenzen kennen.«

»Grenzen sind da, um überschritten zu werden«, beharrte Rost und fuhr fort: »Sie haben doch Medizin studiert, Herr Doktor med. Wo war das?«

Adrian zögerte, ihm war unwohl dabei, Details aus seinem Leben mitzuteilen. Als lauere etwas oder jemand in einem Hinterhalt. Er konnte es nicht genau fassen. Rost schaute ihn angestrengt an. Der fast ängstliche Blick wollte nicht so recht zu der unbedeutenden Frage passen.

»In Tübingen«, sagte Adrian schließlich.

Rost schien aufzuatmen. »Das ganze Studium?«

»Ja. Und in den ersten Jahren habe ich dort auch gearbeitet. Als Psychiater.«

»Und wann sind Sie nach Berlin gekommen?«

»Für die zweite Facharztausbildung und die Weiterbildung zum Psychoanalytiker.« Das war genug. Adrian musste wieder auf Rosts Geschichte zurückkommen: »Was hat Sie an der Arbeit als Coach fasziniert?«

»Ich war kompetent. Und es ist doch ein erhebendes Gefühl, Leuten etwas beibringen zu können. Einfluss zu haben, formen zu können.« Rosts Augen glänzten.

»Macht zu haben?«, fragte Adrian.

»Macht! Das ist so ein Wort. Aber gut. Wenn Sie so wollen. Ja, ich bin lieber mächtig als ohnmächtig. Und tun Sie nicht so, als ob sie nicht auch die Macht über Ihre Patienten genießen!«

»Das halte ich für einen Kunstfehler. Wir nennen das narzisstischen Missbrauch. Und wann immer sich so ein Gefühl andeutet, muss ich mich als Therapeut damit auseinandersetzen, was sich da in der Behandlung oder beim Patienten zeigt. Oder was es mit mir zu tun hat. Unter Umständen muss ich es mit einem Supervisor besprechen.«

»Ja, ja, Sie sind ein Heiliger«, unterbrach Rost ungehalten. »Der gute Mensch von Charlottenburg. Aber Sie werden schon noch sehen. Sie haben auch Ihre Leichen im Keller.«

Worauf spielte Rost an? Plötzlich fühlte Adrian die Enge in dem Krankenzimmer, mit dem kleinen Tisch, an dem sie saßen, mit dem Klinikbett und dem Mann im Rollstuhl. In der Falle. Der Geruchscocktail aus muffiger Bettwäsche, Nasszelle und Desinfektionsmittel erzeugte Übelkeit. Er hatte das dringende Bedürfnis zu gehen.

»Ich bin müde«, kam ihm Rost zuvor. Lassen Sie uns Schluss machen für heute.«

»Alles in Ordnung bei Ihnen?«

Adrian schaute auf und blickte in fragende grüne Augen. An die Wand gelehnt atmete er vor Rosts Zimmer tief durch. Vor ihm stand die Physiotherapeutin, der er bereits bei seinem ersten Besuch begegnet war.

»Danke, geht schon wieder«, entgegnete Adrian.

»Sicher? Kann ich Sie alleine lassen? Fallen Sie mir aber nicht um!«

Adrian erkannte einen dezenten schweizerdeutschen Akzent in ihrer Stimme. Er lächelte sie freundlich an und ging mit weichen Knien zum Treppenhaus, während sie an Rosts Tür klopfte.

Amina lehnte sich zurück und streckte die Nase in die Luft. Sie genoss die warmen Sonnenstrahlen auf ihrem Gesicht. Im Schutz ihrer Sonnenbrille beobachtete sie aus dem Augenwinkel Adrian, der sich eine Zigarette anzündete. An der Havel entlang waren sie bis zum Grunewaldturm und zurück gegangen und saßen jetzt auf dem Deck der *Alten Liebe*.

Auf dem Weg hatte Adrian ihr von den Gesprächen mit Rost berichtet. Dreimal hatte er ihn bisher getroffen. Er hatte Amina erzählt, wie Rost über seinen beruflichen Werdegang und von seiner Jugend gesprochen hatte. Dass Rost das Bild einer liebevollen Mutter vermittelte, die ihren einzigen Sohn »vergöttert« habe. Und dass etwas an dem Bild nicht stimmen konnte.

»Rost ist also kein ausgebildeter Psychotherapeut«, sagte Amina und schob die Sonnenbrille auf den Scheitel.

»Nein, das war eine dieser Fortbildungen, die man in einigen Wochenendseminaren absolvieren kann.«

»Er scheint es damit aber weit gebracht zu haben. Große Villa, edles Tuch und jede Menge Jünger, die ihm an den Lippen hängen.«

»Vor allem Jüngerinnen«, sagte Adrian.

»In der Coaching-Szene scheint er einen gewissen Bekanntheitsgrad zu haben, wenn man dem Internet glauben darf.«

»Naja, wenn man darauf abzielt.« Adrian verzog abschätzig den Mund. »Mit verantwortungsbewusster Arbeit hat das nichts zu tun.«

War es Neid, den Amina heraushörte? In Adrians Ton lag Bitterkeit. »Das Kontrastprogramm zu deinen Idealen?« Das Du kam ihr noch immer schwer über die Lippen, aber ein Sie war nicht mehr möglich.

»Ich halte wenig davon, mit einer Schmalspurausbildung Menschen in Not seelisch und finanziell auszubeuten.«

»Während du dich einem langwierigen Training unterzogen hast.«

»Immerhin habe ich nach dem Medizinstudium zwei Facharztausbildungen und eine psychoanalytische Weiterbildung absolviert. Und ich habe mehr als fünfzehn Jahre Berufserfahrung und immer noch oft genug Zweifel an meinen Fähigkeiten.«

»Und Rost hat Ruhm und strotzt vor Selbstvertrauen.«

Ärgerlich drückte Adrian seine Zigarette aus.

Als die Bedienung die Getränke auf den Tisch gestellt hatte, fuhr Amina fort: »Und was hast du ihm von dir erzählt?« Seit sie wusste, dass Adrian wie sie in London aufgewachsen war, wollte sie mehr darüber erfahren.

»Dass mein Vater Diplomat war, dass ich in Japan geboren wurde, von meiner Zeit in London und wie ich nach Deutschland gekommen bin.«

»Wie seid ihr von Japan nach London gekommen?«, fragte sie. »Deine Eltern stammen doch aus Deutschland. – Ich bin Polizistin«, beantwortete sie achselzuckend seinen fragenden Blick.

»Wie du sicher auch schon weißt, arbeitete mein Vater in der deutschen Botschaft in Tokyo. Als ich drei Jahre alt war, wurde er nach London versetzt. Ich habe also fast keine Erinnerungen an Japan.«

»Und deine Mutter?«

»Sie hatte Ethnologie und vergleichende Religionswissenschaft studiert und interessierte sich für fremde Kulturen und Philosophie. Während der Zeit in Japan hatte sie begonnen, sich mit Zen und verschiedenen Zen-Wegen zu beschäftigen. Ikebana und Aikido praktizierte sie auch in London weiter. Ich erinnere mich noch gut, wie sie in unserem Haus Blumen stellte. Sie hatte eigens dafür eine Wandnische anfertigen lassen.«

Amina erinnerte sich an eine ihrer ersten Begegnungen mit Adrian. »Und über deine Mutter bist du zum Aikido gekommen.«

»Sie war wirklich gut darin«, fuhr Adrian fort. »In unserem Haus hatte sie einen Raum mit Matten ausgelegt. Ein richtiges Dojo. Dort trainierte sie regelmäßig.«

»Nicht in einer Schule?«

»Nein, ihr Lehrer kam zu uns.« Adrian schaute versonnen, als grüble er über eine ungelöste Frage nach. »Kashiro Ono«, fuhr er fort. »Es hatte etwas Geheimnisvolles, wenn sie hinter verschlossener Tür übten. Manchmal durfte ich zuschauen. Ich fand es faszinierend, wenn sie sich gegenseitig durch den Raum wirbelten und in hohem Bogen auf die Matte warfen. Wie ein Tanz kam es mir vor, und ich wollte es unbedingt auch lernen. So wurde Kashiro Ono auch mein erster Meister. Ich war fasziniert. Vom Aikido und von ihm.« Wieder machte Adrian eine Pause, als hinge er an etwas fest. »Manchmal war ich richtig eifersüchtig, wenn er mit meiner Mutter übte. Ich fühlte mich ausgeschlossen.«

»Das alles hast du Rost erzählt?«, fragte Amina. Mit einem Mal fühlte sie sich unbehaglich. Sie vermochte es nicht zu greifen. Aber ihr war, als hätte Adrian etwas sehr Intimes preisgegeben. Dabei war es doch nur um Kampfkunst gegangen.

»Ansatzweise«, antwortete Adrian.

»Wie hast du dich mit deinen Eltern verstanden?«

»Zu meiner Mutter hatte ich eine sehr enge Beziehung. Vertraut. Sie war für mich da. Und ich habe mich von ihr geliebt gefühlt. Meistens.« Wieder sein versonnenes Schweigen. »Meinen Vater habe ich selten gesehen. Er war immer in der Botschaft. Und wenn er zu Hause war, saß er in seinem Büro und arbeitete. Er war freundlich, aber heute würde ich sagen: emotional wenig verfügbar. Zwei- dreimal nahm er mich auf eine Spritztour mit. Er liebte Autos. Nur er und ich. Das war schön.« Für einen Moment glänzten seine Augen. Er nahm einen Schluck aus seinem Bierglas. »Aber dann wurde er ja wieder nach Tokyo versetzt. Da war ich acht. Meine Mutter wollte mir nicht schon wieder einen Umzug zumuten und blieb mit mir in London.«

»Ihr wart dann alleine. Nur ihr zwei?«, fragte Amina.

»Mit einigen Hausangestellten.« Adrian nickte. »Bis ich ins Internat kam.«

Auch das wusste Amina von ihren Recherchen, als Adrian noch verdächtig war. Doch sie erwähnte es lieber nicht.

»Meine Mutter ging zu meinem Vater nach Japan, und ich musste ins Internat.«

»Warum ist sie gegangen? Und warum hat sie dich nicht mitgenommen?«

Adrian zuckt mit den Schultern. »Vielleicht dachte sie, mit knapp elf komme ich im Internat zurecht. Ich wollte mit nach Japan. Aber sie sagte, es sei für meine Schulbildung besser, in London zu bleiben. Und so blieb ich. Aber ganz verstanden habe ich es nie. Und jetzt kann ich sie nicht mehr fragen.« Adrian starrte ins Leere.

»Muss hart für dich gewesen sein«, sagte Amina in das Schweigen hinein.

»Ich hatte furchtbares Heimweh. Die Nächte waren schlimm. Am schlimmsten waren aber die frühen Morgenstunden. Ich erwachte meist kurz vor dem Wecken, und ich wusste, ich würde wieder einen einsamen Tag vor mir haben. Natürlich hatte ich Kontakt zu Zimmergenossen und Mitschülern, und auch die Lehrer waren in Ordnung. Streng, aber wohlwollend. Aber ich fühlte mich verdammt einsam.«

»Doch es kam noch schlimmer.« Sie wusste, dass sie mitten in die Wunde greifen würde. Aber sie konnte nicht anders.

Seine Augen füllten sich mit Tränen. Doch bevor sie ihrem Impuls, ihn in den Arm zu nehmen, nachgeben konnte, zündete sich Adrian eine Zigarette an und blies energisch den Rauch in die Luft. »Ein Jahr später. Ich hatte gerade begonnen, mich wohlzufühlen«, begann er nach Minuten des Schweigens, »als die Nachricht kam. Der Vertrauenslehrer rief mich zu sich. Ob ich die BBC-News gesehen hätte. Hatte ich nicht, ich hatte Rugby-Training. Er stotterte herum. Ein Flugzeug war abgestürzt. In Japan. Ein Inlandflug. Am Vormittag. Keine Überlebenden. Ich müsse jetzt tapfer sein. Es täte ihm leid. Meine Eltern waren an Bord der Maschine.«

Aminas Kehle schnürte sich zusammen. Vor ihrem inneren Auge sah sie den kleinen Jungen vor sich stehen, dessen Welt in einem Augenblick in Stücke bricht. »Das muss furchtbar gewesen sein«, sagte sie.

»Ich war tapfer.« Adrian grinste bitter. »Weißt du, an diesem Abend in Rosts Keller ist es mir klar geworden. Nein, klar war es mir schon vorher. Aber nur hier.« Er deutete auf seine Stirn.

»Und nach dem Kampf ist es über dich hereingebrochen …«

»Aus mir herausgebrochen.«

»… dass du das alles in dir herumgetragen hast.«

»Wie einen abgekapselten Abszess«, sagte Adrian mit belegter Stimme.

In ihrer Phantasie stand sie hinter dem kleinen Jungen und legte ihm sanft die Hand auf die Schulter. »Wer hat sich um dich gekümmert?«

»Gekümmert.« Adrian zuckte mit den Schultern. »Meine Eltern hatten vorgesorgt. Finanziell war ich gut abgesichert. Es gab einen

Vormund, einen befreundeten Kollegen meines Vaters. Ich kannte ihn kaum. Er hat mich ein-, zweimal im Jahr im Internat besucht, hat alles Organisatorische bestens erledigt. Aber mit meinem Kummer bin ich allein geblieben.«

»Kein Wunder, dass du ihn wegpacken musstest. Hattest du keine Verwandten?«

»Keine lebenden.«

In Amina kroch die Erinnerung an Ralfs Tod herauf. An Verlust und Einsamkeit. Doch sie war erwachsen. Und sie hatte eine Familie. Eltern, Geschwister. Und sie wusste, dass sie dort immer Zuflucht und Hilfe finden würde. Auch wenn es Konflikte gab, ausgesprochene und verschwiegene. Dass sie nach Ralfs Tod nur für kurze Zeit nach London zurückgegangen war, dass sie den Kummer mit sich selbst ausgetragen hatte, war ihre Wahl gewesen. Immerhin hatte sie die Wahl gehabt. Im Gegensatz zu Adrian.

Nachdem er Amina vor ihrer Wohnung abgesetzt hatte, fuhr Adrian ziellos durch die Stadt. Beim Aussteigen hatte sie anerkennend auf das Armaturenbrett seines alten Saab geklopft: »*Snazzy car*, übrigens. Nicht von schlechten Eltern.« Vielleicht, um dem Abschied nach der Schwere des Nachmittages etwas Leichtigkeit zu verleihen. Vielleicht auch, um sich den Abschied selbst zu erleichtern.

Was hatte er ihr nicht alles erzählt? So viel hatte er – außer mit Gossler – seit langem nicht über sich gesprochen. Und anders als bei Rost fühlte er sich jetzt nicht unbehaglich. Hatte er sich von Rost zur Offenbarung verführt gefühlt, wollte er Amina aus seinem Leben berichten. Auf dem Rückweg hatte er von seiner weiteren Zeit im Internat erzählt. Wie er sich trotz allem schließlich doch zurechtgefunden hatte, von seinem Interesse an Theater und Literatur, wie er sich dennoch entschieden hatte, Arzt zu werden und in die Heimat seiner Eltern zu gehen, die ihm bis jetzt nicht Heimat geworden war. Amina hatte erwartungsvoll zugehört, anteilnehmend geschwiegen, interessiert nachgefragt. Im Nachhinein bedauerte er sein einsilbiges »Da-gibt-es-nichts-Erbauliches-zu-Berichten« auf ihre Frage nach Liebesbeziehungen. Und dennoch war er froh, dass sie nicht nachgehakt hatte.

»Haben Sie Kontakt zu Ihrer Mutter?« Adrian war froh, dass das Fenster offen stand und Frühlingsluft in den Raum ließ.

»Sie lebt auf Mallorca«, antwortete Rost in gleichgültigem Tonfall. »Seit Jahren. Hat geerbt, als ihre Eltern gestorben sind. Die hatten Geld.«

»Kennen Sie Ihre Großeltern?«

»Nein. Meine Mutter hat den Kontakt abgebrochen, als sie mit mir schwanger war. Die hatten sie rausgeworfen. Waren erzkatholisch. Aus einem Dorf in der Eifel.«

»Bisher haben Sie nur von Ihrer Mutter gesprochen«, sagte Adrian. »Was ist mit Ihrem Vater?«

»Leerstelle«, sagte Rost bitter. »Mein Erzeuger hat sich vom Acker gemacht, bevor ich auf die Welt kam.«

»Kennen Sie ihn?«

»Meine Mutter hat mir nie gesagt, wer er war.«

»Wollten Sie es nicht wissen?«

»Und ob! Ich habe immer wieder gefragt. Gebettelt. Aber sie hat sich geweigert. ›Das musst du nicht wissen‹, hat sie gesagt. ›Wir beide gehören zusammen. Das ist genug.‹ Ich habe alles versucht. Ihre Unterlagen durchforstet, ihre Briefe gelesen. Dinge, die ich nicht lesen wollte. Aber nichts, was auf meinen Vater hingewiesen hätte. Sie hat ihn bei meiner Geburt nicht angegeben. Also gab es auch nichts Offizielles. Ich habe sogar auf dem Jugendamt nachgefragt. Nichts. Ich weiß nur, dass er verheiratet war und Kinder hatte. Das hat sie mal rausgelassen. Und dass er ihr vorgeworfen hatte, sie habe es darauf angelegt, schwanger zu werden, damit er seine Frau verlässt.«

»Hatte sie?«, fragte Adrian vorsichtig.

»Sie wollte ein Kind. Sie wollte mich! Das hat sie immer wieder gesagt.« Der Trotz in Rosts Stimme hörte sich an wie Selbstbeschwörung. »Aber ich weiß nicht, ob sie mit ihm zusammenleben wollte.«

Rost schien in die Ferne zu schauen. »Sie hat es nie lange mit einem Mann ausgehalten.«

»Gab es einen Stiefvater?«

»Keinen, der diesen Namen verdient hätte. Schlappschwänze oder Schläger waren das. Der eine oder der andere zog schon mal für kurze Zeit ein. War aber bald wieder weg.« Und nach kurzem Schweigen fügte Rost hinzu: »Die besten Zeiten waren, wenn Mutter und ich alleine waren.«

»Waren Sie dann ihr Prinz?« Adrian erinnerte sich daran, was Rost vor dem Kampf gesagt hatte.

Rosts Augen verengten sich. Sein Blick verriet, Adrians Pfeil hatte ins Schwarze getroffen. »Kaichen hier, mein Prinzchen da«, sagte Rost sarkastisch. »Aber es hat gut getan. Ich war wichtig. Wenn ich bei ihr im Bett schlafen sollte, weil sie so traurig war.« Rost schloss die Augen. In einem tiefen Zug sog er Luft durch die Nase. »Ich habe ihn geliebt. Den Geruch ihrer Haut, ihrer Achseln. Auch wenn ich sie nicht trösten konnte.«

»Warum war sie traurig?«, fragte Adrian.

»Na, weil sie wieder mal so ein Stecher verlassen hatte oder weil einer zugeschlagen hatte.«

»Wurden Sie auch geschlagen?«

»Kam schon vor.«

»Von wem?«

»Von diesen Typen. Ab und zu ist auch ihr die Hand ausgerutscht, wenn ich genervt habe.«

»Genervt?«

»Es war manchmal einfach nicht auszuhalten. Diese Rammelei, dieses Gestöhne. Die abgeschlossene Tür. Ich saß in meinem Zimmer auf dem Boden und hab mir die Ohren zugehalten. Hat aber nicht geholfen. Ich habe meinen Kopf gegen den Heizkörper geschlagen. Hat auch nicht geholfen. Und wenn es mir zu viel wurde, habe ich mit der Faust gegen die Tür gehämmert. Solange bis jemand aufgemacht hat.«

Eine Schwere legte sich über Adrian. Er sah das Kind allein in seinem Zimmer sitzen. In tiefer Einsamkeit und voller Wut. Sah er Rost? Oder sah er sich selbst?

»Geh doch raus, spielen«, hieß es, wenn es gut lief. Rost verzog bitter das Gesicht. »Wenn es schlecht lief, gab es Prügel.«

»Das muss schlimm gewesen sein«, sagte Adrian.

»Schlimm war auch, wenn sie stritten. Und wenn Mutter Prügel bekam. Gezeter, Schreie. Aber irgendwie war mir das fast lieber als das Andere. Dann wusste ich wenigstens, dass es bald zu Ende ist. Dass der Typ verschwinden würde, und dass ich sie wieder für mich hatte. Dass ich wieder ihr Prinz war. Bis zum nächsten Typen.«

Eine Amsel saß im Gras und pickte in die Erde. Es hatte geregnet. Endlich hatte sie Erfolg und flog mit einem Wurm im Schnabel davon. Adrian nahm einen Schluck aus dem Plastikbecher und starrte ins Leere. Der Automatenkaffee schmeckte scheußlich. Warum hatte ihn das Gespräch mit Rost so bedrückt? War es nicht sein tägliches Brot, belastende Geschichten zu hören? Seit Jahren begleitete er Menschen, die seelische Grausamkeit erlebt hatten. Aber das hier war anders. Er fühlte nicht mit. Er litt mit. So als habe er es selbst erlebt. Oder etwas Ähnliches.

»Ein wenig Abstand tut gut.«

Adrian erkannte den schweizerdeutschen Akzent wieder. Er drehte den Kopf zur Seite. Tief in seinem Inneren versunken hatte er sie nicht bemerkt. Sie musste bereits seit einiger Zeit auf der Nebenbank gesessen haben. Denn zwischen Daumen und Zeigefinger hielt sie den letzten Bissen eines Sandwiches. Neben ihr standen eine offene Thermoskanne und eine Tasse. Und über der Lehne lag ihr weißer Kasack. »Ich verbringe meine Mittagspause gerne hier draußen. Gut, dass die Klinik so einen schönen Park hat.« Sie schüttelte eine Korkenzieherlocke aus dem Gesicht und nahm die Teetasse.

»Die Weite tut gut«, sagte Adrian und ließ den Blick über das Gelände gleiten. Die geschwungene Rasenfläche mit Blumenbeeten und alten Bäume war noch nicht den Erweiterungsbaumaßnahmen der Klinik zum Opfer gefallen.

»Es ist bestimmt nicht leicht«, sagte sie unvermittelt.

»Was meinen Sie?«

»Kai hat mir erzählt, wer Sie sind.«

Adrian schaute sie konsterniert an. »Was hat er denn gesagt?«

»Dass Sie mit ihm aufarbeiten wollen, was passiert ist. Das finde ich bewundernswert.«

Was für ein Spiel treibt er?, fragte sich Adrian. Wem will er etwas vormachen? Ihr, sich selbst, mir?

»Er ist schwer zu durchschauen«, fuhr sie fort. »Einmal ist er zu Tode betrübt, sagt, er hat das alles nicht gewollt. Dann macht er Witze über seine Behinderung. Sagt, dass er den Rest seines Lebens sitzen muss. Nennt den Rollstuhl seine Zelle. Er weiß, dass er nie wieder gehen wird.« Sie schenkte sich aus ihrer Thermoskanne nach und hielt sie hoch. »Sencha. Wollen Sie? Das Automatenzeug hier kann man doch nicht trinken.«

Adrian deutete auf den Plastikbecher in seiner Hand. »Diesen Kaffee mit Ihrem Sencha zu mischen, wäre …«

Sie lachte laut auf, goss Tee in den Deckel der Thermoskanne und reichte ihn Adrian.

Eine Weile saßen sie schweigend da. Der Tee schmeckte köstlich. Adrian genoss die Stille zwischen ihm und der Frau neben ihm. Eine unbefangene Stille. Ohne den Druck, reden zu müssen.

»Sie scheinen viel mit ihm zu tun zu haben«, sagte Adrian schließlich.

»Täglich ein bis zwei Stunden Krankengymnastik. Da kommt man schon ins Reden.«

Die Frage ist nur, was er ihr sagt, dachte Adrian.

Sie schaute auf ihre Armbanduhr und stand auf. »Ich muss weitermachen.«

Während sie ihren Kasack anzog, trank Adrian den letzten Schluck Sencha und reichte ihr mit einem Nicken den Becher. Verstohlen schielte er auf ihr Namensschild. »M. Gebser« stand über »Abteilung für Physiotherapie«.

Sie schaute zum Himmel. »Sieht nach Regen aus«, sagte sie und schlenderte in Richtung Hauptgebäude.

Amina öffnete die Augen. Sie hatte geträumt. Wenn sie gelaufen war, genoss sie es, sich nach dem Duschen ins Bett zulegen und ihre Muskeln zu spüren. Sie konnte nur Bruchstücke des Traumes erinnern. Adrian in leidenschaftlicher Umarmung. Kopulierend. Schweißnass. Eine unbekannte Frau, die ihm ihr Becken entgegenreckte, weit geöffnet, aufnehmend, entlassend, in immer schneller werdendem Rhythmus. In explosiver Ekstase. Amina drehte sich auf den Bauch und schob eine Hand unter sich.

»Schöne Frau«, sagte Rost, als Adrian sich setzte.

»Wer?«

»Martha, die Krankengymnastin. Sind Sie ihr nicht mehr begegnet? Ist gerade zur Tür raus. Sie hat mir erzählt, dass sie im Park mit Ihnen gesprochen hat.«

Mit anzüglichem Grinsen wiegte er den Kopf. »Ich glaube, die steht auf Sie.«

Rosts männerbündlerische Verbrüderung war Adrian zuwider. Vielleicht auch, weil er die Frau mit den Korkenzieherlocken in ihrer unbefangenen Art durchaus attraktiv fand, wie er sich eingestehen musste.

»Weiß Sie, was passiert ist?«, fragte Adrian.

»Das ließ sich nicht vermeiden. Stand ja in allen Zeitungen. Und bis denen klar war, dass ich wohl kaum in der Lage bin, davonzurennen, saßen Tag und Nacht Uniformierte vor meiner Tür. Außerdem gehört sie zum Behandlungsteam. Da wird sie wohl aufgeklärt sein, mit wem sie es zu tun hat.«

»Was genau haben Sie über mich gesagt?«, wollte Adrian wissen. Warum war ihm das wichtig?

»Dass Sie der Mann sind, der mich zum Krüppel geschlagen hat.«

Adrian zuckte zusammen, als hätte ihn ein Stromschlag getroffen. Ausdruckslos schaute Rost ihn an. Langsam verwandelte sich seine Miene in ein diabolisches Grinsen. »Natürlich nicht in diesen Worten.« Er schien es zu genießen. »Es war natürlich ein Zusammenspiel unglücklicher Ereignisse. Der Sturz, der Buddha und so weiter und so weiter. Und jetzt reden wir darüber.« Nach einer Pause fuhr er fort: »Vielleicht wäre es Ihnen ja lieber gewesen, wenn ich gesagt hätte, dass Sie der Held sind, der den bösen Mörder zur Strecke gebracht hat. Aber den Gefallen tue ich Ihnen nicht. Das müssen Sie schon selbst tun. Nur zu! Tue Gutes und rede darüber! Aber im Ernst. Ich glaube, Sie hätten Chancen bei Martha.«

Adrian nahm einen tiefen Atemzug. »Lassen Sie uns an die Arbeit gehen«, sagte er. »Sie sprachen gestern über Ihre Schulzeit.«

»Okay, okay, Themenwechsel.« Rost deutete ein Schulterzucken an.

»Sie haben gestern über ihr Beziehung zu Lehrern gesprochen.«

»Die Meisten haben nicht erkannt, was in mir steckt. Oder sie konnten mir nicht das Wasser reichen. Deshalb hatte ich oft Probleme in der Schule.«

»Warum haben Sie das Gymnasium verlassen?«, fragte Adrian.

»Irgendwann hatte ich nur noch Ärger. War selten da. Die Zensuren haben nicht mehr gestimmt. Und die haben mir keine Chance gegeben.«

»Hatten Sie keine Unterstützung?«

»Von wem denn? Meine Mutter hatte mit sich selbst zu tun. Für die Schule interessierte sie sich nie. ›Du schaffst das schon‹, sagte sie immer.«

»Aber irgendwann haben Sie es ohne Hilfe nicht mehr geschafft.«

»Die Realschule habe ich dann mit Links gemacht. Und dort waren die Frauen auch viel besser.« Rost zuckte in Groucho-Marx-Manier mit den Augenbrauen.

»Wie war Ihr Verhältnis zu den Frauen?«, fragte Adrian. Er witterte, dass sie sich dem kritischen Thema näherten.

»Verhältnis?«, fragte Rost. »Verhältnisse! Ich hatte Dutzende! Bei den Frauen bin ich gut angekommen.« Nach kurzem Zögern fügte er in weniger selbstgefälligem Tonfall hinzu: »Jedenfalls bei den Meisten.«

»Bei den Meisten?« Adrian spürte, dass er im Begriff war, ein heißes Eisen anzufassen.

»Ja, bei den Meisten.« War Rost schon bereit, darauf einzugehen? »Die Kerle waren neidisch auf mich.« Er war es noch nicht. »Oder haben mich bewundert.«

Adrian schossen Erinnerungen an das Seminar in Rosts Villa durch den Kopf. An die Art und Weise, wie viele der Teilnehmerinnen Rost angehimmelt hatten, an die Blicke mancher Männer. Und an seine eigenen Gefühle während der Schwertdemonstration.

»Was glauben Sie, beeindruckt die Frauen an Ihnen?«

»Ich bin klug, attraktiv, und ich habe Stil. Was wollen Sie mehr?«

Adrian nickte. Während des Seminars hatte er das bohrende Gefühl als Wut verstanden, dass Rost ihn in der Schwertübung so vorgeführt hatte. Äußerlich mochte er gelassen gewirkt haben. In ihm hatte es jedoch gebrodelt. Was ihn besonders verärgert hatte, war die Bewunderung, die Rost zuteil geworden war. Dass er Rosts Spiegelfechterei durchschaut hatte, half ihm zwar, beherrscht zu bleiben: Ihn als Gaukler zu sehen, der den großen Zampano gab, in fachlicher Hinsicht jedoch ein Dünnbrettbohrer war. Als jemanden, der unter einem ausgeprägten Mangel an Selbstwertgefühl litt und der sein seelisches Gleichgewicht mit Mühe dadurch im Lot hielt, dass er andere erniedrigte, um sich über sie zu erheben.

Doch was im Umgang mit Patienten funktionierte, war Adrian im Seminar nur bedingt gelungen. Jetzt wusste er, dass es Neid war. Neid, dass Rost sich darzustellen wusste, während er selbst sich stets in Zurückhaltung übte. In jeder Hinsicht. Seine vornehme englische Art pflegte Gossler es zu nennen. Wie stand es hingegen um seine eigene Zeigefreudigkeit, seine Lust zu glänzen? Sein Bedürfnis, gesehen zu werden? Bewundert zu werden? Sein Neid auf Rost – das war ihm jetzt klar geworden – wies deutlich darauf hin, dass seine Selbstgenügsamkeit eine scheinbare war. Dass er etwas in sich zurückhielt. Das hat er jetzt davon, schoss es Adrian beim Anblick des Mannes im Rollstuhl trotzig durch den Kopf. Und er schämte sich sogleich dafür. Genugtuung wollte sich nicht einstellen.

»Gibt es einen Frauentyp, der von Ihnen besonders fasziniert ist?« Adrian machte noch einen Versuch.

»Könnte ich nicht sagen«, kam prompt die Antwort. »Große, Kleine, Dicke, Dünne, Schöne, Hässliche.« Rosts überlegenes Grinsen gefror, als er nachzusinnen schien. »Das Problem ist – war –, dass ich oft das Gefühl hatte, die meinen gar nicht mich.«

Mit einem Mal blitzte es wieder auf. Das menschliche Antlitz hinter der Maskerade. So war es Adrian in den Gesprächen mit Rost wiederholt ergangen. Für Augenblicke. Wimpernschläge, in denen der des Spielens müde Darsteller die Maske sinken ließ und einen flüchtigen Blick freigab. Auf Fleisch und Blut. Auf eine Verletzlichkeit, die in Adrian eine Saite zum Klingen brachte. Eine Saite, deren Ton ihm allzu vertraut war.

Doch dieses Mal wollte Adrian Rost davon abhalten, die Maske wieder vors Gesicht zu schieben. Und dazu musste er sich selbst zeigen. »Das Gefühl kenne ich«, sagte er. »Du fühlst dich gemocht, sogar geliebt. Und das tut gut. Bis du merkst, dass das, wofür sie dich lieben, wenig damit zu tun hat, was für dich selbst wesentlich ist. Und dass sie dich benutzen, um ihren eigenen Wert zu steigern. Sie stellen dich auf ein Podest, damit sie sich an dir hochziehen können.«

Rost nickte. »Es fühlt sich so schal an.«

»Aber Sie haben doch sicher auch andere Erfahrungen gemacht.« Adrian tastete sich vorsichtig weiter. »Begegnungen, in denen Sie nichts vorspielen mussten.«

»Irgendwie bin ich immer bei den Falschen gelandet.«

»Wie hätten Sie sich die Richtige gewünscht?«, fragte Adrian, obwohl er die Antwort ahnte.

»Klug, mit beiden Beinen auf dem Boden. Eine, die mir nicht unterlegen ist und das auch weiß. Die in mir nicht nur den glorreichen Ritter in glänzender Rüstung sieht.« Rost schaute verdrossen ins Leere. »Ich hatte wohl die falsche Strategie.«

»Eine Strategie, die Sie durchs Leben gebracht hat«, sagte Adrian.

»Die mich jetzt das Leben gekostet hat. Und nicht nur mich.«

»Wie ist es passiert?«, fragte Adrian vorsichtig, nachdem beide minutenlang geschwiegen hatten.

»Sie hat mir gefallen. Im Seminar hat sie kluge Fragen gestellt, Ideen eingebracht. Schön und kompetent, das war sie. Ein bisschen angespannt vielleicht.« Rost betätigte den Schalthebel, und mit einem Summen bewegte sich der Rollstuhl nach hinten und im Kreis. Den Rücken zu Adrian gedreht, schaute Rost aus dem Fenster. »Und dann hat sie auf meine Mail reagiert. Sie nahm meine Einladung an.«

»Wie oft haben Sie sich getroffen?«

»Zweimal. Sie hat von ihrer Arbeit in der Kanzlei erzählt. Und dass sie in Therapie ist. Analyse. Ich habe ihr abgeraten. Nabelschau über Hunderte von Stunden, keine Tipps, keine Handlungsanweisungen. Am Schluss bist du auf dich selbst gestellt, musst alles alleine machen. Ich habe ihr gesagt, wenn sie zu meinen Aufbauseminaren kommen würde, würde sie schneller ans Ziel kommen. Beruflich und privat.«

»Und Sie auch«, warf Adrian ein. Er musste es sagen.

»Sie ist dann zu dem Seminar Anfang März gekommen. Es lief gut. Die Leute waren begeistert. Am Ende lud ich sie auf ein Glas

Prosecco ein. Und sie blieb. Wir redeten. Ich erzählte ihr von meinen Plänen. Seminare auf Mallorca und so. Dass ich meine Mutter fragen wollte, ob sie mir mit Seminarräumen helfen kann. Dass ich mir Sibylle als Co-Leiterin vorstellen konnte.«

»Wie reagierte sie?«

»Sie lachte. Sagte, sie und Leiterin psychologischer Seminare, das wäre keine gute Idee. Ich sagte, dass ich es ernst meine. Dass ich Bilder im Kopf habe. Mit einem Mal wirkte sie distanziert. Angespannt. Sie sagte, sie müsse darüber nachdenken.«

Adrian sah Sibylle vor sich. Wie sich ihr Körper anspannte, wie sie – fast unmerklich – den Kopf einzog. Er stellte sich vor, wie Angst in ihr hochkroch, Angst zugleich vor Bemächtigung und davor, wieder fallengelassen zu werden. Ihr ewiges Drama, geboren aus dem unbändigen Wunsch nach Liebe und Nähe und der damit untrennbar verbundenen Angst vor Zurückweisung. Jede Nähe würde bedeuten sich auszuliefern, sowohl der Gefahr vollständiger Inbesitznahme als auch der des Verlassenwerdens. In der Therapie hatte Adrian versucht, Sibylles Ängsten zu begegnen. Er hatte sich bemüht, einen sicheren, haltgebenden, wertschätzenden Raum zu schaffen, in dem sie sich entwickeln und den ihr gemäßen Weg finden konnte, ohne sie durch eigene Bedürfnisse oder die Pose des allmächtigen Heilers an sich zu binden.

»Ich ging auf sie zu«, fuhr Rost fort, »sagte, wir müssten uns nur besser kennenlernen. Als ich sie berührte, fing sie plötzlich an zu schreien und um sich zu schlagen. Da kam in mir eine Welle der Wut hoch. Von den Fußspitzen bis zum Kopf. Ich dachte, der Schädel zerplatzt mir. Wie ein überhitzter Reaktor. Plötzlich hatte ich ihren Kopf in meinen Händen. Sie sackte zu Boden.«

»Was haben sie gefühlt?«, fragte Adrian.

»Ich weiß nicht. Nichts. Als sie vor mir lag. Regungslos. Ich wusste, sie war tot. Was dann kam, erinnere ich so vage wie einen Traum. Ich weiß nicht, wie lange ich dastand. Sie vor mir auf dem Boden. Irgendwie habe ich sie in meinen Wagen getragen und am See abgelegt.«

»Und in der Zeit danach?«

»Weggepackt. Ich hatte keinen Zugriff darauf. Sicher, ich wusste, was ich getan hatte. Aber ich konnte es nicht mit mir zusammenbringen. Als hätte ein Doktor Frankenstein in meinem Gehirn herumoperiert und die Verbindung zwischen Denken und Fühlen gekappt. Ich habe einfach weitergemacht, als wäre nichts gewesen.«

»Bis zum letzten Seminar.«

»Anfangs war es wie immer. Dann, im Verlauf des Tages ergriff mich ein Gefühl, das ich überhaupt nicht zuordnen konnte. Ich war beflügelt, fast euphorisch. Und gleichzeitig wusste ich, dass ich unmittelbar vor einer Katastrophe stehe. Ein Tanz über dem Abgrund. Es hatte mit der Polizistin zu tun. Ihre Fragen und Beiträge. Es war wie ein Déjà-vu. Etwas in mir sagte, lauf weg. Ganz weit weg. Aber ich konnte nicht. Stattdessen lief ich zu Höchstform auf. Ich weiß nicht warum, aber ich musste sie ansprechen, als das Seminar zu Ende war.«

»Vielleicht hofften Sie, dass es diesmal gut ausgeht. Mit Ihnen und einer Frau, die die Richtige sein könnte.«

»Und stattdessen wieder das Gleiche. Sie blieb, das ermutigte mich. Und dann das Nein.«

»Ein Nein, das jedem zusteht«, sagte Adrian. »Zu jedem Zeitpunkt.« Adrian glaubte, die Andeutung eines Nickens bei Rost zu erkennen.

»Den Rest kennen Sie ja.«

Adrian kniff die Augen zusammen. Die tiefstehende Abendsonne war ihm in die Augen gewandert. Gossler stand auf und zog den Vorhang vor das Fenster, gerade soweit, dass er Adrians Gesicht verschattete.

»Er hat Sie nahe an sich herangelassen, so scheint es«, sagte er, während er sich wieder setzte. »So viel Offenheit und Selbstreflexion hätte ich ihm gar nicht zugetraut, nach alldem, was Sie über ihn berichtet haben. Ein Jammer, dass er nicht viel früher therapeutische Hilfe gesucht hat.«

»Vielleicht wäre das ganze Desaster zu verhindern gewesen«, sagte Adrian.

»Vielleicht. Aber auch Sie haben sich auf einen wagemutigen Prozess eingelassen mit ihm. Sie sagten, er habe Ihnen den Spiegel vorgehalten.«

»Jedenfalls sind mir in den Gesprächen mit Rost Wesenszüge bewusst geworden, auf die ich gerne verzichtet hätte.«

»Schattenaspekte, die Sie lieber bei ihm gelassen hätten? Sie meinen Ihren Neid auf seine Art sich darzustellen?«

»Ich konnte Angeber noch nie leiden.«

»Die Grenze zwischen pathologischer Selbstdarstellung und gesunder Zeigefreudigkeit ist manchmal schwer auszumachen. So einer wie Rost, der seine Vorzüge hemmungslos zur Schau stellt, kann Neid hervorrufen. Vor allem, wenn er Erfolg hat. Und wenn man selbst gehemmt ist.«

Adrian nickte. Sein Herzklopfen bedeutete ihm, dass er es ansprechen musste: »Da ist noch etwas, das vielleicht damit zusammenhängt. Als ich Ihnen von dem Kampf mit Rost erzählt habe, habe ich ein Detail ausgelassen.«

»Möchten Sie jetzt darüber sprechen?« Gosslers Miene signalisierte höchste Aufmerksamkeit und gleichzeitig vorurteilslose Offenheit.

»Am Ende, als er Amina töten wollte. Als ich ihn traf. Nein, bevor ich ihn traf. Es ging so schnell. Ich weiß nicht. Ich glaube, ich frage mich – jetzt, im Nachhinein –, ob ich eine Wahl hatte, wo ich ihn treffe. Ich frage mich, ob ich ihn töten wollte. Und ob es damit zusammenhing, dass ich wütend auf ihn war.«

»Und neidisch?«, fragte Gossler.

»Ich habe aus niederen Beweggründen gehandelt.«

»Sie richten streng über sich«, sagte Gossler. »Er hatte Sie vorgeführt, gedemütigt. Er hatte Ihre Patientin ermordet, hatte Sie verletzt. Und er wollte Amina töten, einen Menschen, der Ihnen viel bedeutet. Vielleicht mehr als Sie sich eingestehen können. Was aber von besonderer Bedeutung ist: Er hatte Sie zum Kampf auf Leben und Tod gefordert. Hatten Sie eine Wahl?«

»Ich musste den Kampf annehmen.«

»Um Aminas willen und um Ihrer selbst willen.«

»Und jetzt muss ich mit der Schuld leben, jemanden so schwer verletzt zu haben, dass er lebenslänglich im Rollstuhl sitzt.«

»Wie lange mochte Ihr letzter Schwerthieb gedauert haben?«, fragte Gossler. »Eine Viertelsekunde?«

Adrian nickte. Vor seinem inneren Auge lief die Szene noch einmal ab.

»Nicht viel Zeit zum Überlegen«, sagte Gossler fast beiläufig und schaute auf die Uhr. »Oh, die Stunde ist um.«

»Angefangen habe ich mit Taekwondo. Bis zum ersten Dan. Dann kamen Kickboxen, Kenjutsu und ein bisschen Krav Maga. Ich habe die harten Stile bevorzugt.« Rost schaute an sich hinunter. »Jetzt wird es wohl eher Kampfschach sein.«

Adrian schenkte Mineralwasser in die beiden Gläser auf dem Tisch und hielt das mit dem Strohhalm Rost entgegen. Der schüttelte den Kopf.

»Und Sie? Haben Sie außer Aikido etwas Vernünftiges gelernt?«

»Ich habe in andere Kampfkünste hineingeschnuppert«, sagte Adrian. »Aber Aikido liegt mir am nächsten. Üben mit dem Partner statt Kämpfen gegen den Feind.«

Rost grunzte verächtlich. »Kuschelkampfsport. Seid immer schön lieb zueinander!«

Adrian wunderte sich über den jähen Tonartwechsel bei Rost.
»Und passt bloß auf, dass ihr niemandem wehtut! Ist das nicht langweilig?«
»Was meinen Sie damit?«, fragte Adrian.
»So halten Sie es doch auch mit den Frauen«, fuhr Rost fort. »Ich kann es nicht mit ansehen, wie Sie Ihre Felle davonschwimmen lassen. Es tut mir im Herzen weh. Sehen Sie denn nicht, wie Martha nur darauf wartet, dass Sie endlich mal einen Schritt machen? Wenn ich an Ihrer Stelle wäre, würde ich mir diese Klassefrau nicht entgehen lassen. Aber nein, immer schön zurückhaltend. Ein blutleerer Frauenversteher sind Sie. Sie haben es verlernt, zu leben. Falls Sie es jemals gelernt haben.«
Wut kroch in Adrian empor wie glühende Lava. Was bildete der sich ein? Bilder von Rosts Seminar schossen durch seinen Kopf. Die bewundernden Blicke der Frauen. Aminas Lächeln, als Rost ihr vor allen schmeichelte. Hatte in ihrem Strahlen etwas Wahres gelegen? Neben der Maskerade?
»Sie glauben wohl, die Frauen stehen nur auf Sie. In mich haben sich schon etliche Frauen verliebt. Und ich hätte viele haben können.«
»Auch Patientinnen?«, fragte Rost.
»Das auch.«
»Zum Beispiel Sibylle Moor?«
»Auch sie.«
»Und dann haben Sie sie genommen?«
»Natürlich nicht!«
»Weil es Ihre therapeutische Haltung verbietet.«
»Ja.«
»Aber sie war doch ausgesprochen attraktiv«, sagte Rost.
»Ja, das war sie. Und dennoch habe ich sie als Frau nicht begehrt.«
»Also doch. Ein blutleerer Selbstkastrierer.«
Rost hochmütiges Grinsen ließ die Lava aus Adrians Mund quellen: »Immerhin. Sie wollte mich. Sie hingegen hat Sie zurückgewiesen.« Und mit Blick auf Rosts Rollstuhl: »Und ich habe noch viele Möglichkeiten vor mir. Im Gegensatz zu Ihnen.«
»Touché«, sagte Rost wie zu sich selbst. Ein diskretes Lächeln umspielte seine Lippen.

Adrian verstand nicht. Er verstand Rosts Lächeln nicht, er verstand sich selbst nicht. Wie konnte es so aus dem Ruder laufen? »Es tut mir leid«, sagte er.

»Nichts für ungut«, sagte Rost. »Man darf doch mal ein bisschen Rangeln, unter Männern. Sparring. Und zusammengezählt wird am Schluss.« Bevor Adrian fragen konnte, was Rost damit meinte, gähnte der demonstrativ. »Genug für heute.« Aufgewühlt verließ Adrian das Zimmer.

Es war schon beinahe zur Gewohnheit geworden. Um die Mittagszeit unterbrach Rost die Gespräche für eine Pause, und Adrian ging in den Klinikpark, wo er – wie zufällig – Martha traf. Sie bot ihm grünen Tee an. Beim dritten Mal brachte sie sogar eine Tasse für ihn mit. Adrian mochte die Unterhaltungen mit ihr. Mit herzerfrischender Offenheit erzählte sie ihm von sich. Dass sie in Zürich aufgewachsen war, von ihrer Familie und von ihrem Interesse am Tanztheater. Deswegen war sie nach Berlin gekommen. Es klang unkompliziert. Adrian mochte den unverstellten Blick ihrer grünen Augen, umrahmt von haselnussfarbenen Locken in einem Gesicht voller Sommersprossen.

Heute war die Leichtigkeit ihrer Begegnung jedoch durch den Streit mit Rost getrübt. In Adrian brodelte es noch immer. Vergeblich versuchte er, die Vorstellung abzuschütteln, dass Rost recht haben könnte. Und als Martha ihn fragte, ob er Lust hätte, mit ihr eine Aufführung im Tanzforum zu besuchen – sie habe eine Karte übrig –, sagte er spontan zu.

Schrader verschränkte die Arme und schaute sich zufrieden um. »Frühling in Berlin. Das hat was«, sagte er. »Ich mag es, wenn die Cafés bei den ersten warmen Sonnenstrahlen Stühle auf die Straße stellen. Als ich hergezogen bin, hat mir das die Stadt gleich sympathisch gemacht.«

Amina nippte an ihrer Latte Macchiato. »Du warst sehr einfühlsam, als wir diesen Junkie vernommen haben.«

»Ist doch eine arme Socke.« Schrader zuckt mit den Schultern. »Wie geht es eigentlich Sur? Führt er immer noch Gespräche mit Rost?«

Amina nickte. Ihr war nicht wohl dabei, dass er sich darauf eingelassen hatte.

»Ich finde das bewundernswert«, sagte Schrader und zündete sich eine Zigarette an.

»Ich hoffe, er hat sich da nicht zu viel vorgenommen. Der Kerl ist bösartig«, sagte Amina.

»Ich glaube, Sur ist ihm gewachsen«, entgegnete Schrader. »Aber es muss hart für ihn gewesen sein. Ich meine, die Bilder von dem Abend gehen selbst mir nicht mehr aus dem Kopf. Und ich bin vom Fach. Für so einen zart besaiteten Seelenklempner wie ihn muss das ein Supergau gewesen sein. Und dann geht der brav da hin und führt Gespräche mit dem Täter. Respekt.«

»Wenn ich überlege, wie du noch vor einigen Wochen über ihn gesprochen hast.« Amina zog die Mundwinkel nach unten.

»Stimmt, ich hab nicht viel von ihm gehalten. Aber das war, bevor ich ihn kannte. Ich muss zugeben, dass ich gewisse Vorurteile gegen seine Zunft hatte. Und wie du siehst, bin ich lernfähig.« Schrader grinste.

Amina nickte anerkennend.

»Und du?« Schrader schaute Amina eindringlich an. »Du findest ihn doch auch ganz in Ordnung.«

Amina fühlte sich ertappt. »Was meinst du?«

»Mensch, Amina, Ralf ist seit mehr als fünf Jahren tot.«

Amina zuckte zusammen.

»Du musst doch wieder anfangen zu leben«, sagte Schrader. »Versteh mich nicht falsch! Du lebst für deine Arbeit, und die machst du verdammt gut. Aber das ist doch nicht alles!« Er schien nach den richtigen Worten zu suchen. »Weißt du, Amina, du bist eine klasse Frau.«

Amina hob die Hände, um ihn zum Schweigen zu bringen.

»Nein, lass mal! Hör dir das ruhig an! Das wollte ich dir schon immer mal sagen. Du bist die beste Polizistin, die ich kenne. Du bist klug, tough und – wunderschön.« Er stockte, atmete aus und lehnte sich zurück. »So, jetzt ist es raus.«

Amina fühlte eine wohlig-warme Woge in ihrem Bauch und einen Kloß im Hals. Sanft legte sie ihre Hand auf seinen Arm. Nicht zu sanft. Ihr war, als hätte ihr kleiner Bruder ihr eine Liebeserklärung gemacht. Es war so etwas wie eine Liebeserklärung. Aber Schrader war nicht ihr Bruder. Obwohl er ein attraktiver Mann war, hatte sie nie andere als geschwisterliche Gefühle ihm gegenüber gehabt. Lag es am Altersunterschied? So viel jünger war er nicht.

»Und ich wäre ganz schön eifersüchtig auf Sur«, sagte er nach einer Pause, »wenn ich nicht schwul wäre.«

Amina riss die Augen auf. »Warum hast du das all die Jahre verschwiegen?«

Schrader zuckte mit den Schultern. »Tat nichts zur Sache. Und ich wusste nicht, wie du dazu stehst als braves muslimisches Mädchen und als Kollegin. Fußballprofis und Cops dürfen nicht schwul sein.« Er zwinkerte ihr zu. »Außerdem braucht jeder sein Geheimnis.«

Amina schmunzelte und dachte an ihren großen Bruder. »Stimmt, tut auch nichts zur Sache«, sagte sie. Dann rief sie den Ober.

»Sieht gut aus. Super. Wenn ich alles zusammen habe, schicke ich Ihnen das Material zu. Bis dann.« Rost zuckte zusammen, als Adrian das Zimmer betrat und ließ sein Smartphone in den Spalt zwischen Oberschenkel und Rollstuhl gleiten. »Ah, Sur, ich habe Sie gar nicht klopfen gehört.

»Die Tür war angelehnt«, sagte Adrian.

Ohne anzustoßen steuerte Rost seinen Rollstuhl in dem engen Zimmer. Er hatte beträchtliche Fortschritte gemacht. Von Martha wusste Adrian, dass sich am Ausmaß seiner Lähmungen allerdings nichts geändert hatte. Je mehr Zeit verging, desto geringer war die Chance, dass sich noch etwas verbesserte.

»Dann lassen Sie uns weiterarbeiten«, sagte Rost. »Ich habe das Gefühl, dass wir mehr gemeinsam haben, als auf den ersten Blick ersichtlich ist.«

In Adrian regte sich ein entschiedenes Nein.

»Ich habe über Ihren Aikido-Lehrer und Ihre Mutter nachgedacht«, fuhr Rost fort. »Sie erwähnten, dass die beiden hinter verschlossener Tür übten. Und dass Sie sich ausgeschlossen fühlten. Das hat mich an mich erinnert. Wenn meine Mutter sich mit ihren Lovern einschloss.«

»Meine Mutter hat Aikido geübt«, fuhr Adrian dazwischen und wunderte sich über das Ausmaß seiner Entrüstung.

»Und wenn es nicht nur Aikido war?«, fragte Rost mit maliziösem Grinsen.

»Es war Aikido!«, beharrte Adrian. Das Nein schwoll zu einer ohrenbetäubenden Lautstärke an. Und je lauter es wurde, umso größer wurden Adrians Zweifel. Er erinnerte sich an die verschlossene Tür. An die vertrauten Geräusche von Werfen und Geworfenwerden. Aber auch an andere, fremde Geräusche. Die Stille. Und eine Stimmung, die er nicht einordnen konnte, wenn sich die Tür wieder geöffnet hatte. Wenn seine Mutter und Kashiro Ono auf der Veranda saßen und eine Zigarette rauchten. Eine wortlose Vertrautheit, in der Adrian keinen Raum hatte. Wie in weiter Ferne, so schien seine Mutter dann. Und er erinnerte sich an unerklärliche Hassgefühle auf seinen verehrten Meister. Einmal, während des Trainings mit ihm, brachen sie völlig unerwartet heraus. In einer Schwertübung griff er Ono wütend an. Der Meister parierte den Angriff mit Leichtigkeit. Sein wortloser Blick verriet jedoch, dass Adrian eine Grenze überschritten hatte. Bald darauf ging seine Mutter zu ihrem Mann nach Japan, und Adrian kam ins Internat.

»Vielleicht war auch Ihre Welt nicht ganz so heil, wie Sie es sich zurechtgelegt haben.« Aus Rost Miene war jede Ironie gewichen. »Und vielleicht hat Ihr Drama nicht erst mit dem Tod Ihrer Eltern begonnen.«

Adrian konnte nichts sagen. Er konnte und wollte hier und jetzt nicht darüber nachdenken, ob Rost recht hatte und ob es Parallelen zwischen seinem und Rosts Leben gab. Er stand auf. »Lassen wir es für heute gut sein«, sagte er. Als er sich zum Gehen umwandte, hätte er Rost beinahe brüderlich die Hand auf die Schulter gelegt.

Irgendetwas stimmte nicht. Dabei war es ein schöner Abend. Die Aufführung hatte ihm gefallen. Seit Beginn seiner Zeit in Berlin war er nicht im Tanztheater gewesen. Und er hatte sich wohl gefühlt neben Martha. Danach hatten sie in einem türkischen Restaurant gegessen und sich angeregt unterhalten. Jetzt saß Adrian in ihrem Wohnzimmer und blickte sich um, während Martha in der Küche eine Flasche Wein entkorkte. Neben Hunderten von Musik-CDs standen Bücher über Tanz und Physiotherapie in einem IKEA-Regal. In der Ecke lehnte eine zusammengerollte Yogamatte. Als Martha ihn zu sich einlud, gab es keinen Grund abzulehnen. Dennoch fühlte sich Adrian, als sei er dabei, etwas Verbotenes zu tun. Ein Kribbeln ging durch seinen Körper, als Martha sich neben ihn auf das Sofa setzte und ihm ein Glas reichte. Sie stießen an.

»Als du vorhin erzählt hast, du hättest in der Liebe wenig Glück gehabt«, begann sie, »habe ich mich gefragt, woran das wohl gelegen hat.«

»Das ist kompliziert«, sagte Adrian. »Vielleicht kann man es so zusammenfassen: Ich hatte Angst, nicht das geben zu können, was von mir erwartet wird.«

Er sah Martha an, dass sie auf eine ausführlichere Antwort hoffte. Unzählige Male zuvor hatte er in ähnlichen Situationen geschwiegen. Beharrlich. Ein unüberwindlicher Widerstand hatte ihn daran gehindert, sich zu öffnen. Er hatte sich nicht hingeben können. Auf einmal erschien vor seinem inneren Auge Rost, der mit tänzerischer Leichtigkeit und verführerischem Lachen mit einem Degen focht wie Gene Kelly als D'Artagnan.

»Ich hatte Angst zu verletzen, wenn ich die Gefühle, die mir entgegengebracht wurden, nicht in gleichem Maße erwiderte. Und gleichzeitig hatte ich Angst verletzt zu werden. Beides hat mich gehemmt, mich einzulassen.«

»Du hast das Risiko vermieden«, sagte Martha nachdenklich. »Und Chancen verpasst.«

»Und du? Bist du Risiken eingegangen?«, fragte Adrian nach einer Pause.

Martha nickte vielsagend. »Ja, mit gutem und mit schlechtem Ende.« Sie füllte Adrians und ihr Glas und nahm einen Schluck, bevor sie weitersprach. »Beim letzten Mal habe ich gelitten wie ein Tier. Das ist jetzt über ein Jahr her. Da habe ich mir geschworen, mich mit keinem mehr einzulassen, der es nicht ernst meint. Wenn ich es ernst meine.«

Adrian schaute ihr in die Augen. »Und? Meinst du es ernst?« Er wusste nicht, was ihn dies hatte sagen lassen. Und er wusste nicht, welche Antwort er hören wollte. Doch! Er wusste es. Er war auf einen Zug aufgesprungen, der eben noch im Schritttempo gefahren war, jetzt aber bedrohlich Fahrt aufnahm.

Martha hielt seinem Blick stand. Ihre Pupillen weiteten sich und verschmälerten das Grün ihrer Augen zu schmalen Ringen. Ihre Wangen röteten sich. »Ich weiß es nicht«, sagte sie. »Aber vielleicht bist du das Risiko wert.«

Sam saß auf der Gartenmauer und überblickte sein Revier. Als Adrian aus dem Auto stieg, stand er auf, streckte sich und sprang herunter, um ihn zum Haus zu begleiten. An der Tür blieb er stehen und schlug unentschlossen mit dem Schwanz. Schließlich entschied er sich, draußen zu bleiben. Die Morgendämmerung war Jagdzeit.

In der Wohnung war es gerade noch so dunkel, dass Adrian das Licht anknipsen musste. Er ging in die Küche und schaltete die Kaffeemaschine an. Obwohl er müde war, ließ ihn eine Unruhe jetzt nicht an Schlaf denken. Wann war er zuletzt von einer Liebesnacht nach Hause gekommen? Wie hatte er sich damals gefühlt? Und wie fühlte er sich jetzt? Er goss Kaffee in eine Tasse und setzte sich an den Küchentisch.

Martha hatte den ersten Schritt getan, und Adrian war ihr gefolgt. So bereitwillig, dass er jetzt nicht mehr zu sagen vermochte, ob er nicht – vor ihr – subtile Impulse für das gegeben hatte, was geschehen sollte. Als sie seinen Arm berührte und ihm das Glas aus der Hand nahm, zog er sie an sich heran. Ihren Kopf in seinen Händen fühlte er widerspenstige Locken und küsste bereitwillig geöffnete Lippen. Während sie sich liebten – zuerst auf dem Sofa und dann in ihrem Bett –, während Martha sich ihm in ihrer ganzen Offenheit hingab, darbietend und fordernd, blitzte immer wieder ein feixend tanzender Rost vor ihm auf. Doch Marthas Leidenschaft und Innigkeit, bar jeder Reserve, rissen ihn heraus aus seinem Denken, sogen ihn hinein in sein Empfinden, in seinen Körper und in ihren. Er konnte nicht anders, als sich fallen zu lassen in einen rhythmischen Tanz aus Geben und Nehmen, Führen und Hingeben, eruptivem Wollen und sinnlichem Innehalten.

Und nun? Müsste er nicht beglückt sein von einem schönen Abend und einer leidenschaftlichen Nacht? Von einer Begegnung, die dies ermöglicht hatte, mit einer Frau, die sich ihm geöffnet hatte? Doch trotzdem saß er jetzt in seiner Küche und fühlte sich, als hätte er jemanden betrogen. Plötzlich spürte er den Impuls, Amina anzurufen. Um ihr zu beichten, dass er fremdgegangen war? Er schüttelte den Kopf über sich.

Auf dem Weg ins Schlafzimmer warf er einen Blick in sein Arbeitszimmer. Der Anrufbeantworter blinkte. Eine Nachricht von Amina: »Hallo Adrian. Amina. Ich wollte dich fragen, ob du Lust hättest, heute Abend mit mir essen zu gehen. Ich kenne ein Restaurant, in dem es delikate Austern gibt. Du kannst ja zurückrufen, wenn du Zeit und Lust hast. Ansonsten wünsche ich dir einen schönen Abend. Bis dann.«

»Ich knie vor den herausgebrochenen Steinen und versuche, das Mosaik wieder zusammenzusetzen.«

»Ihr Mosaik?«

»Das Bild, das ich von mir und meinem Leben hatte.« Adrian starrte auf den Boden. Zum ersten Mal fiel ihm die große Kerbe im Eichenparkett direkt vor seinen Füßen auf.

»Eine wütende Patientin mit Stöckelschuhen«, erklärte Gossler, der Adrians Blick gefolgt sein musste. »Ist schon ein paar Jahre her.«

»Ich dachte, ich wüsste über mich Bescheid«, sagte Adrian. »Jetzt stehe ich da und entdecke, dass ich nur Teile von mir kenne. Ausschnitte des Bildes.«

Gossler öffnete die Hände. »Die Bilder, die wir uns machen, sind lediglich Abbilder der Wirklichkeit, ohne die Wirklichkeit selbst zu sein. Nie erfassen sie das Ganze. Und sie wandeln sich. So wie auch unsere Erinnerungen, die ja nichts anderes sind als Bilder, die wir uns von der Vergangenheit machen, Veränderungen unterworfen sind. Je nachdem, was wir zu sehen bereit sind.«

»Oder gezwungen sind«, sagte Adrian.

»Das ist nicht immer leicht zu entscheiden«, fuhr Gossler fort. »War es ein Segen oder ein Fluch, dass der Tod Ihrer Patientin Sie gezwungen hat, Seiten an sich zu erkennen, die Ihnen selbst in einer jahrelangen Lehranalyse verborgen geblieben waren?«

»Dass ich Zugang zu verschütteten Gefühlen bekommen habe, ja, das ist gut. Aber es ist, als hätte Rost mit dem Vorschlaghammer auf das Bild, das ich von mir hatte, eingedroschen.«

»Ich finde, er hat sehr subtil mit dem Goldhämmerchen geklopft«, widersprach Gossler. »Jedenfalls in Ihren Gesprächen. Ein großer Manipulierer.«

»Und Martha? An ihr habe ich mich schuldig gemacht.«

»Schuld ist ein großes Wort«, sagte Gossler fast beiläufig.

»Ich habe mich mit ihr eingelassen, obwohl ich nicht offen für eine Beziehung mit ihr bin.«

»Weil Ihre Zuneigung jemand anderem gehört?«

Adrian nickte bekümmert. »Warum habe ich das getan?«

»Sagen Sie es mir«, entgegnete Gossler. »Was ging Ihnen durch den Sinn an jenem Abend?«

»Rost. Was der kann, kann ich schon lange! Es war, als wollte ich es ihm zeigen.«

»Wie nannte er Sie? Einen blutleeren Frauenversteher?«, schmunzelte Gossler.

»Und es hat sich verdammt gut angefühlt«, sagte Adrian. »Leidenschaftlicher Sex. Mit einer tollen Frau. Ich habe einfach losgelassen.«

»Und jetzt haben Sie Schuldgefühle.«

»Gegenüber Amina. Und gegenüber Martha, weil ich ihr mehr bedeute als sie mir. Ich habe das Gefühl, sie missbraucht zu haben.«

»Wieder so ein großes Wort.«

»Ausgenützt.«

»Möglicherweise ist nach all den Jahren, in denen Sie zu viele Skrupel hatten, der Gaul mit Ihnen durchgegangen. Und vielleicht werden sie Martha verletzen müssen. Dafür tragen Sie die Verantwortung.« Sein Blick machte Adrian unmissverständlich klar, dass es an ihm war zu handeln, an niemandem sonst.

Adrian sann nach, nickte. Nach einer Pause sagte er: »Herr Gossler, hatten Sie jemals den Eindruck, dass meine Mutter und Kashiro Ono eine Liebesaffäre gehabt haben könnten?«

»Nicht so konkret«, erwiderte Gossler nach kurzem Schweigen. »Doch obwohl Sie die Beziehung zwischen Ihrer Mutter und Ihnen als sehr liebevoll geschildert haben, ist mir immer wieder eine große Distanz aufgefallen. Eine Distanz, die nicht recht ins Bild passen wollte. Und Ihr Gefühl, ausgeschlossen zu sein, wirkte etwas zu stark auf mich, als dass es allein mit dem Aikido-Training Ihrer Mutter zusammenhängen konnte.«

»Genauso wie meine Wut auf Ono«, sagte Adrian. »Damals war mir der Zusammenhang nicht bewusst. Alles, was ich wusste, war, dass ich durch meinen Angriff auf ihn etwas zerstört hatte. Meine Wut hatte die Beziehung zu meinem Meister zerstört. Meine Mutter ging weg – und starb.« Plötzlich fühlte sich Adrian schuldig am Tod seiner Eltern. Es waren die Schuldgefühle eines Zwölfjährigen.

»Möglicherweise wurde Ihrer Mutter durch Ihren Angriff auf Ono bewusst, dass Sie etwas ahnen und dass sie sich entscheiden muss. Für Ono oder für Ihren Vater. Und sie hat sich für Ihren Vater entschieden. Aber hierzu musste sie zu ihm nach Japan gehen und Ono verlassen. Und sie hat Sie zurückgelassen.«

»Damals konnte ich all dies nicht in einen Zusammenhang bringen. Ich fühlte mich einfach schlecht, deprimiert, würde ich heute sagen.«

»Sie mussten es verdrängen. Es war zu komplex und überwältigend: Wut, Schuldgefühle, Verlassenheit, Trauer.«

»Das Gespenst im Schrank«, sagte Adrian.

»Das sie mühevoll in Schach halten mussten.«

»Meine Angst, wieder etwas zu zerstören, mich wieder schuldig zu machen, wenn ich mich einlasse. Auf Freundschaft, Liebe.«

»Und Kampf«, ergänzte Gossler. »Sie erinnern sich. Wiederholt habe ich Sie während Ihrer Lehranalyse damit konfrontiert, dass Sie mir gegenüber nie Wut oder wenigstens Ärger gezeigt haben. Sie wurden nicht müde zu betonen, dass Sie eben keine negativen Gefühle mir gegenüber hätten. Ungewöhnlich in einer Analyse. Das wissen Sie. Jeder Kampf drohte für Sie, ein Kampf auf Leben und Tod zu werden. Und wenn es der Tod einer Beziehung war.«

»Zuneigung und Wut«, sagte Adrian.

»Liebe und Hass«, entgegnete Gossler. »Was das angeht«, er schien seine Worte mit Bedacht zu wählen, »da könnte etwas noch Dunkleres lauern. Etwas Abgründigeres. Das sich mit Gewalt Bahn brechen könnte.«

Was meinte er damit? Adrian wagte nicht zu fragen. Und Gossler antwortete nicht.

»Hinter dem Schatten«, sagte Adrian.

Beide schwiegen.

Schließlich sagte Adrian: »Vielleicht musste ich Rost begegnen.«

Gossler strich sich wieder über seinen Bart. »Mit Bubers ›Ich und Du‹ lag er gar nicht so falsch.«

»Tat Tvam Asi«, dachte Adrian laut. »Was unterscheidet mich von Rost, bei all den Gemeinsamkeiten?«, fragte er.

»Es gibt Parallelen in Ihren Lebensläufen. Und Sie tragen ähnliche Verwundungen. Doch wenn ich mir Ihr Leben und Ihre Arbeit vor Augen führe, würde ich sagen, aus Rost ist ein verwundender Verwundeter geworden, während Sie sich für den Weg des verwundeten Heilers entschieden haben.«

»Entschieden? Vielleicht hatte ich einfach Glück.«

»Sie hatten das Glück, sich entscheiden zu können.« Gossler schaute aus dem Fenster. »Sie können es auch Gnade nennen.«

Martha lächelte ein tapferes Lächeln. »Schade. Hätte etwas werden können.«

»Es tut mir leid«, sagte Adrian. Fast zerriss es ihm das Herz, als er sich umwandte und die Treppe hinabstieg. Vergeblich wartete er darauf, dass ihre Tür hinter ihm zufiel. Er konnte jetzt nicht sofort nach Hause fahren. In einer Bar am Nollendorfplatz setzte er sich an die Theke. Ja, vielleicht hätte es etwas werden können mit Martha und ihm. Wenn er nicht Amina begegnet wäre. Dabei hatte er keine Ahnung, ob jemals etwas aus ihm und Amina werden würde. Zwischen ihnen war eine ungeheure Nähe entstanden. Eine Nähe, die bereits zu bestehen schien, bevor sie sich zum ersten Mal begegnet waren, und die am größten war, als der Tod nur einen Schwerthieb entfernt war. Seitdem waren sie umeinander herumgeschlichen, den entscheidenden Schritt vermeidend. Mit Martha wäre alles wohl viel unkomplizierter gewesen. Doch Adrian musste die Nähe zu Amina ergründen. Er musste den gemeinsamen Grundton heraushören, der immer wieder anklang, wenn sie sich begegneten. Die Resonanz, die sie in ihm erzeugte. Und hierzu musste er frei sein. Er konnte und wollte nichts in der Schwebe halten, selbst wenn Martha bereit gewesen wäre zu warten, bis er sich entschieden hatte. Da er sich jetzt nicht für Martha entscheiden konnte, musste er sich gegen sie entscheiden. Als er sie am Abend aufgesucht hatte, hatte sie ihn mit abwartender Distanz empfangen. Nichts von der bedingungslosen Offenheit, mit der sie sich ihm in der Nacht zuvor hingegeben hatte. Wortlos hatte sie zugehört. Sie sagte auch nichts, als er geendet hatte. Nur, dass sie es geahnt habe, als er in der Nacht nicht geblieben sei. Hätte sie ihn doch beschimpft, wütend hinausgeworfen. Alles wäre Adrian lieber gewesen als dieses vorwurfslose Hinnehmen. Doch diesen Gefallen tat sie ihm nicht. Nahm sie es einfach so hin?

Alexander Turners Stimme schnarrte durch den Telefonhörer. »Eine Frau Gebser hat angerufen. Physiotherapeutin in der Klinik, in der Rost behandelt wird. Haben Sie von ihr gehört?«

Amina dachte nach. »Ich glaube, Adrian Sur hat sie einmal erwähnt. Sie behandelt Rost. Was wollte sie?«

»Ich weiß nicht. Sie sagte, es gehe um Sur, und fragte, wer im Fall Rost ermittelt hat. Ich habe sie an Sie verwiesen. Sie wird sich bei Ihnen melden. Führt Sur noch Gespräche mit Rost?«

»Soweit ich weiß, sind sie fast am Ende«, sagte Amina.

»Übrigens«, fuhr Turner fort, »die Staatsanwaltschaft hat mir mitgeteilt, dass die Verhandlung gegen Rost innerhalb der nächsten drei Wochen eröffnet wird. Er hat sich wohl gesundheitlich soweit stabilisiert, dass er als verhandlungsfähig eingestuft werden wird.«

Amina legte auf. Beunruhigt schaute sie zu Kurt hinüber, der am Nebentisch von seinem Laptop aufschaute. »Stimmt etwas nicht?«, fragte er.

»Ich habe ein mieses Gefühl.«

Rost war nicht im Zimmer, als Adrian eintrat. Er schaute sich um. Die Bettdecke war zurückgeschlagen, das Fenster weit geöffnet. Auf dem Tisch stand die Zwischenmahlzeit, die Rost jeden Nachmittag von einer Pflegekraft gefüttert bekam. Auf einem Teller eine Birne, ein Apfel und ein Obstmesser. Wie viele Stunden hatte Adrian in den vergangenen Wochen hier verbracht? Er zählte nach. Adrian trat an das Fenster und schaute in die Tiefe. In diesem Moment hörte er das Summen des Rollstuhlmotors. Mit Schwung kam Rost in das Zimmer gefahren.

»Schnell wie Niki Lauda«, sagte er. »Und wenigstens, was die Kopfhaut angeht, bin ich in besserer Verfassung als er. Nächstes Jahr fahre ich in Monte Carlo.«

Adrian schloss die Tür und trat zu Rost. Es würde das letzte Treffen dieser Art sein. Die Gespräche waren beendet. »Ich komme, um mich zu verabschieden«, sagte er. »Dies ist unsere Abschlusssitzung.«

»Schade«, sagte Rost. »Ich hatte mich richtig an Sie gewöhnt.«

»Wie geht es Ihnen jetzt, nach unseren Gesprächen?«, fragte Adrian. »Entsprachen sie dem, was Sie erwartet hatten?«

»In gewisser Weise ja«, antwortete Rost. »Mein Gefühl, dass wir manches gemeinsam haben, hat sich bestätigt. Und ich habe einiges über mich erfahren.«

»Auch ich habe einiges über mich erfahren«, sagte Adrian. Ihm war fast wehmütig zumute. Hatte er begonnen, diesen Mann zu mögen?

Rost lächelte Adrian an. »Ich habe auch einiges über Sie erfahren.« Und nach einer bedeutungsvollen Pause fuhr er im Tonfall eines tadelnden Lehrers fort: »Zum Beispiel, dass Sie ein richtig böser Junge sind, der armen Mädchen das Herz bricht.«

Adrian zuckte zusammen. Was um Himmels willen meinte er? »Ich verstehe nicht.«

»Sie verstehen sehr gut«, sagte Rost. »Martha hat mir alles erzählt. Wie Sie sie zuerst ins Bett gequatscht und dann fallengelassen haben.« War das Marthas Rache? Hatte sie ihrer Enttäuschung und Wut Luft gemacht, indem sie Rost von ihrer Begegnung berichtete? »Weggeschnippt wie eine aufgerauchte Zigarette«, fuhr Rost in theatralischem Tonfall fort. »Passt so gar nicht zu Ihrem Saubermann-Image. Auf der Innenseite Ihrer weißen Weste gibt es manch dunklen Fleck.«

»Sie haben recht«, sagte Adrian nach einer Pause. »Ich bin alles andere als vollkommen. Und einige dieser dunklen Flecken kann ich erst seit unseren Gesprächen sehen.«

»Aber es genügt nicht, dass wir das wissen«, sagte Rost. »Die Welt muss wissen, was sich hinter dem hehren Psychoanalytiker Adrian Sur verbirgt.« Und nach einer weiteren dramatischen Pause: »Deshalb sah ich mich gezwungen, es an die Öffentlichkeit zu bringen.«

Adrians Beine drohten nachzugeben. Er musste sich setzen.

»Aber keine Angst«, sagte Rost mit gespielt beschwichtigender Stimme. »Selbstverständlich habe ich auch die Hintergründe mitgeliefert. Das Drama des kleinen Jungen, dessen Mutter eine Affäre mit ihrem Aikido-Lehrer hatte, die ihn im Stich ließ, die Eltern, die unter tragischen Umständen ums Leben kamen. Und wie sich all dies auf Ihre Beziehungen ausgewirkt hat. Zum Beispiel mit Martha. Oder haben könnte. Zum Beispiel mit Sibylle Moor.«

»Was hat Sibylle Moor damit zu tun?«, fragte Adrian.

»Nun, sie könnte mir erzählt haben, dass Sie sich ihr in unanständiger Weise genähert haben.«

Ein schneidender Schmerz durchfuhr Adrians Hüfte. Die alte Wunde. »Das habe ich nicht!«

»Hat sie auch nicht«, erwiderte Rost. »Aber sie könnte! Und Sie wissen doch, dass die Journaille Probleme mit dem Konjunktiv hat. »So-war-es« verkauft sich besser als »So-könnte-es-gewesen-sein«. Vor allem wenn die Information mit O-Ton unterfüttert ist.«

»O-Ton?« Besorgnis blähte sich zu Angst.

»Ich habe mir erlaubt, unsere Gespräche über Ihre Vergangenheit aufzuzeichnen und ein wenig aufzubereiten. Hören Sie mal!« Rost fischte ein Smartphone aus der Hosentasche.

Adrian konnte nicht glauben, was er hörte.

»In mich haben sich schon etliche Frauen verliebt«, sagte seine Stimme aus dem Lautsprecher. »Und ich hätte viele haben können.«

»Auch Patientinnen?«

»Das auch.«

»Zum Beispiel Sibylle Moor?«

»Auch sie.«

»Sie war doch ausgesprochen attraktiv.«

»Ja, das war sie. Sie wollte mich.«

»Und dann haben Sie sie genommen?«

»Ja. Und ich habe noch viele Möglichkeiten vor mir.«

Adrian rang nach Luft.

»Das Material habe ich zusammen mit meinen Schilderungen wie es war – oder gewesen sein könnte –, Herrn Höpfer zur Verfügung gestellt. Sie kennen ihn?«

Und ob Adrian ihn kannte. Höpfer hatte nach Rosts Ergreifung reißerische Artikel in seinem Boulevard-Blatt geschrieben. Und als Adrian Interviews mit ihm abgelehnt hatte, hatte er ihn als zwielichtigen Charakter dargestellt.

»Sie haben das alles geplant! Von Anfang an!«

»Nicht von Anfang an«, entgegnete Rost. »Ich wollte wirklich verstehen, wie es dazu kommen konnte. Aber je mehr Gemeinsamkeiten ich zwischen uns entdeckte, umso neidischer wurde ich, dass Sie es geschafft haben. Es hat mich zerfressen. Ich musste unseren Kampf fortsetzen. Die erste Runde haben Sie gewonnen.« Rost redete sich in Rage. »Aber die zweite geht an mich. Wenn das alles veröffentlicht ist, kriegen sie in Ihrem Beruf und in diesem Land keinen Fuß mehr auf den Boden. Sie sind erledigt! Sie sind tot!«, zischte er triumphierend.

Adrian war zum Bersten gespannt. Rosts Miene verzog sich zu einem mephistophelischen Grinsen. Unfähig, einen klaren Gedanken zu fassen, sprang Adrian auf. Mit beiden Händen packte er Rost, zerrte ihn hoch. Wie ein nasser Sack hing die schlaffe Masse aus Fleisch und Knochen in seinen Armen, drohte, ihn mit sich zu reißen. In einen bodenlosen Abgrund. Mit aller Kraft hielt Adrian dagegen, zog Rosts teigiges Gesicht an seines. Stirn an Stirn. Roch Rosts schalen Atem. Sah sein eigenes Gesicht, wutverzerrt, gespiegelt in Rosts Pupillen.

Adrians Arme zitterten unter der Last, gaben nach. Mit Wucht ließ er Rost in den Rollstuhl zurückfallen, taumelte nach hinten. Einen Schritt. Zwei. Stieß gegen den Tisch, dass das Geschirr darauf durcheinanderklirrte.

Rost schob den Unterkiefer vor und sagte, die Augen halb geschlossen, im heiseren Tonfall von Marlon Brandos Paten: »Ich habe Ihnen ein Angebot gemacht, das Sie nicht ablehnen konnten.« Diesen Satz musste er geplant haben. Als Höhepunkt seiner teuflischen Inszenierung.

Adrian stützte sich auf den Tisch hinter sich, spürte seine verkrampften Hände. Und fühlte das Messer. »Ja, ich konnte nicht anders«, zischte Adrian, griff das Messer. »Ich kann nicht anders.« Und stieß zu.

»Sind Sie sicher?«, fragte Amina besorgt. Was sie gehört hatte, konnte alles wieder aufreißen und in einer Katastrophe münden. »Wo sind Sie jetzt? Vor dem Institut? Nein, lassen Sie mich das machen. Ich werde versuchen, ihn davon abzubringen«, sagte sie und schaute auf ihre Uhr. »Gehen Sie rein und reden mit denen!« Amina legte auf. Was war zu tun?

Im Hinausgehen erklärte sie Kurt in aller Eile, was ihr die Physiotherapeutin mitgeteilt hatte und was sie jetzt vorhatte. Bevor sie losfuhr, wählte sie Adrians Nummer. Keine Antwort.

Die Klinge raste auf Rost Hals zu. Kurz bevor die Spitze die Haut durchstieß, stoppte Adrian. Er schaute auf das Messer in seiner Hand, auf Rosts Hals, in seine Augen, die ihn ohne zu blinzeln anstarrten.

Das Messer noch immer an seiner Kehle, sagte Rost: »Na los! Stechen Sie zu! Bringen Sie es zu Ende! Machen Sie uns ein Ende!« Darauf hatte Rost es angelegt. Beidem ein Ende zu machen, seinem Leben und Adrians Existenz. Dazu hatte er Adrian in einen Kampf hineinmanipuliert, in dem jeder gegen den Anderen kämpfte und gegen sich selbst. Und in dem es keinen Gewinner geben konnte.

Adrians Handy brummte. Langsam schüttelte Adrian den Kopf. »Nein. Ich kann anders.« Er ließ das Messer fallen und rannte aus dem Zimmer. Nicht gegen. Für sich musste er kämpfen!

»Höpfers Büro?«, herrschte Adrian die erste Person an, die ihm in der Redaktion über den Weg lief. Verstört deutete die Frau auf die vorletzte Tür. Ohne anzuklopfen stürmte er in das Zimmer. Und erstarrte. Höpfer saß mit verschränkten Armen hinter seinem Schreibtisch. Davor stand Amina. Beide drehten sich um und schauten Adrian mit großen Augen an. Was hatte Amina hier zu suchen?

»Ermittelst du jetzt wieder gegen mich?«

»Adrian, ich …«

»Gegen den bösen Missbraucher«, unterbrach er sie. »Du hast mir von Anfang an misstraut. Und machst gemeinsame Sache mit dem da.«

Damit stürzte er auf Höpfer zu und packte ihn am Kragen. »Wenn Sie nur ein Wort in Ihrem Schmierenblatt …«

»Adrian!«, schrie Amina dazwischen und hielt seinen Arm fest.

Adrian ließ von Höpfer ab. Die Wut, die ihn hergetrieben hatte, schwoll an wie ein mit glühender Lava gefüllter Ballon. Er griff Aminas Handgelenk, verdrehte es mit einer Köperdrehung und wirbelte sie herum. Sie prallte mit lautem Krachen gegen einen Aktenschrank. Doch bevor er sie wieder greifen konnte, machte sie einen Ausfallschritt, blockte seinen Arm und fegte ihn mit einem Fußtritt von den Beinen. Adrian rollte sich ab und kam sofort wieder zum Stand, griff erneut an. Amina wehrte ab, trat zu. Adrian fing ihr Bein ab, drehte sich um die eigene Achse, dann noch einmal in Gegenrichtung und warf sie in hohem Bogen zu Boden. Sie rappelte sich hoch, kam mit erhobenen Händen auf ihn zu, redete auf ihn ein. Doch was sie sagte, hörte er nicht. Er sah nur ihre Lippen. Ihre Augen. Meeresblau. Dann graublau. Seine Augen. Nein! Die Augen seiner Mutter! Dann wieder Aminas Augen. Meeresblau. Graublau. Von Wimpernschlag zu Wimpernschlag.

Szenen flackerten auf, längst vergessene Fragmente aus einem hundertmal gesehenen Film. Seine Mutter. Kashiro Ono. Die Geräusche hinter verschlossener Tür. Von Werfen und Geworfenwerden. Die anderen Geräusche. Lachen. Stöhnen. Flüstern. Seine Mutter und der Aikidolehrer auf der Veranda. Rauchend. Blicke, Gerüche, die er nicht verstand. Damals. Er selbst abseits. Allein. Betrogen. Und jetzt hatte ihn wieder eine Frau betrogen. Eine Frau, die er zu lieben glaubte.

Ein Zyklon aus Schmerz und Hass schleuderte Adrian auf Amina zu. Die drehte sich blitzschnell weg und fuhr ein Bein aus. Er spürte den dumpfen Schmerz in seinem Magen, rang nach Luft und ging in die Knie. »Verdammt, Adrian«, hörte er Amina sagen. »Ich bin auf deiner Seite.« Mühsam zog Adrian sich hoch. Mit der Luft kam auch der klare Verstand zurück: Verloren.

Amina drehte sich zu Höpfer. »Lassen Sie das! Geben Sie das her!« Als sie auf Höpfer zuging, rannte Adrian aus dem Zimmer.

Er hatte nicht nur den Kampf gegen Amina verloren. Alles hatte er verloren. Den Kampf gegen Rost. Seine berufliche Existenz. Alles. Höpfer würde Rosts erfundene Geschichte veröffentlichen und über seinen wahren Gewaltausbruch schreiben. Er hatte Höpfer attackiert. Und er hatte Amina angegriffen. Eine Polizistin. Was jedoch am schlimmsten war: Er hatte die Frau angegriffen, der er sich so nah gefühlt hatte wie noch nie jemandem. Und er hatte es verdorben. Versaut. Adrian fuhr. Wohin, wusste er nicht. War auch egal. Die tiefstehende Sonne blendete ihn.

Das war es, was Gossler angedeutet hatte. »Etwas viel Dunkleres«, hatte er gesagt, »etwas Abgründigeres.« Der Sturm hatte den lichten Vorhang gewaltsam beiseite geweht. Und in der dunkelsten Kammer kauerte er. Der Hass auf einen geliebten Menschen. Ungeklärt, unerlöst und sprungbereit. Das war es, was ihn wirklich mit Rost verband. Dem Schattenbruder.

Adrian beschleunigte. Zweihundert Jahre alte Alleebäume huschten an ihm vorbei. Er legte den Kopf zurück. Öffnete den Sicherheitsgurt und zog nach rechts.

»Das dürfen Sie nicht!«, schrie Höpfer. »Geben Sie es sofort zurück!« Amina hielt das Smartphone in der Hand. »Ich habe mit eigenen Augen gesehen – und gefilmt –, wie gewalttätig Sur ist«, sagte Höpfer. »Und Sie können mir nicht verbieten, das zu veröffentlichen.« Aminas Handgelenk schmerzte, als sie auf das Display schaute. Sie hatte gute Lust, Höpfer das Smartphone mitsamt dem Video zurückzugeben. Sollte er doch damit machen, was er wollte. Warum sollte sie Adrian helfen? Der war doch völlig von Sinnen! Hatte sie angegriffen. Dabei hatte sie ihm helfen wollen.

Sie musste schnell entscheiden. Musste Adrian folgen, bevor er noch mehr Unheil anrichtete. Juristisch gesehen war Höpfer im Recht. Was war Recht? Was richtig? Sie konnte sich nicht entscheiden. Dann löschte sie das Video und sagte: »Aussage gegen Aussage.«

Als sie das Smartphone auf den Tisch legte, klingelte es. »M. Gebser« las sie auf dem Display.

Adrian umklammerte das Lenkrad. Zog nach links und trat auf die Bremse. Schlingernd kam der Wagen zum Stehen. Hupend raste ein LKW auf ihn zu. Und fuhr ungebremst an ihm vorbei. Adrian saß da und starrte in die Ferne. Die Hände noch immer am Lenkrad. Ein nicht enden wollendes Spalier von Bäumen säumte die Straße. Parallele Linien, die sich in der Unendlichkeit kreuzten. Vogelfrei. Sich nicht mehr rechtfertigen müssen. Nichts mehr zu verlieren haben, nachdem alles verloren ist.

Plötzlich löste sich alle Spannung. Adrians Herzschlag beruhigte sich. Sein Atem strömte mühelos. Adrian spürte die Wärme der Abendsonne auf seinem Gesicht. Für einen Moment war ihm, als löse er sich auf. Körperlos schwebte er zwischen Vergangenheit und Zukunft. Auf dem schmalen Grat, der »Jetzt« hieß. Er schloss die Augen. Öffnete sie. Kehrte um.

»Das wird ja immer besser. Sagen Sie ihm bitte, er soll mich so bald wie möglich zurückrufen«, sagte Rost, als Adrian das Zimmer betrat. Rost ließ sein Smartphone in die Hosentasche gleiten und grinste.

Adrian schaute Rost stumm an. Minutenlang. Rosts Miene gefror zu einem grinsenden Mund und argwöhnischen Augen. Adrian schwieg weiter, den Blick auf Rost gerichtet.

»Sie haben verloren«, sagte Rost. »Sie sind erledigt.«

Adrian nickte langsam.

»Und Sie bringen es einfach nicht«, sagte Rost mit gespieltem Bedauern. »Sie hätten mir einen grandiosen Abgang verschaffen können. Und sich selbst zu einem richtig bösen Buben machen. Aber jetzt. Jetzt sind Sie einfach ein kleiner, schmieriger Missbraucher, der sich an hilflosen Frauen vergeht. So wird es die Öffentlichkeit sehen.«

»Vielleicht haben Sie mir das Genick gebrochen. Gesellschaftlich, beruflich«, sagte Adrian.

»Mann, dann tun Sie etwas!« Rost wurde lauter. »Nehmen Sie unser Ende in die Hand! Werfen Sie mich aus dem Fenster!«

»Das könnte ich.« Adrian fühlte eine Ruhe, die so ganz anders war als die Gefühlstaubheit, die ihn seit Jahren begleitet hatte. »Aber ich muss nicht.«

Der Triumph wich aus Rosts Blick.

»Ich blicke in den Spiegel, den Sie mir vorgehalten haben«, fuhr Adrian fort. »Und schaue in den Abgrund. Da liege ich. Aber in einem Stück. Mehr in einem Stück, als ich es jemals war.«

Nervös fingerte Rost am Schalthebel seines Rollstuhls.

»Sie haben gegen mich gekämpft«, sagte Adrian. »Und Sie haben die Schlacht gewonnen. Wenn es das war, was Sie wollten, können Sie ihren Triumph feiern. Sie können sich das Schmierenblatt mit den Schlagzeilen an die Wand kleben. In ihrer Zelle und in den nächsten fünfzehn Jahren täglich davor auf und ab fahren. Das haben Sie gewonnen.«

Rosts Miene spannte sich. Er holte tief Luft. Doch bevor er etwas sagen konnte, öffnete sich die Tür und Martha trat ins Zimmer. Sie schaute von Rost zu Adrian und wieder zu Rost.

»Ein Journalist hat mit mir telefoniert. Höpfer. Wegen eines Interviews über den«, sie schaute Adrian an, »Sextherapeuten.«

Rost schien sich wieder zu fassen.

»Und dann hat mich noch eine Frau Möbius angerufen. Von der Ethikkommission des Psychoanalytischen Instituts. Da war ich gerade.«

»Ach ja, die habe ich auch informiert«, warf Rost bemüht gelassen ein.

Martha stand schweigend da.

Würde sie sich doch an ihm rächen, fragte sich Adrian. Dafür, dass er sie verletzt hatte?

Plötzlich fuhr sie herum und fauchte: »Bist du noch zu retten, Kai? Wie kommst du dazu, solche Lügen zu verbreiten? Ich bin doch kein Kind. Ich weiß schon, worauf ich mich einlasse. Und ich kann die Risiken einschätzen. Ob ich verletzt oder enttäuscht bin, geht niemanden etwas an außer Adrian und mich.«

Wie versteinert sah Rost sie an.

»Du hast das alles eingefädelt. Mit deinen Sprüchen über Adrian, dass er auf mich steht. Aber ich sage dir eins. Ich bereue nichts. Dein Schuss ist nach hinten losgegangen. Ich bin froh, dass du mich ermutigt hast, Adrian einzuladen. Und deinem Höpfer habe ich nochmal angerufen und klar gemacht, dass ich ihn wegen übler Nachrede anzeige, wenn er auch nur eine Zeile über mich schreibt.«

Rosts Blick wurde leer.

»Und übrigens«, fuhr Martha fort, »ich bin nicht Adrians Patientin. Das habe ich auch diesen Ethikleuten erklärt. Und auch, dass alles zwischen ihm und mir einvernehmlich war. So, jetzt will ich nichts mehr mit dir zu tun haben. Ab morgen wird dich ein Kollege von mir behandeln.« Fast demonstrativ sanft wandte sie sich an Adrian und sagte: »Vielleicht meldest du dich ja mal. Auf einen Sencha.« Dann riss sie die Tür auf und verließ den Raum.

Ohne Rost anzublicken ging Adrian zum Fenster. Die Hände auf dem Sims schaute er über den Park. Er hätte loslachen wollen, weinen, schreien. Doch er stand stumm und schaute. Das Summen des Rollstuhls hörte er wie aus weiter Ferne.

»Wegen Wartungsarbeiten außer Betrieb«, stand an der Tür. Der Aufzug daneben war für Krankentransporte und steckte im fünften Stock fest. Hecktisch drückte Amina auf die Ruftaste. Sie wusste, dass Adrian zu Rost zurückfahren würde. Sein Wagen stand vor der Klinik im Parkverbot. Sie blickte sich um, fand das Treppenhaus. Sechster Stock, hatte man ihr an der Information gesagt. Sie rannte die Treppe hinauf. Wenn Adrian auf Rost treffen würde, konnte alles passieren. Beide waren unberechenbar. Das hatte sie am eigenen Leib erfahren.

Vom Geäst der Ebereschen im Park drang Meisengezwitscher herüber. Erinnerungen an die Frühlingstage seiner Kindheit. Für einen Moment verlor Adrian sich darin. Bis ihn das entrüstete »Passen-Sie-doch-auf« einer alten Dame aus seinen Gedanken riss. Er wandte sich um. Rost war weg. Adrian hielt inne, lauschte, eilte aus dem Zimmer. Fast hätte er die weißhaarige Frau umgestoßen, die kopfschüttelnd an Krücken an der Tür vorbeiging. Rechts den Flur entlang sah er den Rollstuhl, in voller Fahrt. Adrian lief los. Rost stoppte auf halber Länge des Flures, stieß nach hinten bis an die Wand, als wollte er einparken. Adrian rannte. Noch zehn Meter, dann würde er ihn einholen. Rost schaute Adrian an, wendete den Kopf nach vorne – und beschleunigte.

Amina keuchte. Fünfter Stock, gleich hatte sie es geschafft, nahm zwei Stufen auf einmal, zog sich am Geländer herum, um an der Kehre Schwung für die letzten Stufen zu nehmen. Und stockte. Prallte zurück. Von oben tauchte ein Rollstuhl auf. Ungebremst raste er über die oberste Stufe auf sie zu. Der Mann darin, Rost, fiel heraus und stürzte ihr entgegen. Reflexartig warf sie sich zur Seite und hielt sich schützend die Arme über den Kopf. Jeden Moment erwartete sie die Wucht des Rollstuhls und Rosts auf sich.

Wie ein Geschoss flog der Rollstuhl über Rost hinweg und prallte krachend gegen die Wand, als Adrian die Treppe erreichte. Fassungslos starrte er nach unten.

Amina setzte sich auf – benommen, doch offensichtlich unverletzt – und schaute auf Rosts leblosen Körper neben sich.

Rosts Augen öffneten sich. Mit gekrümmten Beinen lag er auf dem Rücken. Blut sickerte aus seinem Ohr. Ruhig, mit sterbenden Augen sah er Amina an. Die Finger seines ausgebreiteten Armes beugten sich, kaum wahrnehmbar. Als wollte er Amina herwinken. Ein Flehen.

Amina betrachtete den Mann, der eine Frau getötet hatte. Der sie vergewaltigen und töten wollte. Die Bilder, die sie seit jenem Abend nicht mehr in Ruhe ließen, kamen wieder. Und mit ihnen Angst, Ekel und Wut. Sie wollte ihn verurteilt und bestraft sehen. Doch nicht so.

Adrian hielt sich am Geländer fest und schaute hinab. Seine Augen füllten sich mit Tränen. Als er wieder klar blicken konnte, sah er Amina auf dem Boden sitzen. Den Rücken an der Wand, Rosts schlaffen Oberkörper auf ihrem Schoß, seinen Kopf in ihrem Arm, ihre Augen auf seinen.

Als sein Blick starr wurde, wanderte der ihre zu Adrian, fand Halt in seinen Augen.

Epilog

Adrian stand vor dem Wandbild. Zum ersten Mal seit Wochen hatte er wieder eine Schwertform ausgeführt. Und zum ersten Mal seit Jahren mit dem Katana. Er schloss es nicht wieder in den Koffer, sondern legte es mit einer Verbeugung auf den Altar unter dem Wandbild. Dann verließ er das Dojo. In der Wohnung legte er den Hakama ab und ging ins Badezimmer.

Amina trat aus der Dusche und trocknete sich ab. Wie befreit war sie im Park gelaufen. Sie betrachtete sich im Spiegel, drehte sich langsam um die eigene Achse. Vielleicht musste sie nicht so kritisch mit sich sein.

Mit nassen Haaren stand Adrian vor dem Kleiderschrank. Sollte er den neuen Leinenanzug tragen? War er damit nicht overdressed? Achselzuckend nahm er ihn vom Bügel. Schließlich hatte er ihn nicht zum Verstecken gekauft.

Amina zog sich mit dem Kajalstift einen Lidstrich. Den Lippenstift legte sie unbenutzt wieder zur Seite. Sie würde sich wie angemalt vorkommen. Aber etwas Parfum durfte sein. Bevor sie sich anzog, legte sie die Halskette mit dem Schlangenanhänger an.

In der Küche machte Adrian letzte Vorbereitungen. Den Tisch hatte er bereits gedeckt, den Wein kaltgestellt. Lange hatte er das Austernmesser nicht mehr benutzt. Zur Übung öffnete er eine Auster – und stutzte. Im Fleisch entdeckte er – höchstens zwei millimetergroß – eine Perle. Äußerst ungewöhnlich.

Amina schaute auf die Uhr. Gleich würde sie losfahren. Jetzt war sie doch nervös. Seit Ralf hatte kein Mann mehr sie bekocht. Wo war ihre Tasche?

Mit einem Glas Wein in der Hand stand Adrian am Fenster. Auf dem Rasen verpassten sich Sam und Frodo Nackenbisse, halb spielerisch halb ernst. Er überlegte. Warum nicht, dachte er, ging ins Schlafzimmer und zog die Bettwäsche mit dem Rosenmuster auf.

An der Tür zögerte Amina und betrachtete den Strauß in ihrer Hand. Durfte sie einem Mann Blumen mitbringen? Blaue Schwertlilien? Sie durfte.

Dank

Ich danke allen ganz herzlich, die mich während des Schreibens begleitet haben, die kritisch mitgelesen, mir wertvolle Impulse gegeben und mich ermutigt haben.

Und ich danke Roland Apsel, der als Verleger geholfen hat, meine Geschichte in die Welt zu bringen, obwohl sie nicht leicht in Genre-Kategorien einzuordnen ist.